ŠERELYTĖ • BLAUBARTS KINDER

BANK AUSTRIA LITERARIS
GROSSER PREIS FÜR LITERATUR
AUS DEM
OSTEN UND SÜDOSTEN EUROPAS

EDITION*ZWEI*
IST EINE GEMEINSAME LITERARISCHE INITIATIVE
VON BANK AUSTRIA
UND
KULTURKONTAKT AUSTRIA
IM
WIESER VERLAG
2010

Renata Šerelytė
Blaubarts Kinder

Roman

Aus dem Litauischen
von
Cornelius Hell

Edition*Zwei*

Wieser *Verlag*

Titel der Originalausgabe: Mėlynbarzdžo vaikai
Verlag Alma littera, Vilnius 2008

Wieser Verlag

A-9020 Klagenfurt/Celovec, Ebentaler Straße 34b
Tel. +43(0)463 37036, Fax +43(0)463 37635
office@wieser-verlag.com
www.wieser-verlag.com

Lektorat: Josef G. Pichler
ISBN 978-3-85129-909-0

1

Diese Hitze, sie kommt aus dem Nirgendwo und rinnt einem in Strömen über den Rücken wie das Wasser aus dem Schwarzen Fluss, der Fluss ruft, er murmelt in einer unterirdischen Sprache, darin gibt es viele litauische Wörter, vor allem mit dem Diphthong *uo*, den die Bewohner von Tschornomaisk nicht aussprechen können: ruduo (Herbst), vanduo (Wasser), gelmuo (Stachel), akmuo (Stein), želmuo (Getreidespross), žiomuo (Rachen). Ein Fluss in der Mitte Russlands, der litauisch spricht, wenn ich das irgendjemandem sagen würde, er dächte, ich sei verrückt geworden.
Alle Flüsse rauschen in einer alten Sprache, ich müsste das den Freunden gegenüber erwähnen, doch wer weiß, ob sie zuhören würden, schließlich passt das nicht zu den Parteitagsbeschlüssen, in denen die Bedeutung der Staatssprache unterstrichen wird, doch in dieser bedeutenden Sprache gibt es die Diphthonge des Wassers nicht, sie wird aus Wüsten von unter dem Wasser angeweht, jedes Mal, wenn ich sie hinunterwürge, spüre ich den Geschmack von Sand in meinem Mund.
Ich werde in den Schwarzen Fluss hineinwaten und mir den Sand von den Lippen abwaschen, doch wer weiß, ob mich dieses Wasser nicht verraten wird.
Die Kinder sitzen auf der Matte und glotzen mich an, der Sohn wirkt beunruhigt, nur dem Kleinen ist es egal – er wälzt sich auf der Erde hin und her und macht den Schnuller absichtlich kaputt, ein dummes Kind, ich bin sicher, er wird ihn gleich in den Mund nehmen und zu schreien beginnen, weil er sich am Sand verschluckt hat.

Ich sollte ihm den Schnuller wegnehmen.
Doch wozu?
Er soll sich an seine Sprache gewöhnen. Er wird sie noch oft genug aus seinem Mund spucken müssen.
Ich mache noch einen Schritt.
»Mama, geh nicht weiter«, sagt der Sohn. In seiner Stimme steckt Angst. »Dort ist eine Grube ... unter dem Wasser.«
»Es gibt keine Grube unter dem Wasser.«
»Aber Sonia hat gesagt ...«
Ich werde mir nicht anhören, was Sonia sagt.
Noch ein Schritt, und das Wasser wird mit seinem litauischen Gemurmel über meinem Kopf zusammenschlagen, irgendein gellendes Klatschen, vielleicht schlägt sich der Kleine mit dem Schnuller ins Gesicht, oder vielleicht bekomme ich eine verspätete Ohrfeige – dafür, dass ich die zerknitterten Windeln sorgfältig bügle; Anatolij brummt: Der Debile braucht keine Windeln, wozu verschwende ich unnötig Geld, aber wenn ich sage, der Kleine sei doch sein Kind, und ich zerschneide doch ein mottenzerfressenes Bettlaken und nähe es zu Windeln zusammen, dann tobt Anatolij: »Willst du sagen, dass ich auch debil bin?!« Er reißt mir das Bügeleisen aus der Hand und schlägt es mir ins Gesicht, auf den Kopf, die Kinder schreien wie am Spieß, und da sagt man noch, durch das Wasser dringe kein Laut; das ist ein wissenschaftliches Faktum, ebenso falsch wie die anderen auch. Schwer bin ich aufgetaucht, wie der Mond aus einer Flutwelle auftaucht, es leuchten schöne radioaktive Krater.

Hört auf zu heulen, zum Teufel, ihr widerwärtigen Bengel! Kann ich denn nicht wenigstens eine Minute lang Ruhe haben.
Der Kleine hört nicht auf, er quiekt wie zuvor, doch der Sohn zuckt zusammen – vielleicht hat ihn ein elektrischer Fisch erschauern lassen, als er ans Ufer hinausging, jetzt wird er blau werden, der Arme, wie ich. Ich will ihn beruhigen, doch ich habe nicht die Kraft, aus dem Wasser herauszukriechen, ich stürze nahe am Ufer zu Boden, Menschen laufen zusammen und tragen mich hinaus, doch ich kann ihnen nicht einmal danken dafür, ich bin nur zornig, warum zerren sie mich herum – aufgeweicht wie eine Eichenskulptur, das Kleid an die Schenkel geklebt, einer vermoderten Rinde ähnlich –, kneten meine Brust, bewegen mich hin und her, fassen mich an den Beinen, einer beugt sich sogar zum Gesicht, springt aber erschrocken zurück.
Der Sohn läuft hinterher, seine Augen sind voller Tränen, in seinem Mundwinkel ist eine Falte, ähnlich der Grimasse eines Verzweifelten, wahrscheinlich hat er begriffen, dass das Leben eine nicht sonderlich witzige Posse ist, besser gesagt, eine völlig danebengegangene, doch die Menschen lachen – vielleicht aus Gewohnheit, oder vielleicht weil das Lachen ein Reiz ist wie der Niesreiz – wenn man nicht ausniesen kann, fühlt man sich grauenhaft, es kitzelt von innen. Sonia beugt sich zum Kleinen, das blöde Kind hat sich den Mund mit Sand vollgestopft, vielleicht wird sie ihn mit dem Kopf nach unten halten und den Sand herausklopfen. Doch was denkst du! Sie weint nur und streichelt dem Kleinen den Kopf.

Die gute Sonia. Ungepflegt, dick und weich wie alte, ranzige Butter.
Geh weg von mir, sonst kotze ich mich noch an.
Sonia hört nicht – völlig verweint streichelt sie mein Haar, murmelt *»strahlendes Blümchen«*[1] und versucht, meinen Mund mit Pflaster zuzukleben. Das Pflaster löst sich immer wieder, denn ich bin grün und kalt wie ein Hecht am Boden des Eimers, das Wasser schießt noch immer von innen heraus, ich spreche ohne Unterlass, sage alles, was ich denke, jetzt muss man doch nichts mehr verheimlichen, doch Sonia flennt, denn mein Mund sieht schrecklich aus, als hätte jemand fahrlässig einen Haken herausgerissen.
Der Sohn sitzt da, vom Sarg abgewandt, doch die Augen des Kleinen sind hell und leer, noch hat niemand die ersten Buchstaben in sie hineingeschrieben, und so blickt er mich an und sieht mich nicht. Wahrscheinlich wird er sich nie an mein Gesicht erinnern. Gott sein Dank. Nein, nicht Gott. Der Partei. Sonia lässt das Pflaster bleiben, holt Nadel und Zwirn und glotzt mich lange an, danach steckt sie den Zwirn in die Tasche und beginnt wieder zu weinen. Sie ist zur Vernunft gekommen, die dumme Gans – der Zwirn ist doch schwarz, wie sähe ich denn aus, wie eine richtige Kannibalin. Danach hat Sonia einen anderen genialen Einfall – sie poltert mit einer schmutzigen

[1] Sätze in Kursivschrift stehen im litauischen Original auf Russisch mit litauischer Übersetzung als Fußnote. Alle Fußnoten im vorliegenden Band stammen vom Übersetzer, ausgenommen die Anmerkungen 10, 31 und 44, die auch im Original enthalten sind.

Tube zur Tür herein, wie man sie nur im Dienstleistungs-Kombinat von Tschornomaisk finden kann; der Leim ist nicht schlecht, der Schuhmacher Paschka klebt damit immer die Sohlen, und sie lösen sich erst nach einer Woche, falls es nicht in Strömen regnet.
Sie lässt einen Tropfen auf meine Unterlippe fallen, erstarrt, dass ihr der Mund offen stehen bleibt, und glotzt ängstlich: Diese Sonia ist doch blöd, vielleicht glaubt sie, ich würde sie beißen. Kleb schneller, verdammt noch mal, siehst du es denn nicht – mein Lächeln erschreckt die Kinder. Ich habe ihnen so viel erzählt von Kannibalen und von Blaubarts Frauen.
Sonia lässt die Tube liegen und geht schluchzend aus dem Saal – sichtlich hat sie zum ersten Mal keine Sohle, sondern die Lippen einer Toten zusammengeklebt, darum erträgt sie es nicht, sie glaubt, es wird nicht halten.
Arme Sonia, so viel Arbeit, so viel Nachdenken!
Ich liege mitten im Saal des Kulturhauses, und über mir hängt die Losung *»Die Kunst gehört dem Volk«*. Das ist ein Trost, denn es läuft darauf hinaus, dass auch ich zur Kunst gehöre.
Eine schiefe Kerze brennt noch, sie neigt sich zu meinem Gesicht und versengt mir die Augenbrauen, und ein heißer Paraffintropfen hat beim Gerinnen mein linkes Auge versiegelt.
Niemand hat es bemerkt – es ist spät am Abend, das Kulturhaus wurde geschlossen.
Nur eine graue Ratte, die auf dem Trauerband das Gesims des Sarges erklommen hat, blickt mich erwartungsvoll an. Sie zieht die Luft ein, stellt sich auf ihre Hinterbeinchen und gibt ein unzufriedenes Niesen

von sich. Ihr gefällt wohl der Geruch von Paschkas Kleber nicht. Sie kollert hinunter.
Wie blöd. Morgen werden sich alle aufregen, wenn sie sehen, dass meine Nase unversehrt und meine Ohren unberührt sind, nur ein Auge etwas beeinträchtigt und von Paraffin betropft ist. Sogar nach dem Tod werde ich eine Fremde bleiben. Keine Hiesige. Eine, die sich nicht den örtlichen Sitten angepasst hat. Und denen gemäß reist ein im Kulturhaus aufgebahrter Verstorbener von Ratten angenagt ins Grab, denn die örtlichen Gebräuche, die aus grauer Vorzeit überkommen sind, lassen es nicht zu, den Sarg in der Nacht zuzudecken. Ungeachtet der fortschrittlichen Lebensbedingungen und der marxistischen Ideologie glaubt ein Großteil der Bewohner insgeheim, einen Verstorbenen könnte in der Nacht der Wunsch überkommen, zu rauchen oder sein Geschäft zu verrichten. Was ist daran eigenartig, die Materie ist doch allmächtig!
Parteisekretär Pimmelov sagt, Äußerlichkeiten seien für einen Kommunisten nicht wichtig (na, höchstens auf dem Plakat, das zur Parade am Ersten Mai einlädt, da kommt man um klassische Züge nicht herum), und für einen toten Kommunisten erst recht nicht – aber ich bezweifle, ob er einmal hier aufgebahrt liegen und ohne Nase ins Große Nichts aufbrechen will. Pimmelovs Gattin, ein widerspenstiges Weib, wird ihm einen Deckel aufsetzen wie einem falschen Hasen, und Pimmelov wird ihr das niemals verzeihen, denn er wird nicht mehr ein letztes Mal aufstehen und die im Büro des Direktors ausgestellten Fotos betrachten können, die an die Oktoberrevolution erinnern, und

das ist etwas sinnvoller für einen Verstorbenen, als zu rauchen.
Na, aber der Tod gehört nicht zu den Fragen auf Pimmelovs Tagesordnung und wird, wie es scheint, überhaupt vom Perspektivenplan der Handlungen gestrichen wie ein offenkundiger Unsinn.
Bis ich langsam den nach feuchtem Karton und Kampferspiritus stinkenden Saal zurücklasse, wird es noch dauern. Ich werde begreifen müssen, dass unerbittlich die Zeit angebrochen ist, in der schon nichts mehr von meinem Willen abhängt.
Wer weiß, ob ich Anatolij zu Gesicht kriegen werde. Pimmelov wird kommen, das ist klar. In letzter Minute, denn seine Würde erlaubt es nicht, sich früher einzufinden. Wenn ich nur könnte, würde ich ihm sagen, dass sich die Würmer an die männliche Würde zu allererst heranmachen, doch er wird mir ja doch nicht zuhören.
Und meine Tochter …
Selbst schuld – ich habe sie wegfahren lassen mit diesen Idioten. Der Hemdkragen von Anastazas war zerfranst wie immer, und als ich die Schwiegermutter mit ihrem erschrockenen Pferdegesicht und ihrer vor Alter schon verschimmelten Handtasche erblickte, überkam mich eine solche Enttäuschung, dass ich kein einziges Wort hervorbrachte. Ob die irgendwann einmal begreifen werden, dass es so etwas wie Krawatten und Wasser für die Toilette gibt, dass die Leibeigenschaft endlich zu Ende und saubere Alltagskleidung nicht mehr nur ein Privileg der Herren ist?
Die Schwiegermutter sah mich an, verdrehte den Kopf wie eine Eule und bekam danach einen schreck-

lichen Hustenanfall. Wie sollte sie auch nicht husten, wenn sie doch eine ganze Schimmelkolonie mit sich führte! Und damit nicht genug, gerade am Höhepunkt ihres Hustens begann sie erbärmlich zu furzen – niemand verstand, was geschehen war, auch sie selbst nicht, nur ich hörte es, ständig hörte ich dieses Furzen, unschuldig und tierisch.
Ein Glück noch, dass Anatolij nicht da war – er ist ein gnadenloser Ästhet und hätte einen schlimmem Wutanfall bekommen. Nicht wegen des elenden Furzens – wegen der Tochter. Warum ich sie wegfahren lasse. Für kurz, wie sie sagten. In die Ferien. Danach werde das Kind zurückkehren, versprachen sie.
Nie habe ich Anastazas vertraut, er lügt, ohne sich etwas dabei zu denken, die Lüge ist für ihn ebenso natürlich wie für die Schwiegermutter ein unwillkürlicher Furz. Vermutlich betrügt er sich auch selbst, auch das ist natürlich. Er kommt ins tiefste Russland angepoltert in dem Glauben, er sei noch ein edelmütiger Vater, und an allem sei die öffentliche Meinung schuld, die ihm in den Ohren saust: Nimm die Kinder, bevor der Stiefvater, das Vieh, sie umbringt! Existierte diese Meinung nicht, wer weiß, ob er hergefahren wäre – das war wohl die einzige Art und Weise, die lästigen Wohlmeinenden zum Schweigen zu bringen. Wahrscheinlich hat auch die Schwiegermutter noch angefangen: Sie weinte bitter, die Kinder würden zugrunde gehen und zu wilden Tieren werden, nicht mehr sprechen, sondern nur in einer fremden Sprache blöken und mit Hufen stampfen können!
Was aus mir wurde, interessierte sie nicht, mich hatten sie in ihren Rettungsplan nicht einbezogen. Ich war

doch kein schwaches und machtloses Kind, ich war ein Monster, eine Irre, Blaubarts Frau mit einem vom Bügeleisen verbrannten Gesicht.

Anastazas interessierte es nicht, warum ich blau war wie ein Vergissmeinnicht – oder es war ihm alles klar, oder es kümmerte ihn nicht. Sollte man deswegen böse sein? Auf einen Menschen, der sich nicht einmal um sich selbst kümmerte?

Ich erinnere mich, wie ich einmal versuchte, ihn vor dem Laden auf die Beine zu stellen. Einige Frauen, die gerade vorbeikamen, verdrehten korrekt ihre Augen, da packte mich der Zorn und ich versetzte ihm einen Fußtritt. Die Frauen wandten sich gleich um, und eine schrie auf, warum ich den Menschen quäle. Der Pfarrer, der vorüberging und von der Post ein Paket aus dem Ausland mit sich trug, hieß mich heilige Ergebenheit lernen. Der alte Heuchler! Welche Ergebenheit kann es denn geben in diesen Zeiten, in denen Männer und Frauen gleichberechtigt sind! Dieser Obskurant sollte besser zugeben, dass er an den Abenden mit seiner Haushälterin amerikanische Kekse aus dem Paket knabbert, die aus dem Knochenmehl von Negern gebacken sind.

Dafür trat ich Anastazas noch einmal in den Hintern, und ich hätte ihn wieder getreten, doch die Schwiegermutter zückte ihre verschimmelte Handtasche wie einen Schild, und mir wurde übel, ich wollte nicht mehr kämpfen.

»Gut, nehmt sie mit. Aber nur bis zum Ende des Sommers.«

»O Jesus, wie gut. Anastazas, hörst du?«

»Ja.«

»Und vielleicht würdest du den Jungen auch fahren lassen? Ha?«
»Nein.«
»Und warum denn nicht? Zu zweit werden sie es lustiger haben.«
Mich überkommt wieder der Zorn. Als stünde ich in dem dunklen Geschäft des Dorfes beim Ladentisch und feilschte um ein weiteres Stück Wurst; die Verkäuferin will sie mir nicht verkaufen, sie hat sie für ihre Tante, die alte Jungfer, zur Seite gelegt, und die füttert damit ihre geliebte Katze, dieses Aas, die Tante ist wohl schon alt und kann keine Mäuse mehr fangen. Der dauernde Mangel an Wurst bringt einen auf komische Gedanken, zum Beispiel, der Kommunismus sei eine Ordnung, in der es einem Bürger überhaupt nicht mehr darauf ankommen sollte, was er isst, und der helle Morgen werde unvermeidlich mit dem Aufgeben dieser schändlichen Gewohnheit zusammenfallen oder mit einer neuen Sicht auf die Lebensmittel. Zum Beispiel mit dem Kannibalismus – das klingt abscheulich, doch es ist unvermeidlich, denn die sowjetischen Schweinefarmen ähneln eigenartigen Reservaten, wo die Schweine zur ideologischen Umerziehung eingesperrt sind, und nicht um in die Wurstfabrik zu kommen. Daher ist die wichtigste Reserve – der Mensch. Wie immer. Und wenn man in der Wurst auf ein Stück von einem Lappen stößt, das einem Ärmel ähnelt, oder auf eine Zahnprothese, so findet man sich schweigend mit den Zukunftsprognosen ab. Was bleibt einem auch anderes übrig?
Soll das Kind doch nach Litauen fahren.
Die Schwiegermutter hält einige Schweine – so braucht man die kommunistische Wurst nicht zu essen, die

lang ist wie ein Kanalrohr und mit Mäuseskeletten und Puppenfingern aus Plastik durchsetzt.
Aber den Sohn lasse ich nicht weg – sobald sie beide bekommen haben, werden sie mir die Feige zeigen. Und sie nicht mehr zurückbringen. Leb du nur mit deiner Missgeburt und seinem Spross! Das steht in ihren Augen geschrieben – und sie schließen sie nicht einmal, um es zu verbergen.
Während die Tochter in Litauen ist, werde ich auf Anatolij einreden, dass er sich beherrscht. Sie ist doch noch ein Kind, nicht einmal zehn Jahre alt. Und versteht nicht, was Anatolij macht – sie entwindet sich seinen Händen und schreit: »Mama, es tut weh.« Und ich darf mich nicht einmischen, denn Anatolij gefällt das nicht, er nennt mich »die Blöde von Übersee« und droht, zu Sonia zu gehen.
Zu Sonia! Die schweigsame Sonia, diese buttrige Hure. Nicht einmal schlagen könnte ich sie. Die Hand würde mir erstarren.
Fahrt los, worauf wartet ihr noch. Vielleicht darauf, dass ich anfange zu heulen und zu kratzen wie die Zigeunerin Aza. Glaubt nur nicht, dass ich heulen werde. Ihr werdet nichts Interessantes zu erzählen haben, außer dass mein Gesicht blau ist, aber ihr wisst ja nicht, warum, vielleicht bin ich die Stiege hinuntergestürzt oder habe Essig getrunken! Danach zu fragen schämt ihr euch doch! Oder vielleicht fürchtet ihr euch davor! Denn ihr würdet es nicht über euch bringen, meine Antwort den Nachbarn und Verwandten weiterzuerzählen – ihr würdet murmeln, ich sei im Delirium! Ich würde Unsinn quatschen! Ich war betrunken! Ich bin verrückt geworden! Um Ver-

rücktheit zu vermitteln, braucht es den hohen Stil. So schweige ich lieber.
Ich packe die Sachen für das Kind zusammen, übergebe es, zornig, wie die Schwiegermutter später sagen wird, ohne ein Wort, ohne ein Lächeln, Jesusmaria, eine schreckliche Mutter, gut, dass wir das Kind genommen haben, aber warum hat sie uns das zweite nicht gegeben, dieses Gespenst!
Ich winke, als sie am Geschäft ums Eck biegen und nicht mehr zu sehen sind. Und plötzlich überkommt mich eine derartige Panik, dass ich ein Verlangen habe, zu laufen und sie einzuholen, mich an den Rockzipfel zu hängen und sie festzuhalten, doch wie, wenn einem die Hände nicht gehorchen, man die Beine nicht heben kann und die Lippen zugeklebt sind mit einem Kleber aus der schmutzigen Tube eines Schusters.
Ich brause wie ein Luftzug, so leicht, dass ich nur die Schimmelkolonie auf der Handtasche der Schweigermutter wegpuste – wenn ich zurückkehre im Körper des Windes, wird es nicht mehr so schrecklich sein, wenn ich den wütenden Blaubart gefunden und den zarten, unschuldigen Kopf eingebüßt habe, werde ich einen Schlag abkriegen, doch es wird nichts mehr zum Abschlagen geben.

2

Wenn ich anfing nachzudenken, was Lachen bedeutete, sah ich Mutters Beerdigung vor mir. Mutter war nie eine Frohnatur – ein Lächeln in ihrem Gesicht war so selten wie Schnee im Hochsommer. Den Topf rührte sie um, als hinge es von der Zahl der Umdrehungen ab, ob wir von dieser Suppe nicht verrückt werden, die Nähmaschine ließ sie knattern wie eine Guillotine, und wenn sie in der Freizeit zeichnete, skizzierte sie eine Faust, geballt und von Adern durchzogen wie ein ausgetrockneter Kopf. Und was soll man vom Schnaps sagen, den sie trank wie die ägyptische Königin das Gift. Vielleicht hinderten ihre politischen Ansichten sie am Lachen, denn dieses helle Morgen, von dem sie auf den Versammlungen ständig sprachen, schien blutrot zu sein, und ich bezweifelte nicht, dass dann, wenn er an einem kalten Jännermorgen aus schweren Wolken hervorbrechen und der Rundfunkempfänger verkünden wird: *»Nach Moskauer Zeit ist es acht Uhr«*, schreckliche Dinge geschehen werden. Nicht umsonst erzählte Mutter an den Abenden schaurige Dinge von abgehackten Händen und Schädeln.

Mutter bereitete sich auf dieses Morgen vor; da wir keinen Kühlschrank hatten, blickte sie, wenn sie die Tür des Abstellraumes ein wenig öffnete, lange auf die leeren Regale, offenbar erwog sie, wie viele Gläser mit konservierten Parteilosen da hineinpassen würden. Und als Anatolij in der Zeitung von dem verrückten Kannibalen las, der unweit von Rostow sein Unwesen trieb, presste Mutter nur die Lippen fest zu-

sammen und ließ der Nähmaschine freien Lauf, dass sie knatterte wie ein Maschinengewehr.
»Man braucht sich«, sagte sie, »darüber nicht zu wundern.« Die Neuformierung der Gesellschaft fordere das alles. Wir müssten uns einfach anpassen.
Anatolij schrie auf: *»Halt den Mund, Alte!«*, denn er verstand nichts und regte sich auf, dass die Mutter mit uns Kindern litauisch sprach. Er hatte den Verdacht, dass wir ein Komplott gegen ihn schmiedeten oder ihn vielleicht verspotteten. Oder vielleicht missfiel Anatolij ganz einfach der Klang der Worte. Er behauptete stolz, die russische Sprache sei eine interplanetarische, und daher wären wir Litauer arme Provinzler und müssten so schnell wie möglich unsere Vogelsprache vergessen, wenn wir mit höher stehenden Völkern, beispielsweise Ufonauten, in Kontakt kommen möchten. Anatolij hatte sich mit ihnen schon einige Wochen hindurch unterhalten – die Ufonauten kamen meist um vier Uhr morgens angeflogen und liebten es, sich in Zinntöpfen einzurichten, Zinn schützte sie offensichtlich vor den Mikroben der Erde und verhinderte das Durchbrennen der Gehirnrelais.
Jedes Mal, wenn ich losprustete, schlug mir Anatolij den Löffel auf den Kopf – die Töpfe rührte er nicht an, in denen saßen offenbar die Ankömmlinge –, und ich verschwand eilig vom Tisch, denn nächstes Mal hätte er mit dem Taburett auf mich eingedroschen.
Mutter presste die Lippen noch fester zusammen – sie wurden wie ein Faden – und beugte sich immer über ihre Näherei.
Und da lag sie im Sarg und lächelte – so unverschämt, dass sich alle unwohl fühlten.

Sonia hatte versucht, ihren Mund mit Pflaster zuzukleben, doch Mutter kapitulierte nicht, und Sonia brach in Weinen aus. Anatolij war nirgends zu sehen, es werden ihn doch nicht die Ankömmlinge mitgenommen haben. Ein Mann mit einem schrecklichen Nachnamen, der die russische Sprache natürlich auch für eine interplanetarische hielt, dafür aber nicht wusste, was sein Nachname in unserer Sprache bedeutete, sagte, man habe ein Telegramm an meine Verwandten in Litauen geschickt, sie würden kommen um mich mitzunehmen, doch den Kleinen werde man in ein Kinderheim geben, es nähme ihn wohl niemand. Die Verwandten fürchteten fremdes Blut, und Genosse Kruglov, sein Vater, hatte sich in Luft aufgelöst. Offensichtlich war er im Kosmos verschwunden.
Der Kleine machte seine ersten wackeligen Schritte und klammerte sich an den Bändern des Sarges fest, die verweinte Sonia nahm ihn in ihre teigige Umarmung, und ich war besorgt, dass das Kind darin verschwinden könnte wie eine Rosine, doch Sonia ließ den Kleinen los und begann sich den Bauch abzuwischen, wahrscheinlich hatte der Kleine sie angekotzt. Der Boden war abscheulich, mit brauner Farbe eingerieben, und zwischen den Brettern, aus den Ritzen, schauten alte Zigarettenstummel hervor. Mutter schwamm darüber wie im Traum. Sie war hier fremd, tanzte mit einem scheußlichen männlichen Nachnamen herum, eine Männerhand glitt über Mutters Rücken hinunter, ich hatte mich im Eck hinter dem großen Kachelofen versteckt und fantasierte, dass sich eine Schlange hinunterschlängle. Danach ver-

schwand Mutter in einem Zimmer hinter den Kulissen, in das mich ein in einem Schaffell verschwundenes Ungeheuer nicht einließ, brüllend befahl es mir, zu verschwinden und die ideologische Arbeit nicht zu stören. Ich lief nach Hause über die gefrorene Novembererde und drehte mich immer wieder um, um zu sehen, ob über dem Kulturhaus der rote Stern leuchtete. Über dem Saal, über den betrunkenen Kolchosbauern, über den Zigarettenstummeln in den Bodenritzen und dem Zimmer, in dem die Ungeheuer meine Mutter quälten. Die Tränen und der Rotz liefen mir zugleich herunter, ich konnte weder das eine noch das andere unterdrücken, begann laut zu heulen, und als ich mich zum Stern umdrehte, sah ich, wie er zornig strahlte und mir nichts Gutes verhieß, denn ich war schwach, klein, hatte Angst vor Qualen und Geheimzimmern, daher war es nicht sicher, ob ich seinen mörderischen Strahlen standhalten könnte.

Sogar diese lange Zugreise, als Vater mich verwirrt anblickte, als schämte er sich, und Großmutter ständig ihre grüne Handtasche, die einem bemoosten Grabstein ähnlich war, öffnete und daraus entweder ein Taschentuch hervorzog, um ihren Tränen abzuwischen, oder ein Keks, das nach Friedhofserde stank, das sie mir vorsichtig entgegenstreckte, weil sie Angst hatte, ich würde ihr wie ein kleines Tier in den Finger beißen – das bedeutete nicht, dass ich dem Stern entkam, er leuchtete die ganze Zeit über uns. Großmutter murmelte, dass in Litauen die Schwester auf mich warte, dass »wir es zu zweit lustiger haben würden«, und dass auch die Nachbarn sie und Anastazas für ihre gute Arbeit lobten, doch ich dachte an den Kleinen, wie er sich an den Bändern des Sarges festhielt und mich verwundert anschaute. Als eine rotgesichtige Tante aus dem Kinderheim sich hinunterbeugte um ihn mitzunehmen, zitterte ich vor Angst wie vor einem offenen glühenden Ofen, der dazu da war, Säuglinge zu verbrennen. Danach habe ich den Kleinen nie mehr gesehen, ich erinnere mich nur an seine Augen; kaum hatte ihn dieses rote Weib mit seinen Pranken zusammengepresst, wurde das Weiß seiner Augen von den hellen Lidern verschlossen, und wie unter Oktobereis liefen darunter ängstlich die ersten Buchstaben.

Ich stieß die Hand der Großmutter mit dem Keks weg und sagte: *»Ne nado«*[2], Großmutter neigte den Kopf und flüsterte dem vor sich hin dösenden Anastazas zu: »Du lieber Gott, das Kind ist ja ein Russki.« Vielleicht bedeutete das, dass auch in meinen Adern fremdes Blut floss, sie wussten es nur noch nicht, und würden sie es erfahren, müssten sie auch mich dem roten Weib übergeben.

In der Nacht, als sie schliefen, blickte ich durch das Zugfenster, darin breitete sich der kalte und unheimliche Kosmos aus, das Teeglas, das auf dem Tischchen stand, zitterte in seiner eisernen Hülle wie ein Raumschiff, und mir schien für einen Augenblick, ich wäre ein kleiner unglücklicher Ufonaut, den der Wille des roten Sterns durch den Kosmos schleuderte.

Er ist so stark, dass ich mich bedingungslos beugen muss, und wenn ich nur ein wenig an seiner Macht

[2] Nicht nötig (russ.)

zweifle, erinnere ich mich an das letzte Lächeln von Mutter und vergesse es, durchglüht von einem Schauer, denn ich weiß, dass der Stern in der Todesstunde ein Lächeln erlaubt, offenbar ist das Leben eine lange Reihe von Qualen – man muss hart bleiben, das ist die einzige Weise, sich daran anzupassen.

3

Warum sah der Bruder auf dem Foto so erschrocken aus?
Weil man den Kleinen, der sich an die Trauerbänder klammerte, vor seinen Augen weggerissen und geradewegs den Händen der Behörden übergeben hatte?
Großmutter sagte: »O Jesus, wie gut, dass der Zug einen Schaden hatte, so sind wir zu spät zur Beerdigung gekommen.« Von einem solchen Anblick hätte sie Durchfall bekommen; schreckliche Erlebnisse versetzen ihrem Herzen und jenem Ort, den man beim besten Willen nicht auf anständige Weise nennen kann, einen ziemlich unsanften Schlag.
Gut, dass ich nicht dort war.
Großmutter behauptete, ich sei ihr ähnlich. Also hätte ich Dünnpfiff bekommen.
Doch höchstwahrscheinlich ist der Hobbyfotograf schuld an dem eigenartigen Gesichtsausdruck – einige Begräbnisteilnehmer sehen aus, als wären sie im Gebüsch ohne Hosen ertappt worden. Pimmelov hält eine Rede, und es sieht aus, als würde er zur Verteidigung gegen einen Angriff tollwütiger Hunde aufrufen – auf dem Mund hat er weiße Flecken, wahrscheinlich wurde er schon gebissen, Zuckungen befallen ihn. Sonia steht in einem dunklen Winkel, ohne Kopf, nur ihr mächtiger Busen ragt hervor – eine Göttin der Slawen aus grauer Vorzeit, eine Schutzpatronin der Erotik, gleich wird sie von Sauerkrautsaft überschwemmt werden.
Dann ist vielleicht auch das Entsetzen im Gesicht des Bruders nur ein Fehler des Fotografen?

Er steht ganz im Eck, von den Erwachsenen zur Seite gestoßen, und blickt direkt ins Objektiv, die Augen voller Verzagtheit, die Lippen zu einem schmalen Strich zusammengepresst, so ist der Weg der Partei, von dem man nicht abweichen darf, denn Abweichler werden mariniert und aufgefressen. Das sagte Mama, als ich mich unter das Bett verkrochen hatte, um mich vor Blaubart zu verstecken, aber ich habe keine große Hoffnung, dass sie wirklich von ihm gesprochen hat, vielleicht hatte sie dabei mich im Sinn – warum sah sie mich damals so finster an, während sie zu dem vollgesabberten Blaubart kein einziges Wort sagte? Manchmal scheint mir, dass die Gerechten und Unglücklichen abgeschlachtet und zermalmt werden, denn dieser Welt kommt es nicht darauf an, ob sie existiert haben oder nicht. Und nach Mamas Parteiprogramm ist das ganz logisch, denn ein Erbauer des Moralkodex fühlt sich erst dann als Sieger, wenn es nichts mehr zu erbauen gibt.
Blaubart verschwand schon am Tag der Beerdigung, darum stand händeringend eine dicke Frau mit Goldzähnen herum (Sonia, wer sonst. Nur wann ist sie dazu gekommen, sich die Goldzähne machen zu lassen? Ein Mensch, der das alles gesehen hat, kann Gold nicht von Kupfer unterscheiden, er ist offenbar intelligent, oder vielleicht ein Dummkopf). Und als Pimmelov sagte, er habe den Genossen Anatolij am Bahnhof mit einem Koffer gesehen, begann die Dicke, das hatte gerade noch gefehlt, zu schluchzen, als wäre Anatolij ihr richtiger Mann gewesen.
Vielleicht ist er zu einer Baustelle des Komsomol weggeflogen, sagte Pimmelov. In die Tundra. Kein

Wunder – die Tundra hat die rauen Herzen unglücklicher Kommunisten schon immer angezogen. Irgendwann wird er zurückkommen und den verdammten Koffer schleppen, angefüllt mit Schädeln, die nach den Traditionen afrikanischer Schamanen getrocknet wurden, und alle werden glauben, dort befänden sich saubere Krägen und Eau de Cologne. Wie viele Male habe ich versucht, in diesen Koffer einzudringen – immer war er versperrt und verströmte einen Geruch von Würde wie das Lenin-Mausoleum. Kein einziger Schlüssel passte dafür, weder der vom Lagerraum noch der von der Wohnung oder der von dem mechanisch anzukurbelnden kleinen Auto, von Nägeln oder Haarnadeln ganz zu schweigen. Danach fing er sogar an, mir Angst einzujagen – nicht wegen der getrockneten Schädel, die in Reihen geordnet und beschriftet waren nach Sowjetrepubliken, Alter und Ausbildung, sondern wegen seiner teuflischen Hartnäckigkeit. Wahrscheinlich hätte man sagen müssen: »Sesam öffne dich«, was sonst, damit er seinen Schlund aufriss.

Als ich mich bei Großmutter erkundigte, ob Mama mit ihrem Kopf im Sarg gelegen sei, erschrak sie, sagte Jesusmaria und bekreuzigte sich. Aha, wahrscheinlich war Mamas Kopf nicht in Blaubarts Koffer, auch nicht das Kärtchen mit der Aufschrift *»Litauerin, 36, Hochschulbildung«*. Aber was, zum Teufel, war denn dort? Mich interessierten Blaubarts Exponate so sehr, dass es mir richtig unter den Nägeln brannte: Die UdSSR ist so groß wie der Busbahnhof von Witebsk, der Koffer musste mit interessanten Dingen gefüllt sein! Der Kopf der Tochter eines kaukasischen Schafhirten mit langen Zöpfen: *»Aigule, achtjährige Ausbildung, macht guten Beschbarmak*[3]*«*. Eine Russin aus dem Ural, deren breite Backen nach Entnahme der Kiefer zusammengezogen waren wie eine getrocknete Zwetschke: *»Duna, Abendschule, Arbeiterin und Deputierte des örtlichen Parteikomitees«*. Ich hätte mich nicht gewundert, wenn ich ganz zarte Köpfchen gefunden hätte, zwölf oder dreizehn Jahre alt, mit Bezeichnungen wie *»Wolgablümchen«* oder *»Weißrussische Sträuße«*, solche müsste Blaubart am meisten geschätzt haben, allerdings nicht wegen ihrer Kochkünste.

Aber Blaubart passte auf seinen Koffer auf und erlaubte es einem nicht, seine Nase hineinzustecken, einmal sagte er sogar: *»Wenn du deine Nase hineinsteckst, erschlage ich dich.«*

Schau mal einer an, so eine Neuigkeit. Er würde mich erschlagen!

Als ob er je etwas anderes getan hätte.

Mutter nahm jede Arbeit, die sie nur bekommen konnte – sie machte Nachtdienst in der Torffabrik und achtete darauf, dass sich der Torf beim Trocknen nicht entzündete, sie stapelte und sortierte Futter in der Kuhfarm und nähte Säcke für die Lagerräume der Kolchose – und der da trieb sich nur mit seinem Koffer herum, wie sollte einem nicht der Verdacht kommen, er sei ein Mörder. Einmal, als er am Morgen betrunken und mit Frauenhaaren übersät zurückkam, sah ich ein Stück Papier aus dem Koffer herausschauen, vielleicht eine Banknote, vielleicht eine Karte, rot wie

[3] Kasachisches Gericht aus Hammel- oder Pferdefleisch.

Blut. Zuerst sprang ich erfreut auf – wahrscheinlich hatte Blaubart die Verkäuferin des Geschäfts in Tschornomaisk vernichtet, ein rothaariges Weibsbild, mächtig wie ein Kriegsschiff, sie hatte mich dermaßen angebrüllt, als ich einige Bonbons geklaut hatte, dass es wahrscheinlich sogar im Winterpalast zu hören gewesen war.

Sie schlug auch Lärm wegen einiger mickriger Bonbons, ist denn das etwas Ernstes – als in Rostow ein richtiger Kannibale tobte, da fraß der keine Bonbons. Mama fügte hinzu, das wäre ein klarer Beweis, dass die helle Zukunft nicht mehr weit sei. Es habe nichts zu bedeuten, wenn sich die Ordnung ändere. Die Menschen würden dennoch dieselben bleiben. Sie würden sich nicht ändern, nur anpassen. Wenn sich herausstelle, dass die Zukunft nicht die Farbe hat, die wir erhofft haben, würden die Kannibalen einstimmig behaupten, sie hätten genau dafür gekämpft. Der Bruder war wortkarg und ließ sich auf die Details der Beerdigung nicht ein. Er murmelte nur, Mama habe gelächelt, den Kleinen hätten die Behörden und Blaubart die Ufonauten mitgenommen. Unglaubwürdige Nachrichten, hol's der Teufel. Ich hätte hinfahren sollen. Doch sie haben mich nicht mitgenommen nach Tschornomaisk, die Nachbarin, eine Lehrerin, hatte davon abgeraten; das Kind bekommt ein Trauma, sagte sie, als wäre sie eine Hellseherin und wüsste im Voraus, dass ich mir während der Beerdigung ein Bein brechen oder das Kiefer ausrenken würde.

So habe ich auch nicht erfahren, welche Farbe der Bezug des Sarges hatte, ob Pimmelov rote Nelken oder die barmherzigen Dorfweiber weiße Lilien gebracht haben (wie sollten sie sie auch gebracht haben, wenn sie nur Sonnenblumen pflanzen!), ob Pimmelov mehr gesagt hat als *»Ein Kommunist stirbt, doch seine Werke sind ewig«*, Mama war doch nicht nur Kommunistin, sondern auch ein Mensch, und dazu gar noch eine Frau, das musste er doch wissen, auch wenn sie in einer Gesellschaft gelebt hatte, wo die Unterscheide zwischen den Geschlechtern im Laufe der Zeit verschwinden sollten.

Der Bruder sagte, Mamas Grimasse im Sarg habe an ein Lächeln erinnert. Bei genauerem Hinsehen scheint es, als hätte sie den Mund zu einem Schrei geöffnet, um Einspruch erheben. Was für ein Glück, dass sie nichts gesagt hat.

Es wäre doch schrecklich, wenn sie ihre Parteimitgliedschaft zurückgelegt oder wenn sie gar aufgeschrien hätte, sie sähe den Erzengel Gabriel, der sich mit einem feurigen Schwert gegen die mit Ketten um das Tor der Hölle kriechenden Kommunistlein wie gegen Läuse verteidigt, die überzeugt sind, das Leben nach dem Tod sei einfach eine Umsiedlung von einem Kopf auf einen anderen.

Hatte man nicht deswegen versucht, ihr den Mund mit Pflaster zu verkleben?

Und vielleicht blickte Pimmelov deswegen zu Boden? Denn es wäre für ihn schrecklich gewesen, Mama anzusehen – er wird noch den Himmel und die zornigen Engel erblicken.

Adieu, adieu, Tschornomaisk, du schwarzer Mai[4], wir werden uns wohl kaum jemals wiedersehen.

[4] Das ist die Übersetzung des (fiktiven) Ortsnamens Tschornomaisk.

1

Ich liege im Dunkeln und horche, wie vor dem blinden Fenster der Mairegen strömt und die Ratten unter dem Sarg rascheln. Eine baumelt am Band entlang nach oben, wendet den Kopf und schaut mich an. Es ist dunkel und düster, doch die Augen der Ratte sind noch düsterer, die tiefste Kohle der Erde. Sie will mir nichts sagen, offenbar wundert sie sich nur, warum ich meinen Körper so tapfer gegen den Zahn der Zeit verteidige, ich bin doch tot, und für einen Toten ist es doch egal.
Es ist nicht egal, es ist nicht egal!
Die Tränen sind wie Äther, gut, dass ich sie nicht abwischen muss, die durchsichtigen Ärmel der Seele würden nass werden.
Im Regengeplätscher ist der Klang eines *anderen* Wassers zu hören – jemand scheint sein Wasser abzuschlagen, ist das nicht Paschka, das Dienstleistungskombinat ist gleich nebenan, und er schläft gelegentlich auch in der Schuhreparaturwerkstatt – da steht er und klammert sich an der abgescheuerten Mauer des Kulturhauses fest, während er mit der anderen Hand den Hosenschlitz hält. Die Ankündigung über seinem Kopf lädt zum 9.-Mai[5]-Konzert ein, das bereits vor einer Woche stattgefunden hat, zu sehen ist der rote Stern auf dem Helm eines Soldaten, der Soldat hat besonders klare Gesichtszüge, der schwarze Mairegen wäscht sie, als möchte er sie ausbleichen.

[5] An diesem Tag wurde in der Sowjetunion das Ende des »Großen Vaterländischen Krieges« (2. Weltkrieg) gefeiert.

Ach Paschka, Paschka, wer brunzt denn schon auf die Fundamente der sowjetischen Kultur, bedeuten sie dir denn nichts? Gleich daneben ist doch die orthodoxe Kirche, die Bastion der Dunkelmänner, du könntest deine Flut auf ihre Umzäunung schiffen. Doch du genierst dich wohl, du schiffst nämlich Blut – das ist blasphemisch.
Etwas weiter weg, nach fünf Metern, ragt das Geschäft mit seinen Gitterfenstern hervor, die Flügeltüren sind in der Regel nur halb geöffnet, und durch sie muss man sich vorsichtig hineinzwängen, denn man kann an noch eine weitere Türe anstoßen – ein Gitter, das die braune Marfa manchmal aufzusperren vergisst. Wenn sich ein Kind, das gelaufen kommt, um sich für einige Kopeken billige Bonbons zu kaufen, daran stößt, so hebt Marfa hinter dem Ladentisch nicht einmal ihren Hintern, sie setzt sich nur dann in Bewegung, wenn sie ein verrauchtes *»fick ...«* oder *»in den Arsch ...«* zu hören bekommt. Einmal versuchte die Tochter einzudringen, indem sie diesen Fluch ausstieß, doch Marfa, diese Kuh, führte man so nicht hinters Licht. Sie drohte, es der Lehrerin zu melden, und diese werde der Tochter das Abzeichen der Oktoberkinder mit dem Engelsgesicht von Wladimir Iljitsch[6] wegnehmen, und sie werde das in aller Öffentlichkeit tun, wie im Mittelalter, als zur Ergötzung des Publikums Köpfe, Hände und andere nicht unbedingt notwendige Körperteile abgehackt wurden.

[6] Sowjetische Jugendorganisationen: »Oktoberkinder« (7–9 Jahre; trugen ein Lenin-Abzeichen), »Pioniere« (10–15 Jahre; trugen ein rotes Halstuch) und »Komsomolzen«.

Ein solcher Ort hätte Tschornomaisk noch gefehlt. Nur ist Genosse Pimmelov zu ängstlich, um das Beil zu heben. Er kann nicht einmal seine Frau bändigen. Diese Vogelscheuche hat mir schon so manchen Kübel Spülwasser vor die Füße geschüttet, Genosse Pimmelov, das ist doch blöd, und schließlich auch ekelhaft!
»Und was kann ich machen«, antwortete der und hebt die Schultern, »diesen Charakter hat sie von ihrer Verwandtschaft geerbt. Ihre Mutter hat gesoffen, die Großmutter auch, ja richtig, die Großmutter war schwachsinnig, sie war in der Kindheit vom Wagen gefallen, doch meine Frau macht alles für die Idee, aus keinem anderen Grund! Das ist ihr Enthusiasmus, und es ist zwar blöd, kann aber doch nützlich sein.«
»Nützlich? Wozu? Das ist doch eine Krankheit, Vasilij.«
»Nicht Vasilij!«, sagte Pimmelov streng. »Für Sie bin ich Genosse. Sprechen Sie mich mit dem Nachnamen an.«
»Ich will Sie nicht ansprechen – ich will Sie«, sagte ich und fügte hinzu: »Genosse Pimmelov.«
Pimmelov wurde rot.
»Verstecken wir uns vor Ihrer revolutionären Frau und ...«
»Daraus wird nichts«, sagte er und wischte sich den Schweiß von der Stirn, »ich habe eine Sitzung.«
»Eine Sitzung! Klar. Und mir ist eben der schreckliche Gedanke gekommen, dass es Ihnen der Moralkodex eines Erbauers des Kommunismus nicht erlaubt, mit mir zu schlafen«, sagte ich und empfand eine berauschende Schadenfreude. »Der da in der Hose. Schauen Sie, wie er steht.«
Pimmelov hielt es nicht mehr aus.

Er zog mich an den Haaren und zerrte mich zum Sofa, dass es wehtat. Doch gleich ließ er los – er ist doch ein sanfter Mensch, kein Ungeheuer. Er erhob sich, ganz purpurrot, schwer atmend und ohne mir in die Augen zu sehen.
»Hü… Hündin«, brachte er jämmerlich hervor.
»Aber wirklich nicht«, gab ich kurz zurück und brachte meinen Rock in Ordnung, »für Sie bin ich Genossin. Sprechen Sie mich mit dem Nachnamen an.«
Pimmelov riss einen Schnellhefter vom Tisch.
Er hätte ihn mir an den Kopf geschleudert, doch es klopfte an der Tür, und Aljoscha steckte sein Zerberusmaul herein – der Bescheuerte und von Pimmelov Herumgestoßene, dessen gewendetes Schaffell Kinder und abergläubische Weiber immer wieder in Schrecken versetzte, es sah nämlich aus wie die Haut eines der Wissenschaft unbekannten Polarungeheuers, die er bis Juni nicht ablegte. Dem Einfaltspinsel war in den Sinn gekommen, so sei er einem abgehärteten Kommunisten ähnlich, dem richtigen Menschen und Helden unserer Zeit. Vermutlich hatte er den Film über Alexej Meresjew gesehen, der ohne Beine durch den Schnee kroch, und sorgte im Vorhinein dafür, dass er, Aljoscha, sich beim Vollbringen seiner Heldentat keine Erfrierung holte und man dem Helden keinen Körperteil amputieren musste.
Selbstverständlich hätte niemand Aljoscha in die Partei aufgenommen, Narren konnten nur Sympathisanten sein, und auch das nur in Maßen, denn die Unterstützung durch Idioten gereichte der ruhmreichen Sowjetunion nicht zu großer Ehre. Wo bekommt man das zu sehen – der Parteisekretär sagt stolz: *»Wir*

nennen uns Kommunisten!«, und daneben wimmelt es von Schafen, denen der Speichel bis zu den Knien trieft, und alle blicken sie auf Pimmelov, als wäre er der Gott aus dem Silo.

Warum hat er Aljoscha nicht ins Narrenhaus gesteckt, wo die Fehler der Natur ohne Aufsehen korrigiert werden, damit sie dem System keine Schande machen? Im Herzen dieses sanften Menschen ruhte eben die Unzufriedenheit eines Philanthropen.

Oder wie sollte man es sonst erklären, dass Pimmelov den Schnellhefter plötzlich sinken ließ, anstatt ihn mir und dem Idioten über den Kopf zu schlagen, einen Seufzer ausstieß und sagte:

»Was willst du, lieber Aljoscha?«

Aljoscha sah Pimmelov mit seinem Schafsblick an, er vergötterte ihn eben, und mir warf er einen scheelen Blick zu, denn er konnte mich nicht ausstehen – offensichtlich deswegen, weil ich immer meinen Rock in Ordnung brachte, wenn er hereinkam, und brüllte herum:

»Die Pioniere! Sind schon da! Am Friedhof!«

Pimmelov verzog das Gesicht.

»Und was habe ich damit zu tun?«, sagte er mürrisch.

»Sie! ... Müssen auch ... dort sein!«, sagte Aljoscha streng. »Ei... Einen Wink geben. Mit dem Rechen!«

Er war sogar richtig ins Schwitzen gekommen unter seinem Schaffell – so viel Mühe kostete ihn diese Rede.

Pimmelov schlug sich mit der Hand auf die Stirn.

»Ich habe es völlig vergessen«, sagte er und warf mir einen bösen Blick zu. »Ich muss eine Rede halten zum Anlass der Instandsetzung der Soldatengräber. Soll sie der Teufel holen!«

Aljoscha nickte.
»Aha«, sagte er. »Der Teufel.«
»Halt den Mund!«, schrie Pimmelov. Er rückte die Gürtelschnalle zurecht und fügte hinzu: »Raus hier, du Idiot! Beide raus!«
Aljoscha warf mir einen misstrauischen Blick zu und verstand nicht, wie der Genosse Chef zwei so verschiedene Naturen vergleichen konnte, doch er trippelte folgsam in gebückter Haltung hinaus und rannte mit der Stirn gegen den Türpfosten.
»Und du, was stehst du da wie angewachsen?!«, schrie Pimmelov.
»Kann ich mitgehen auf den Friedhof?«
»Nein!«, wandte sich Pimmelov um. »Geh nach Hause, Genossin! Deine Kinder treiben sich unbeaufsichtigt herum! Sie stehlen Bonbons aus dem Laden! Und du … nennst dich noch Mutter!« Er schwieg und platzte dann, puterrot geworden, ganz dreist heraus: »Du Hu… Hure!«
»Ach Vasilij. Du sprichst wie Anatolij. Und schienst doch wie ein guter Mensch.«
»Auf Wiedersehen!«, kreischte Pimmelov und rannte zur Tür hinaus, die er so zuschlug, dass sogar der Schnellhefter auf dem Tisch hüpfte.
Na so ein Hitzkopf. Aber trotzdem – ein lieber Mensch. Ich zweifle nicht daran, dass er, wenn er seine Rede für die gefallenen Soldaten hält, auch an mich denken wird. Jeden schwarzen Mai, wenn Blut und Wasser die Erde aufweichen. Haben wir doch, auf diese oder jene Weise, die ganze Zeit über gerungen und gekämpft, unsere Zwietracht war unheimlicher als der Widerspruch zwischen der morschen Welt des Impe-

rialismus und dem keineswegs morschen Kommunismus, und Ideen haben hier überhaupt keine Bedeutung, an dieser Front gibt es keine Siegestage, es wird höchstens ein Waffenstillstand gefeiert.
Soll Aljoscha doch weiße Lilien setzen, solche habe ich in Litauen gezogen – das wird die Friedensfahne sein, und vielleicht wird der Pimmelova, diesem Zottelkopf, die Hand zittern, und anstatt das Spülwasser auf mein Grab zu kippen wird sie es auf das daneben schütten, das mit Brennnesseln und wilder Minze bewachsen ist.
Doch auf dem Friedhof von Tschornomaisk wird man ums Verrecken keine einzige weiße Lilie finden, nur gelegentlich blüht eine einzelne Sonnenblume auf, die aus der Kulturschicht der Sonnenblumenhülsen hervorsprießt, wenn sie bis dahin nicht von den durch den Friedhof streifenden Ziegen abgerupft wurde, den schwarzen, scheckigen und schwarz gefleckten, manchmal steigen sie auf die Umzäunung und blicken einen zufällig Vorbeikommenden mit den Augen von Teufeln aus der Unterwelt an, und es kann ganz leicht vorkommen, dass sie mit versoffener Stimme um eine filterlose »Prima« bitten, und damit nicht genug, sie rauchen eine und schlagen Funken mit ihren Hufen, und wenn der erboste Passant mit einem erbarmungslosen Schrott von Wörtern eine heftige atheistische Propaganda beginnt, verschwinden sie und lassen ein Häufchen Kotkügelchen zurück, das für jeden Atheisten ein richtiger Trost sein sollte, weil es zeigt, dass es keinen Gott gibt und nur die Materie existiert.
Am Vorhandensein der Materie habe ich keinen Zweifel. Das, was man das Geistige nennen könnte – die

bedingten Reflexe, die Reaktionen der Nervenbahnen, das Knattern durchgebrannter Neuronen –, das alles ist abgerissen wie Schuhbänder, die Muskulatur ist abgestorben, die Geschmacks- und Geruchsempfindung ist verschwunden, doch ich kann noch hören und sehen, um mich zu überzeugen, dass es mich noch gibt. Diese blöde Empfindung wird stärker und breitet sich aus, sie umfasst immer mehr Objekte der leblosen Materie. Und es scheint, als würde ich allmählich zu denkender Luft.

Ein Kratzen an der Tür.

Die Ratten laufen auseinander, und knarrend öffnet sich die Tür – in Tschornomaisk ist es nicht üblich, die Türe zu versperren, denn derjenige, der hineingehen will, wird sowieso hineinkommen, ohne sich um das Wie zu kümmern – eine graue Fufaika[7] stürzt herein, sie wird von zwei zittrigen Füßen getragen, aus dem aufgeknöpften Hosenschlitz tröpfelt Blut. Sie setzt sich auf die Reihe der unförmigen Stühle, deren fünf jeweils an den Rückenlehnen verbunden sind, seufzt auf und verstummt. Bist du das, Paschka? Draußen ist es still und finster, durch die geöffnete Tür strömt kühle Luft herein; sie sollte kühl sein, denn es weht ein leichter Wind, sogar ein Blütenblatt des Kirschbaums weht er unter dem Rand der Tür herein, es ist schwarz und geruchlos. Paschka schweigt und bewegt sich nicht, und ich weiß nicht, ob er gestorben ist oder nur eingeschlafen. Vermutlich schläft er, denn die Ratten kehren nicht mehr zurück, die

[7] Hässliche Daunenjacke, sozusagen die »Winteruniform« eines Sowjetmenschen.

graue Armee, deren Generäle sich zusammen mit den Mannschaften umbringen und zugrunde gehen.
Es sieht danach aus, dass es bald Tag wird.
Zu dieser Zeit kam Anatolij immer nach Hause geschlichen – jedes Mal wachte ich mit stark klopfendem Herzen auf, kaum dass er die Türklinke ergriffen hatte, nicht die Türklinke, sondern einen Blitzableiter, dessen Entladung direkt in mein Herz einschlug. Die blöde Naturgewalt, warum fängt sie niemand ein, soll sie Turbinen und Zahnräder drehen! Zitternd sprang ich auf, hüllte mich in die Decke, blickte auf die Schlafzimmertür und wusste nicht, was ich tun sollte – Anatolij entgegenstürzen, wie Hühner gackernd unter die Räder stürzen, ach, bist du endlich gekommen, mein Sonnenschein, was möchtest du, vielleicht einen warmen Tee … oder mich etwa verstecken, wie sich die Kinder versteckten, wenn sie seine Schritte hörten. Außer dem Kleinen, der auf seinen unsicheren Beinchen schaukelte, sich an dem Stab des Gitterbetts hielt, mit leeren Augen schaute und wartete, was die Erinnerung darin einschreiben werde.
Fast jedes Mal nannte mich Anatolij eine unglückliche Hure, und von dieser Wahrheit krampfte sich mir das Herz schmerzlich zusammen, denn Frauen, die mit diesem Namen bedacht werden, fehlt es eigentlich an Gleichheit, Freiheit und Emanzipation, an all dem, was die Kommunistenmänner proklamieren, und vielleicht wird irgendwann einmal die Zeit kommen, wo man die Vorsilbe *un* wie ein Zeichen von Schande und Ungebildetheit abwischen kann; dann wird sich das System schon einigermaßen durchgesetzt haben.

»Um Himmels willen, schlag mir wenigstens nicht ins Gesicht, ich habe morgen eine Sitzung«, bat ich Anatolij, und er erbarmte sich, er versetzte mir einen Tritt in den Bauch, dass ich mich krümmte vor Schmerz und Verblüffung.

»Da hast du's, du Kommunistenhure«, sagte Anatolij, »nicht einmal ficken will ich mehr mit dir, du erinnerst mich an die Schriften von Lenin, ich hab mir den Schwanz abgeschürft.«

Er schlug mit der Faust auf den Tisch, die Tasse stürzte um, rollte hinunter auf den Boden und schepperte, Anatolij zuckte zusammen, fluchte und holte mit der Hand aus – er würde dreinschlagen wie es mir gebührte, denn ich war daran schuld, dass der Ufonaut verunglückt ist.

An seinem blauen Kinn hatte er einen kratzigen Dreitagebart wachsen lassen, ich versuchte, ihn zu streicheln, doch Anatolij ließ sich nicht ein auf Zärtlichkeiten.

»Weißt du, was du für eine bist?«, sagt er unbarmherzig. *»Du, blödes Weib? Weißt du es?«*

Ich schüttelte den Kopf.

Anatolij warf mir einen scheelen Blick mit nachsichtiger Verachtung zu.

»Woher sollst du es auch wissen«, murmelte er. »Hast nicht genug Hirn dafür.«

Ich nickte unterwürfig. Nein, habe ich nicht, nichts zu machen.

Doch Anatolij wurde von einem solchen Eingeständnis nicht weich. Sein schwarzer Lockenkopf schwoll an, er heftete seine blutunterlaufenen Augen auf mich und begann wild zu knurren, dass ich nicht nur ein blödes Weib sei, sondern auch eine Faschistin und man müsste mich erschießen für die Schädigung der Verbindung der Russen- und der Ufonautenrasse, er habe es doch gesehen: Ich hätte die Tassen absichtlich umgeworfen, ich Hure! »Warte nur, die Zeit wird kommen, da werde ich mich dir mit stählernem Rumpf und diamantenem Kopf entgegenstellen, und meine Augen werden sich heulend drehen wie zwei Raketenturbinen!«

»Und was wird mir dann passieren?«, fragte ich unruhig.

Anatolij gab keine Antwort.

Durch die Nase murmelnd zog er die angebrochene Schnapsflasche aus der Tasche und goss sich die Tasse voll, nachdem er sie vom Boden aufgehoben und die Reste des Ufonauten ausgeschüttet hatte.

»Ich fick dich durch!«, stieß er roh hervor, trank aus und rülpste.

Als er aus meinem Blick verstand, dass diese Strafe nicht schrecklich schien, verzog Anatolij das Gesicht.

»Es wird nicht angenehm sein«, sagte er im Stehen. »Es wird wehtun!«

Das wusste ich. Es tat immer weh. Ich hatte schon gelernt, das auszuhalten. Außerdem war Anatolij manchmal so betrunken, dass er nicht merkte, ob er mich biss oder den Kopfpolster.

Jetzt biss er auch zu, doch ich kam noch dazu, mir den »Dialektischen Materialismus« vorzuhalten; zornig knurrend spuckte er das Eck des Zellophanumschlags aus, stürzte hin und fing an zu schnarchen. Ich zog ihm die Schuhe aus, nahm die Socken ab –

wie klein seine Füße und wie ordentlich seine Nägel waren, dünn, etwas bläulich, kein gelber plebejischer Pilz war zu sehen, der die Nägel in ein dickes Schneckenhaus verwandelt, nicht einmal seine Socken stanken, und wenn die Anekdote von den Fußlappen von Vasilij Tschapajew[8], die man ins Eck stellte, eine Illustration richtiger Männlichkeit ist, dann war Anatolij vielleicht kein Mann, sondern ein Nachkomme der fremden Rasse der Ufonauten.

Es schüttelte mich vor Kälte und Stolz, ich kroch unter die Decke und schlief ein, etwas weggedreht vom Ufonauten – damit er mir nicht im Schlaf einen Fußtritt versetzte.

Die Ratten sind zurückgekommen.

Eine krabbelt wieder am Band herauf und blickt mir ins Gesicht, offenbar hofft sie, ich würde milder aussehen und besser riechen. Doch mein Gesichtsausdruck enttäuscht die Ratte, sie plumpst auf den Boden wie ein vollgestopfter Sack, ich höre es nicht, aber ich spüre es, der Umkreis des Aufpralls schillert wie eine Welle heißer Luft.

Die anderen schnüffeln an den Blutstropfen auf dem Boden und glotzen mit erhobenen Schnauzen auf die zusammengesackte Figur mit der Fufaika, einige kreisen schon um ihre Füße, doch plötzlich kommt jemand krachend zur Tür hereingepoltert, die Ratten

[8] Vasilij Tschapajew (1887–1919) war ein Kommandeur der Roten Armee im russischen Bürgerkrieg. 1923 schrieb der Schriftsteller Dimitrij Formanow einen Roman über ihn, 1934 wurde danach ein Film gedreht, der in der UdSSR sehr populär war.

kräuseln sich wie Seidenwellen zur Seite, von hinten prallen heisrige Schimpfwörter auf sie, eines trifft auch mich, direkt in den Augenwinkel, sogar das Lid zuckt vor Verblüffung.
Na, ist das Weib nicht blöd, warum schimpft sie und schlägt auf die Fufaika mit Schlüsseln ein, als ob sie nicht wüsste, dass das immer so ist. Die Ratten bei der Leiche wie die unversperrte Tür, der offene Sarg und ein Eindringling, den das Weib rüttelt und schüttelt, danach rennt sie zur Tür hinaus und vergisst sie abzusperren, und die Morgensonne kommt herein wie ein General, ohne auf irgendeinen Widerstand zu stoßen, sie hält nur einen halben Meter vor dem Sarg an, denn plötzlich wird sie vom Schatten besiegt, und noch später kommen zwei weiße Kittel hereingelaufen, tragen die Fufaika hinaus und schlagen der Sonne die Tür zu.

2

Danke, Großmutter, dass ihr mich aufgenommen habt. Danke, Papa. Danke, ihr guten Nachbarn, dass ihr angelaufen kamt, mich zu besichtigen wie irgendein Ferkel mit zwei Köpfen, ein Glück, dass ihr mich nicht abgetapscht und gekniffen habt, denn dann hätte ich gesagt, dass ich an einer gefährlichen Krankheit leide, und wenn ihr mich berührt, würdet ihr euch anstecken, ihr würdet von roten fünfeckigen Flecken übersät sein, die schrecklich jucken.
Das habe ich nicht gesagt, denn niemand hörte mir zu. Ringsum plapperten sie, und nur litauisch, nicht zu fassen, und die Schwester, auch die gab keine Ruhe, schleppte mich in den Garten und nötigte mich, auf einen Apfelbaum zu klettern – schau, von dort ist das ganze Dorf zu sehen. »Geh doch scheißen!«, sagte ich zu ihr, das waren meine ersten litauischen Worte in Mamas Heimat. Die Schwester blähte sich auf und sagte: »Du Barbar!«, und ließ mich allein zurück im Winkel des Zimmers beim Tisch, der mit Tellern voll Sülze und Wurstmagen überhäuft war, wie hinter Barrikaden, die vor dem Kannibalen aus Rostow schützen sollten. Der Kannibale wäre durch eine solche Überfülle von Fleisch ganz sicher nicht durchgedrungen, doch mich behelligte die Tante mit dem Dutt, der an ein mit Schnüren umwickeltes Einmachglas erinnerte, und sie zwängte sich trotzdem durch, und nur um mich an den Händen zu fassen, sie ständig zu schütteln und dabei zu jammern: »Ach, du armes Waisenkind!« Mir blieb nichts anderes übrig, als zu sagen, dass ich Pipi machen möchte.

Dann ließ sie mich vorbei, aber unwillig, und aus ihren Augen sah ich, dass das ein zu schwacher Grund war, um ihrer Barmherzigkeit zu entfliehen.
Ich verstehe nicht, warum es notwendig war, den Kleinen der Behörde zu übergeben, wenn es rundherum von barmherzigen Menschen wimmelt. Sie könnten ihn zum Beispiel dieser Tante mit dem Dutt überlassen, aber wenn sie den Armen ständig schüttelte, würde wohl kaum etwas Gutes dabei herauskommen. Er würde schwachsinnig werden und die ganze Zeit zittern.
Kann sein, dass die satten Onkel und Tanten auch über mich so denken. Ich habe gehört, wie eine Frau sagte, während sie Wurstmagen mampfte: »Er hat sie ja immer mit dem Besenstil geprügelt!«, und eine andere biss entsetzt in den Kuchen und fügte hinzu, er habe sie auch mit dem Bügeleisen verdroschen und mit dem abgebrochenen Bein eines Taburetts, und es wäre sehr gut möglich, dass er auch keine Gelegenheit ausließ, sie mit frischen Brennnesseln zu schlagen: »Sehen Sie, was für rote Augen das Kind hat, das kommt immer vom Peitschen mit Brennnesseln.«
Deswegen sieht er auch so wild aus und versteckt sich vor den Menschen, und als Rozalia ihn streicheln wollte, hat er sie fast gebissen! Ihr werdet sehen, er wird es schwer haben in der Schule, er spricht nur Russisch, und der Stiefvater, dieses Tier, hat ihm wohl mit dem Bein des Taburetts auch das ganze Gehirn zusammengeschlagen!
Vater döste nach einem solchen Gerede immer verzagt vor sich hin und sah mich nicht mehr an, er soff

nur Glas für Glas in sich hinein, und ich wartete mit Schrecken, wann er irgendetwas anfasste, das zum Verprügeln taugte, und über mich Versager, der seine Hoffnungen nicht erfüllt hatte, herfallen würde. Welche Hoffnungen, das wusste ich nicht, ich hatte auch das nicht begriffen, dass er überhaupt keine Hoffnungen hatte, für ihn war es auch so gut; Großmutter tanzte um ihn herum wie um ein kleines Kind, und er gewöhnte sich daran, dass er glaubte, meine Schwester und mich für Rivalen halten zu müssen, und er dachte nicht daran, um diese herumzutanzen, denn dafür war er nicht reif. Kinder, sagte er, müssen von selbst wachsen, wie die Pilze. Das lasse ich sie auch, und das genügt völlig.
Also machte er auch keine Anstalten, uns zu verdreschen, dafür begann er zu schluchzen, weil er sich selbst so leidtat, obwohl er meinte, dass ihm die in der Erinnerung noch immer lebendigen Bilder des Begräbnisses die Tränen hervortrieben (welche Bilder denn, er war doch zum Begräbnis zu spät gekommen, er kam an, als auf dem Grab schon die Ziegen herumkletterten) und ihm träume Mamas unheimliches Gesicht und ihr Lächeln (er fürchtete die Begräbnisfotos so sehr, dass er sie in einen dicken Zellophansack gab, ihn mit Spagat verschnürte und in der Kredenz verschloss). Wie werde ich jetzt mit solchen Erinnerungen leben, schluchzte er; Großmutter streichelte seinen Kopf – ich glaubte, sie würde die Zipfelschürze aufstülpen, um ihm die Tränen zu trocknen; die Schwester wurde zornig, sie blickte fast mit Abscheu auf den heulenden Vater, doch mir war leichter, denn ich begriff, dass Vater uns nicht schlagen wird, nicht weil er das nicht wollte, sondern weil er

einfach zu schwach dazu war. Und zu ängstlich. Ich war ja ein wildes Tier, ich hätte beißen können.
Und wenn es mir noch in den Sinn gekommen wäre zu drohen, Mama werde in der Nacht kommen um ihn zu quälen, mit gefletschten Metallzähnen, mit aufgequollenem Gesicht, nassen Haaren und der angeschwollenen Brust einer Ertrunkenen, wäre Vater derart erschrecken, dass er mich in den Wald gebracht und bei den Pilzen ausgesetzt hätte.
Und er hätte weitergelebt, wie er bisher gelebt hat. Er wollte einfach, dass er allen leidtat, dass sie ihm auf die Schulter klopften wie einem großen Kind und ihm statt Süßigkeiten etwas zum Trinken gaben.
Wahrscheinlich ist es gut, nicht erwachsen zu werden. Auf ewig ein Kind zu sein. Ein groß gewachsenes. Ein altes. Zu sterben, und noch immer an Märchen zu glauben. Keine endgültigen Entscheidungen zu fällen, denn ein Kind begreift ihre Bedeutung nicht. Und hat es nicht nötig, sich auf den Willen zu berufen – der Wille ist eine Vorstellung aus der Erwachsenenwelt.
Mein Vater war ein sehr glücklicher Mensch.
Großmutter hingegen überhaupt nicht.
Sie erzählte mir oft, wie sie als Hirtin ihre Füße in den Kuhfladen gewärmt und geweint hatte, wenn sie in die Ferne blickte, in die Richtung ihres Zuhause, und wie gut es die Kinder jetzt hätten, sie könnten in der Früh bis elf Uhr schlafen und sich am Sauerrahm satt essen, doch als sie, das nichtsnutzige Hirtenmädchen, in der Speisekammer ihren Finger in den Topf mit Sauermilch steckte, schlug ihr die Bäuerin mit dem Schlägel auf den Kopf. Die arme Großmutter hatte keine Kindheit gehabt, sie war abgequält und

niedergeschlagen, und sie hustete schon schrecklich, chronische Bronchitis, die Kuhfladen hatten wohl nicht geholfen, und aus.
Als wir in der Schule einen Aufsatz darüber schreiben mussten, worin sich unsere fortschrittlichen Zeiten von den verdammten bourgeoisen unterscheiden, habe ich geschrieben, dass Kuhfladen in jenen Zeiten dazu gut waren, sich die Füße zu wärmen, und wozu sie in diesen Zeiten gut sind, sei nicht klar; ich ging hinter den Stall auf die kleine Wiese und prüfte einige Kuhfladen, doch sie waren so hart, dass man sich damit eher den Kopf aufstechen als die Füße wärmen könnte. Die Klassenlehrerin sagte nichts, sie blickte mich nur mit solchen Augen an, dass ich sofort begriff, dass sie mich für ein schwieriges Kind hielt, von dem man alles erwarten konnte, nur keine Auszeichnung mit Fähnchen und keine Belobigungsurkunde. Und auch zur Theatergruppe, wo die Geschichten von den Taten der Helden der Pioniere gespielt wurden, war ich nicht wert, hinzugezogen zu werden, denn wenn man die Brust dem Maschinengewehr darbieten musste, hätte ich womöglich gesagt, dass ich Angst habe. Und wir hatten kein Recht, Angst zu haben, die Helden waren dadurch berühmt, dass sie starben, und je eher das geschah, umso mehr ließ ihre Person den ehrfürchtigen Schauder steigen. Als ich sagte, auch ich könne meinen Vater verraten wie Pavlik Morozov[9], damit nur niemand stirbt, wurde

[9] Pavlik Morozov (1918–1932) wurde von der sowjetischen Propaganda als Märtyrer glorifiziert, weil er mit 13 Jahren seinen Vater verraten hatte und dafür von seiner Familie getötet wurde.

die Klassenlehrerin aus irgendeinem Grund böse, schlug das Klassenbuch zu, dass es klatschte, und sagte, es reiche jetzt, ich fiele ihr absichtlich auf die Nerven, Vater solle in die Schule kommen, sie würde ihm alles darlegen und verlangen, Maßnahmen zu ergreifen.
Vater ging nicht in die Schule – er zitierte nur die Redewendung von Mohammed und dem Berg und hielt sich dabei offensichtlich für Letzteren. Doch als ich auf dem kleinen Weg an den wilden Apfelbäumen vorbei die Klassenlehrerin kommen sah, versteckte ich mich in der Holzhütte und sah zu, wie sie sich mit Vater unterhielt und dabei mit dem Klassenbuch herumfuchtelte, Vater stand da und ließ die Hände hängen, die Klassenlehrerin schien ihn zurechtzuweisen, nicht mich, bald würde sie ihm das Klassenbuch auf den Kopf schlagen, und schlussendlich, als die Klassenlehrerin hinter den wirren Stacheln der wilden Apfelbäume verschwunden war, ging er zum Brunnen, nahm die Sense vom Ast herunter und begann, ihre Schneide zu dengeln.
Ich erschauerte vor Angst.
Wenn sowjetische Kinder ihre Väter verraten konnten, dann würden die vielleicht ihre ungehorsamen Sprösslinge schlachten?
Die Klassenlehrerin hatte doch gefordert, Maßnahmen zu ergreifen! Und zwar strenge; das Ziel, so wiederholte sie gerne, rechtfertige die Mittel, und das Ziel ist der Kommunismus. Also würden wir alle demnächst aussterben, und ich wusste nicht, wer sich dann über die helle Zukunft freuen hätte können, wenn es niemanden mehr gab, nicht einmal die Klassenlehrerin.

Um von den schrecklichen Gedanken loszukommen, ging ich in den Gemüsegarten und half Großmutter, das Unkraut bei den Futterrüben zu jäten, Großmutter stöhnte geradezu vor Freude, dass ich so tüchtig war, denn die Schwester war zur Theatergruppe gelaufen und hatte erklärt, die Kunst sei doch wichtiger als die Futterrüben, doch Großmutter dachte umgekehrt, sie hielt alle Artistinnen für Huren, und wenn die Schwester auch erst zwölf war, so hoffte Großmutter doch nicht mehr darauf, dass aus ihr eine anständige Frau würde. Ich hoffte auch nicht darauf. Konnte man denn auf irgendetwas hoffen, wenn ringsherum alle mit einem solchen Stolz starben, und die Sense, die im Apfelbaum baumelte, an die Erziehungsmaßnahme erinnerte, die Vater nur deswegen nicht ergriff, weil ihm jede Entschlusskraft fehlte?
Ich durchstöberte das ganze Haus auf der Suche nach einem Winkel, wo ich mich verstecken konnte, doch das Haus erinnerte an einen Durchgangshof – schon wenn man durch den Hausflur hereinkam, ging man wie ein Luftzug durch das ganze Haus, aber das Schrecklichste war, dass sich in dem dunklen Korridor, auf den drei Türen hinausgingen, die Falltür zum Keller senkte. Ließ man sie offen, so stürzte mit Sicherheit jemand in den Keller. Die Planung hatte offenbar ein Mann mit Mordgelüsten gemacht, denn der Keller war tief, der Korridor dunkel und die Tür gerade neben der Falltür. Als die Schwester hinunterfiel, konnte sie sich am Griff noch ein wenig festhalten. Das war offenbar der Plan des mordlustigen Architekten: dass man einen Hauch von Nichtsein spürte, wenn man über dem Abgrund hing.

Danach konnte ich im Litauisch-Unterricht nicht ruhig zuhören beim Märchen über Sigutė. Vor allem an der Stelle, wo die Kuh sagte: »Geh nicht weiter, Sigutė, geh nicht, Töchterchen! Unter der Schwelle ist eine Grube glühender Kohlen!«
Ein Glück, dass die Schwester gesund und lebendig hinauskroch, nicht einmal die Beine hatte sie sich verstaucht, sie hat sich nur ziemlich angeschlagen, als sie die Kellerstiege hinunterkugelte. Ich weiß nicht, was Großmutter gesagt hat, die damals die Falltür offen gelassen hatte, damit Licht hineinkäme, und ruhig im Vorratsraum ihre Kartoffeln aussuchte. Vielleicht: »Was schleichst du hier herum! Hast du nichts zu tun!«, oder vielleicht auch gar nichts, denn das Wärmen der Füße in den Kuhfladen, die deutsche Okkupation, die Hungersnot in der Nachkriegszeit und der etwa zehn Jahre jüngere Großvater, der Hengst, der ihre Aussteuer verspielt hat, die sie bei ihrem Dienst am Hof mühsam zusammengetragen hatte, hatten ihr die Fähigkeit genommen, sich über die kleinen Ereignisse des Alltags zu wundern.
Als die Schwester die Falltür offen ließ, weil sie auch im matten Licht Kartoffeln aussuchen wollte, stürzte der Nachbar in den Keller – er polterte die Stiege hinunter, schlug mit dem Hintern auf den Stufen auf, direkt neben dem Vorratsraum, und sagte zur bestürzten Schwester ganz fein: »Guten Tag! Schau, da bin ich!«
Großmutter konnte nicht so fein stürzen, sie brach sich eine Rippe und verstauchte sich den Fuß, das ganze Haus stank einige Wochen nach Kampfer, und Vater konnte sich noch am Rand der Öffnung fest-

halten, einige Zeit hing er da schaukelnd und fiel nicht hinein, sondern sprang auf die Kellerbank, schrecklich fluchend, nur aus irgendeinem Grund fluchte er nicht auf den Architekten, sondern auf den Keller, als wäre der an irgendetwas schuld.
Da ich mich als Einziger einigermaßen hielt und auf keinen Fall in das Lager der modrigen Kartoffeln fallen wollte, begann die Familie, mich misstrauisch anzusehen und mich für einen Angeber zu halten.
Doch durch die geschlossene Tür und durch die Wände roch ich immer schon von Weitem den feuchten Geruch der Erde, der aus dem Innern des Kellers aufstieg, und ging dann jedes Mal leise um die offene Falltür herum, und Großmutter, die im großen Rübenspeicher herumwühlte, hörte nie auch nur das Knarren der Bodenbretter oder das Öffnen der Küchentür. Auch nicht das Knarren der Stiege – die geöffnete Keller-Falltür war für gewöhnlich an ihre Stufen angelehnt, die in die Scheune führten, wo ich mir zwischen Apfelkisten und alten Fetzen eine Einsiedlerhöhle einrichtete und dort immer Bücher las, ich stellte mir dabei sogar vor, ich sei Wolf Larsen[10], schrecklich einsam auf seinem Schiff, und als die Dämmerung sich verdichtete und langsam anfing, meine Seiten zu bedecken, da stellte sich heraus, dass auch ich zu erblinden begann wie der unglückliche Kapitän, der von Maud Luzifer und von van Weyden eine Bestie genannt wurde, und das Haus schwamm knarrend wie ein Schiff in den stummen Fluten der Winde.

[10] Hauptperson in Jack Londons Roman »Der Seewolf«.

So bin ich auch aufgewachsen – nicht wie ein Pilz, eher wie ein junger Wolf. Großmutter schien, dass man, wenn man nur genug zu essen hatte, über das Leben nicht mehr zu diskutieren brauchte, Vater ging es nur noch ums Trinken, und der Schwester darum, sich auf der Bühne zu zeigen. Ich war mir selbst überlassen und hatte Angst vor mir wie vor dem offenen Keller – wäre ich gestürzt, ich wusste nicht, ob ich mit den Beinen die Bank erreicht hätte wie Vater. Wer weiß, ob Mama, als sie hier lebte, mit uns, die wir kaum geboren waren, noch vor Tschornomaisk, in diesen Hexenkeller gefallen ist, und wie sie sich gefühlt haben musste mit dem Wissen, dass zu Hause eine Höllengrube war, und es spielte keine Rolle, dass anstelle von Kohlen blaue und violette Kartoffeln in der Dunkelheit glühen. Warum hatte niemand diese Falltür zugenagelt wie einen Brunnen der verlorenen Seelen?
Niemand … nicht niemand, sondern du, Vater, du … und ich, der blinde Kapitän, muss nach Orientierungspfählen suchen, die vom Wind nicht im Meer hin und her geworfen werden, und unter mir ist der Laderaum, voll mit Kartoffelkeimlingen gefesselter Wasserleichen.

3

Der Laden in diesem Dorf war wirklich besser als der in Tschornomaisk. Zuerst einmal, weil es keine Gittertür gab, und die Fenster groß und vergleichsweise sauber waren, man konnte einen auf der Straße gehenden Menschen gut sehen. Und die Bonbons waren hier wohl noch besser, das Blöde war nur, dass sie hinter dem Rücken der Verkäuferin waren und abgewogen wurden, man konnte sie nicht stibitzen. Alles befand sich hinter dem Rücken der Verkäuferin, außer den Dreilitergläsern marinierter Tomaten, Mineralwasser und den Grütze-Säcken, die man sich selbst aus den Eisencontainern nehmen konnte, die an den Wänden aufgestellt waren, denn wem wäre es einfallen, einen solchen Krempel zu stehlen. Richtig, auch die Butter ragte wie ein Klotz vor der Nase der Verkäuferin heraus, darin steckte ein Messer von der Größe eines Ruders mit abgegriffenem braunen Schaft, und daneben lagen Bögen eines groben, ebenfalls braunen Papiers, um die abgeschnittene Butter einzuwickeln.

Die Verkäuferin ähnelte auch einem Klotz, sie war groß, dick und überragte die meisten Männer, nicht zu vergleichen mit diesem Juozas, der wie ein Hauff'scher Zwerg hinter dem Verkaufstisch stand und mit tattrigen Tyrannosaurus-Händen auf das Malzglas zeigte – offenbar wollte er wieder Bier brauen. Ein Verwandter unserer Familie, doch Gott sei Dank ein so entfernter, dass er mich nicht zu fassen kriegte mit seinen runzeligen Gliedern, außerdem zitterte er wie ein Topf warme Sülze, er wäre noch ausgerutscht,

wenn er versucht hätte, mir auf den Apfelbaum nachzuklettern, ich saß dort zwischen den schwarzen Blättern der Nacht und noch kaum aus den Blüten geschlüpften Äpfeln und wusste nicht, ob ich dem Zwerg einen Strahl auf den Kopf hinunterlassen sollte, wie es die Wildkatzen machen, oder ob ich nach der schwerhörigen Großmutter rufen und mich beschweren sollte, dass sich Juozas ungehörig benahm. So ist es unter Menschen akzeptiert, aber nicht in der Gesellschaft der Katzen, doch ein höfliches Benehmen führt zu nichts und ist schwer zu begründen, daher wählte ich ohne Gewissensbisse erstere Methode.
Der Zwerg bedeckte den Kopf mit seinen faltigen Händen und stürzte zu Boden; zuerst dachte ich mit angenehmer Verwunderung, dass ich so eine mächtige Wirkung gar nicht erhofft hatte, doch danach ergoss sich vom Himmel ein sommerlicher Platzregen, der rauschte wie ein umstürzender Baum und uns beide gleich machte, indem er uns bis auf die Haut durchnässte.
Juozas erhob sich vom nassen Gras, spuckte vor Zorn aus und schlich nach drinnen, wo ihn, wie ein Pirol trillernd, seine Frau rief, eine Trinkerin und ein Sonderling wie er. Sie hing ganz schrecklich an ihrem Mann und war eifersüchtig wie eine Hexe. Immer wenn Juozas sich an kleine Mädchen heranmachte, stürzte sie los, um diese Mädchen zu zwicken, sie zog sie an den Haaren und spuckte ihnen ins Gesicht. Offensichtlich war sie selbst nie klein, sondern wurde schon so geboren: griesgrämig, kahl, mit einem großen Kopf und einer Eierschale im Mund.
Dafür ging sie nie in die Konzerte, an denen Schüler teilnahmen, ich habe sie nur einmal gesehen, sicht-

lich unter Zwang herbeigetrieben, denn sie saß zwischen dem Parteisekretär und dem Kolchosvorsitzenden, und ihre Augen, auf die Bühne geheftet, glühten vor Hass – die mit weißen Krägelchen geschmückten Erstklässlerinnen sangen ziemlich dissonant »Über den Berg auf einem Pfad«[11]. Als ich stolz die Bühne betrat und die Musiklehrerin würdevoll nickend mit ihren Fingern die Klaviatur des Pianinos berührte, sah ich Juozas' Frau nicht mehr im Saal, nur der Kolchosvorsitzende wischte sich die nasse Stirn ab, und der Parteisekretär hielt irgendeinen Fetzen in der Hand und stierte betreten darauf. Danach sagte jemand, dass die Frau von Juozas mit einer derartigen Gewalt hinausgestürmt sei, dass sie sogar den Ärmel geopfert hatte, an dem sie der Parteisekretär gepackt hatte. »Was für ein Hass auf den Sozialismus!«, schrie dieser wütend auf, aber was hat das denn mit Sozialismus zu tun, wenn die Frau offensichtlich eine Hexe und mit allen Mitteln drauf aus ist, das eine oder andere kleine Mädchen aufzufressen, doch seht, Kindergarten und Schule sind voll von ihnen, in den Zeiten der Leibeigenschaft war das nicht so, und im Mittelalter auch nicht.

Man wollte Juozas' Frau streng verurteilen, doch hernach kam man überein, dass sie psychisch instabil und der Gesundheitsfürsorge zu übergeben sei, denn sie stelle eine Gefahr für die Laienkunst dar. Der Pfarrer versuchte, sich für Juozas' Frau einzusetzen, doch der Parteisekretär entgegnete schroff, dass er

[11] Ein Schullied, das jedes litauische Kind kannte.

von den Aposteln des Obskurantismus keine Ratschläge nötig habe, er wisse, was zu tun sei.
Ich sah, wie sich der Polizeiwagen auf dem schmalen Waldweg entfernte und im Fenster das blasse Gesicht von Juozas' Frau mit geschlossenen Augen auftauchte – als wäre sie gestorben oder hypnotisiert. Mir ist sogar das Gläschen mit den Erdbeeren aus den Händen gefallen.
Doch nach einiger Zeit, als die ersten Pilze des Sommers zu sprießen anfingen, kam ich, durch den Wald stapfend, denselben kleinen Weg gegangen und musste mich direkt hinsetzen vor Schrecken, als ich eine dunkel gekleidete Gestalt erblickte; wie irgendein Gespenst ging sie auf dem Waldweg, schritt völlig lautlos dahin. In der einen Hand trug sie Schuhe, in der anderen hielt sie einen schwarzen Plastiksack.
Man musste gar nicht rätseln, ob das Juozas' Frau war oder nicht. Ich sah sie an, ohne die Augen von ihr abzuwenden, bis sie um eine Biegung verschwunden war, und danach bemerkte ich, dass ich von grünlichen Fliegenpilzen umgeben war, einem Heer böser Geister – Schauer liefen mir über den Rücken.
Ich trat sie alle nieder und lief nach Hause.
Man wusste nicht, was Juozas empfand, als seine Frau zurückkehrte, doch mir schien, dass er sich immer wie ein kaltblütiges Reptil benahm, mochte geschehen, was wollte. Wahrscheinlich hat er sich nicht einmal vom Ofen wegbewegt, auf dem er sein schuppiges Hinterteil wärmte.
Der Parteisekretär ließ ihre Familie in Ruhe, und ich begriff, dass zwei vorsintflutliche Reptilien, die sich im

Stillen mit selbst gebrautem Bier vergifteten, das mit DDT und Sprühmittel verstärkt war, in die Inventarliste der Abgeschriebenen gehörten und man sie ruhig vermodern lassen konnte. Außerdem war das auch ein eigenartiger Vorwurf an die Kirche – oder gereichte es ihr etwa zu großer Ehre, wenn während der Messen beim Altar so ein unsinniges ideologisches Relikt herumkniete?

Der Pfarrer benahm sich anders als der Parteisekretär und machte dem unsinnigen Relikt keine Vorhaltungen, offensichtlich bedeutete ihre Ehre nicht wer weiß was, wie auch die fortschrittlichste Ideologie auf der Welt. Das schien mir nicht richtig, denn Juozas war ein Knüppel zwischen den Beinen und hinderlich beim Weiterrollen in die helle Zukunft. Doch die Frau von Juozas hätte man überhaupt auf dem Scheiterhaufen verbrennen müssen, denn Hexen konnte man nun einmal nicht mehr umerziehen, sie hätte nur so getan, als sei sie ideologisch fügsam und nützlich für das System gewesen – sie hätte zum Beispiel in einer Spinnereihalle gearbeitet und eine Auszeichnung bekommen, doch danach hätte sie bei passender Gelegenheit wieder den Totenkopf und die Kristallkugel herausgezogen.

Großmutter regte sich fürchterlich auf, als ich das so unverblümt sagte – sie bedrückte die Tatsache, dass Vater, der ihre Pension genommen hatte, weggefahren war, um Ferkel zu kaufen und schon einen ganzen Tag lang nicht zurückgekehrt war, darum ging sie in das Häuschen, schloss sich ein und begann unter großem Gejammer zu furzen.

Und das Schönste – jetzt war ich schuld, dass sie vor Nervosität Durchfall hatte.
Ich schob die »Tiesa[12]« durch den Türspalt und sagte, sie solle sich nicht mit dem Blatt abwischen, auf dem ein ganzseitiges Foto von Breschnew ist, denn davon würde ihr Hintern schwarz.
Großmutter jammerte, zog die Zeitung an sich und hieß mich gehen und nachsehen, ob der Bus gekommen sei. Sie hoffte wohl insgeheim, Vater habe sich zu lange auf dem Markt aufgehalten und das Lastauto des Nachbarn verpasst, daher sei er mit allen Ferkeln mit dem Bus gefahren und hätte vielleicht sogar Fahrkarten für sie gelöst, sie hatte ihm doch genug Geld gegeben.
Ich stand fünf Minuten auf der Straße, und tatsächlich sah ich Vater zurückkommen – er ging schwer und im Zickzack, offenbar trug er die Ferkel auf dem Rücken. Als er zur
Hecke herankam, konnte er sich nicht einmal mehr auf den Beinen halten. Er stürzte zu Boden, und alle Ferkel liefen davon.
Streng blickte ich Vater an, wie er so dalag, und fasste den Entschluss, dass mir dieser Mensch ideologisch fremd und es wirklich nur eine Fügung der Umstände sei, dass ich mit ihm unter einem Dach leben musste, und ich würde alles daransetzen, diese Umstände zu verändern.
Der Bruder kam die Stiegen heruntergepoltert und versuchte, Vater ein wenig hochzuheben, doch der

[12] »Tiesa« (übersetzt: Wahrheit) war die Zeitung der Kommunistischen Partei Litauens, die Entsprechung zur russischen »Prawda«.

schnaubte nur kurz und ließ seinen Speichel auf den Kragen laufen, bewegte sich mit großer Mühe und taumelte, sich an der Hecke festhaltend, hinein, und unterwegs traf er die aus dem Häuschen herbeigeeilte Großmutter, die mit der Stimme eines angeschossenen Kiebitzes aufkreischte und sich ans Herz fasste. Der Wind schleuderte das halb zerrissene graue Foto des Generalsekretärs durch die offenstehende Tür und trug es durch den Gemüsegarten, ein Schnipsel blieb am Ast des Kirschbaumes hängen und winkte von dort uns allen zu wie die Hand eines Wohltäters von den Tribünen der Paraden.

»Großmutter«, sagte ich streng, »ist dir denn nicht klar, dass dieser Mensch …«

»Vater«, mischte sich der Bruder ein und blickte auf die offen stehende Haustüre.

»… dieser Vater«, sagte ich »kein Vertrauen verdient. Warum hast du ihm Geld gegeben, wenn du doch weißt, dass er es vertrinken wird?«

»O Jesus«, weinte Großmutter und räusperte sich immer wieder, »ich vertraue ihm halt! Er hat gesagt, er wird Ferkel kaufen.«

»Aber er ist es nicht wert, dass man ihm vertraut«, entgegnete ich schroff. »Du siehst es ja selbst!«

»Doch, man kann ihm vertrauen«, fügte der Bruder wieder hinzu, den Blick zur Seite gewandt, es schien, als spräche er zu sich selbst, und Großmutter, die sich die Tränen abwischte, ergänzte:

»Wie soll ich ihm denn nicht vertrauen! Er ist doch mein Sohn. Ein Kind!«

Ich schüttelte den Kopf.

»Die Kinder sind wir«, sagte ich beleidigt.

Großmutter sah mich an wie eine Fata Morgana. Sie winkte ab und lief schnell hinein.
Wahrscheinlich würde sie Vater die Schuhe ausziehen, damit er das Sofa nicht schmutzig machte, auf das er geplumpst war, dampfend vor Stallgestank, und ich würde die Sendung »Gute Nacht, Kinder« wieder nicht in Ruhe ansehen können, weil diese Schuhe vor meinen Augen aufragten wie die Pfosten der Vorhalle der Hölle.
Ich zog ihm diese Schuhe nicht aus, niemals, auch wenn Großmutter manchmal darum bat, ihr schien wohl, so sei das Los aller Frauen, doch ich wollte keine Frau sein, ich war ein Kind, und wenn jemand mit den Schuhen im Bett schlief, dann sollte er halt schlafen, das war sein Schicksal, nicht meines.
Ich konnte diese Stiefel mit an der Ferse festklebenden Strohhalmen, die bezeugten, dass sie sich eben noch durch den Stall bewegt hatten, nicht ausstehen – wer betrat schon damit das heilige Reich der Träume. Die Geister hätten Vater nicht eingelassen, er wäre an den Mauern herumgeirrt, bis er aufwachte. Denn es war geboten, die Stiefel vor der Tür stehen zu lassen wie die Boote, mit denen die Seele hergeschwommen war, und nur mit Socken hineinzugehen, die sauber waren und gut rochen. Doch Vaters Füße waren schmutzig, und damit nicht genug, durch die Löcher schauten Zehen mit dicken gelben Nägeln heraus.
Mama liebte Blaubart nicht nur wegen seiner Lackschuhe und steifen Krägen, sondern auch wegen der sauberen Socken, und mir scheint, Blaubart hat sich sogar eine Pediküre machen lassen, das war wirklich unbegreiflich und anziehend wie eine noch nie ge-

sehene Perversion. Niemals habe ich Blaubart in Arbeitsstiefeln gesehen, und wann immer er betrunken heimkam, fiel er nicht zur Seite wie Vater, als er die Ferkel trug, sondern ging nach vorne geneigt wie ein Geier, der drauf und dran war, sich einen Bissen Aas abzupicken, und wir liefen, um uns zu verstecken, nur der Kleine stand beim Bettchen, sein helles Köpfchen erhoben, und bekam die Schläge ab – oder Mama, wenn sie herbeieilte, um ihn in Schutz zu nehmen. Die neugierigen Nachbarinnen und Verwandten wollten unbedingt wissen, wie, wie oft und womit wir verprügelt wurden; zweifellos war der Bruder, so argwöhnten sie, mit einer gusseisernen Pfanne an der Fontanelle gesegnet worden, denn er sei sehr schweigsam und antworte nicht auf die Fragen, ob wir etwas zu essen gehabt hatten oder ob Mama oft mit fremden Männern Schnaps trank. Solange ich darauf aus war, dass ich ihnen leidtat und sie mir ein Bonbon gaben, sagte ich, was sie hören wollten – da leuchteten alle vor Zufriedenheit und nickten mit dem Kopf, das also hatten sie gedacht, das hatten sie erwartet. Und als ich es satt hatte, sagte ich, Mama sei Kommunistin gewesen, habe an das helle Morgen geglaubt, einen Kannibalen zum Liebhaber gehabt, der vor ihrer Beerdigung geflohen sei, weil er fürchtete, er könne sich bei der Begräbnisfeier nicht zurückhalten und die geliebte Frau ausgraben, doch dafür wäre er aus der Partei ausgeschlossen worden, denn der Moralkodex eines Erbauers des Kommunismus hätte es damals noch nicht erlaubt, Menschen zu fressen, wer weiß warum, vielleicht glaubte man noch, die Nahrung würde für alle Parasiten reichen.

Die Tanten und Nachbarinnen schwiegen, als hätte ihnen jemand den Mund zugenäht, und eine legte mir vorsichtig die Hand auf die Stirn und zog sie schnell zurück, denn die Stirn war kalt. Und Großmutter verstand überhaupt nichts, denn sie war, wie der Bruder sagte, eine Analphabetin aus der Kuhfladen-Ära, bei der das Wort »Partei« eine Vorahnung von Gefahr auslöste.
Die guten Tanten schlichen still aus dem Zimmer und verzogen sich, fuchtelten mitten im Hof noch mit den Händen, und ich beschloss, dass die Zeit der Beichten vorbei sei, ich war genauso ein Opfer der schweren gusseisernen Pfanne wie der Bruder, doch mich auszufragen lohnte sich nicht mehr, es wäre nur wert, mich gutherzig zu mästen wie ein Ferkel – auf diese Weise wäre das Unrecht ausgeglichen, das mir das Leben zugefügt hat.
Ich wollte den Tanten noch erzählen, was mir Blaubart jedes Mal angetan hatte, sogar wenn es Mama sah, doch ich habe es mir anders überlegt, denn manche Themen halten sich die guten Samariter und Samariterinnen als zu kompliziert von Leib. Für sie genügt es vollauf, dass ein unglückliches Geschöpf gefüttert wird und zu trinken bekommt, und ein satter Mensch kann schon leben und seine Probleme selbst lösen. Außerdem hätten sie mich verabscheuen können – und glauben, ich hätte mir das alles nur ausgedacht, und eine solche Fantasie, Entschuldigung, das ist schon eine Perversion, dieses Mädchen ist krank, es war überflüssig, sie aus dem tiefsten Russland herzuholen, man muss sie in ein Internat geben.
Und die Farben von Mamas Haut hob ich mir für das Reich der Träume auf, denn eine solche Ästhetik

würden die guten Menschen ebenfalls nicht verstehen; Mama wurde mit einem blauen Gesicht begraben, nur war nicht Sauerstoffmangel oder das Wasser des Flusses daran schuld, sondern das heiße Bügeleisen in Blaubarts Händen, auch das Haar kriegte etwas davon ab, ein Teil davon zischte wie Polyesterfäden, so schnitt sich Mama vor ihrem Tod das Haar kurz, sie erinnerte an einen Sträfling, der der Freiheit Lebewohl sagt.
Als sie Grippe hatte und Himbeerstängeltee trank, wobei sie mit den Zähnen an den Rand der Tasse klapperte, ungesund rot und lodernd wie eine Damaskusrose, da war es, als würde sie gleich zischende Blütenblätter in den Tee streuen. Und als sie die durchlöcherte Stirn und die abgeschürften Backenknochen mit Zelionke[13] einrieb, versteckte sich der Bruder eine Woche lang vor ihr, denn sie sah aus wie ein Marsmensch.
Vielleicht hatte ihr Gesicht nur auf den Fotos aus dem früheren Leben seine angeborene Farbe – weiß und blass wie Schnee mitten im Winter wenn es Abend wird, wenn die Sonne schon untergeht, aber eine kaum wahrnehmbare Goldschattierung noch auf der kalten sterilen Decke flimmert.
Ich wünschte mir, dass sie im Reich der Träume so sei, weiß wie ein Winterschatten, in dunklem Haar mit einer Goldschattierung, traurig und ernst, doch sie näherte sich lächelnd, hatte ihr unbequemes und

[13] Giftgrüne Creme, die in der Sowjetzeit zur Desinfektion von Wunden verwendet wurde und schreckliche Flecken auf der Haut hinterließ.

schweres Schuhwerk, die bis zur Mitte mit Torf gefüllten Mistgaloschen, in den Schneewehen zurückgelassen und kitzelte mit kalten Fingern meinen Rücken – das war nicht die Kälte des Winters, sondern des Todesfrostes: grün und durchsichtig wie das Eis eines stehenden Gewässers – und ihr Lächeln war schrecklich, die Metallzähne nahmen das halbe Gesicht ein. Wenn ich aufwachte, in kaltem Schweiß gebadet, konnte ich meinen Traum niemandem erzählen, denn im Reich der Träume war die Güte der Samariter machtlos, und die Realität vernichtete die Träume wie die Toten, sie suggerierte, dass die Erde nur die Lebenden brauchte, denn das biologische Leben ließ sich angreifen und bewerten, doch die glücklichen Seelen waren nur von Opium ausgelöste Halluzinationen.

Daran musste ich glauben, denn eben hatte ich Großmutter unverblümt gesagt, dass es keinen Gott gebe, und sie ging wieder ins Häuschen, schloss die Tür und riss stöhnend nicht weniger als das halbe Politbüro aus der Zeitung heraus. Denn wenn es keinen Gott gab, war alles erlaubt! Großmutter kannte Dostojewski nicht, doch »diese schrecklichen Alten« (so nannte sie die aufgedunsenen Mitglieder des Politbüros) erinnerten sie an Kranke, und nicht an Gottheiten, und wenn sie sich vor irgendetwas fürchtete, dann davor, sich selbst beim Abwischen anzustecken. Auf einmal würde es ihr den Hintern zusammenziehen wie eine Harmonika, oder, Gott behüte, er würde mit roten Pusteln übersät sein, von denen man sich, wenn man sich aufkratzte, den Tod holen konnte. Die Staatsmacht ist eine Strafe, sagte Großmutter, und wenn man sie überleben will, muss man ihr gehorchen.

Streng verurteilte ich Großmutter wegen ihrer zurückgebliebenen Ansichten – ich sprach geradeheraus über die Größe des Menschen und darüber, dass er mit seinem Kopf den Kosmos erreicht, während zwischen seinen Beinen Züge und Autos wie Spielzeug herumflutschen, doch im Häuschen war es still, nicht einmal das Rascheln vom Zerreißen der Zeitung war zu hören, Großmutter grübelte sichtlich verbittert über ihre Zurückgebliebenheit.
Mit erhobenem Kopf ging ich würdevoll in die Probe der Theatergruppe.

1

Sonia hat die Kerzen angezündet und sich, stinkend nach heißem Sauerkrautdampf, zu meinem Gesicht heruntergebeugt, sie ist wohl neugierig, wie es sich über Nacht verändert hat. Doch die Veränderungen kann nur ich erkennen – ich sehe, wie ruhig die Harre wachsen, ihre Enden sind grau, doch um die Wurzeln werden die Haare immer dunkler, bis sie sich in die warme Üppigkeit der Erde verwandeln – die Haut hellt sich auf, wird weiß wie eine Leinwand, und in den Untergrund des Körpers sickern blaue Flecken ein, die langsam schwarz werden.

»Du kannst sagen, was du willst, doch sie ist so schrecklich, dass man es nicht einmal ausdrücken kann«, brüllt irgendein Weib herum, seine Züge verschwimmen in meinen Augen, von der Stimme her schließe ich, dass es sich um Pimmelovs Frau handelt, anstelle des Kübels mit Spülwasser trägt sie einen Topf, in dem rote Pelargonien blühen. »Sie ist doch selbst schuld. Was hat sie sich auch an fremde Männer herangemacht!«

Sonia, das Scheusal, nickt zustimmend – offenbar hält sie Anatolij für jemanden, der mir fremd war. Und zum Teil stimmt das auch, er gehört niemandem, weder mir noch Sonia, und er wird auch einer anderen nicht gehören, die mit ihm ins Bett geht, denn für ihn sind wir nur Körper, er beißt von jedem ein Stück ab, wie eine satte Fischotter vom Rücken eines Fisches, während sie alles übrige verfaulen lässt, und das verkommene Verhalten der Fischotter ist gerechtfertigt, denn die Fischpopulation ist zu groß.

Pimmelovs Frau stellt den Topf neben meinen Kopf – so fest, dass die Pelargonien zittern. Sie presst ihre schmalen Lippen zusammen und dreht sich zur Tür – dort erscheint ihr verehrtester Gatte mit den Totengräbern, und die sind ziemlich beschwipst und daher hemmungslos, einer pfeift sogar *»Mein Beerchen, mein Himbeerchen*[14]« – oh, das gilt doch wohl nicht mir?
Ich würde ihnen die Zähne zeigen, doch meine Lippen sind zugeklebt. Ich spanne nur die Mundwinkel so weit ich kann.
Dafür ist Pimmelov nicht zum Scherzen aufgelegt.
»Die Grube«, sagt er, »ist ausgehoben. Ihr könnt sie hinaustragen.«
Na bitte! Ohne jede Feierlichkeit?
Sogar Sonia ist verstört. Sie wirft den Totengräbern wie Pimmelov einen bösen Blick zu und schnappt nach Luft.
»Und … tragen wir sie im offenen Sarg hinaus oder nageln wir ihn zu?«
»Nagelt ihn zu«, sagt Pimmelovs Frau herzlos. »Seht ihr denn nicht, wie sie aussieht. Wer wird sie denn anschauen. Außerdem ist sie keine von uns. Nicht orthodoxen Glaubens.«
»Sie ist eine Kommunistin!«, sagt Pimmelov barsch.
Frau Pimmelova zuckt mit den Schultern.
»Trotzdem ist sie keine Russin«, brummt sie widerspenstig.
Pimmelov winkt den Totengräbern, sie nehmen den Deckel und legen ihn langsam auf den Sarg.

[14] Ein russisches Lied.

»Wartet«, hält Pimmelov sie an.
Die Totengräber halten den Deckel zurück.
Vasilij tritt an den Sarg heran und richtet für eine Minute den Blick auf mich. Oh, wie gerne möchte ich zu ihm sagen: »Genosse!«
Frau Pimmelova beginnt unruhig von einem Bein auf das andere zu treten und die Hände zu reiben – offensichtlich fühlt sie sich nicht wohl ohne ihren Kücheneimer, nur zu gerne würde sie ihn ihrem Mann über den Kopf schütten.
Der spürt ihre Absichten und sagt streng:
»Ich erweise einer Parteigenossin die Ehre!«
Frau Pimmelova zischelt, weil sie das nicht glaubt, doch da ist nichts zu machen – gegen eine solche Genossenschaft ist ihr Neid machtlos.
Dafür stößt Sonia, während sie mit ihren dicken Fingern die Kerzendochte ausdrückt, hervor:
»Eher … eher sollten Sie sie verurteilen. Schlimmer wird es auch dann nicht sein. Wir alle sind furchtbare Sünder. Und sie …«
»Aha.« Hastig packt Frau Pimmelova den Topf mit den Pelargonien, sie kann sich nicht mehr im Zaum halten und wirft ihn Pimmelov mitsamt der Erde vor die Füße. »Es heißt, Paschka sei heute am Morgen gestorben. Man konnte ihn nicht mehr rechtzeitig ins Krankenhaus bringen. Und gefunden hat man ihn hier! Bei dieser …!«
Sie deutet mit dem Zeigefinger Richtung Sarg.
»Seht ihr«, sagt sie triumphierend, »sogar als Tote zieht sie die Männer an. Dieses Ungeheuer!«
»Jekaterina!«, brüllt Pimmelov so laut, dass die Totengräber vor Schreck den Sargdeckel fallen lassen und

er mit einem dumpfen Aufschlag auf die Seitenwände des Sarges plumps, in Schieflage gerät und zu Boden donnert, wobei er einige Trauerbänder abreißt. »Bist du eine sowjetische Frau oder eine dunkle mittelalterliche Hure?! Ha?!«
Frau Pimmelova läuft blau an – sie sieht aus, als sei der Sargdeckel nicht mir auf den Kopf gefallen, sondern ihr. Sie erwidert nichts und stelzt nur mit hölzernen Beinen zur Tür.
»Wohin gehst du?!«, brüllt Pimmelov. »Gib eine Antwort!«
Frau Pimmelova zuckt zusammen und schreit jämmerlich:
»Und warum nennst du mich eine sowjetische Hure! Ich werde mich beim Parteikomitee beschweren!«
»Na dann beschwer dich halt!«, brüllt Pimmelov. »Du verdienst nicht einmal den Namen einer Hure! Du schreckliches, frigides Weib! Machst dich mit Spülwasser nass ... du Hündin!«
Die Frau Pimmelov schrumpft zusammen wie ein Floh und hüpft zur Tür hinaus.
»So ein lustiges Begräbnis«, meint einer der Totengräber.
Erschrocken versucht Sonia, die abgerissenen Trauerbänder in Ordnung zu bringen, doch Pimmelov winkt ungeduldig mit der Hand und sagt:
»Lass sie in Ruhe!«
Sonia steckt die Bänder in ihre Taschen und geht vom Sarg weg.
»Nagelt ihn zu!«, sagt Pimmelov mürrisch,
Die Totengräber ergreifen den Deckel.
»Dennoch«, murmelt Pimmelov, »gibt es sie nicht mehr.«

Er sieht weniger traurig aus als erschrocken, und ich habe den Wunsch, ihn zu beruhigen und zu sagen, dass es mich gibt und wohl auch noch weiterhin geben wird, dass wir uns nur nicht mehr in seinem Büro auf dem roten Sofa treffen werden.
Ich streichle sein Gesicht, doch Pimmelov kommt es vor, es sei im Saal zu kalt, und er geht ins Freie, in den sonnigen Maimorgen, der so passend ist für Märsche und um Parteireliquien zu demonstrieren.
Da man den Kleinen ins Kinderheim gebracht hat, steht neben den Totengräbern und einigen neugierigen Weibern nur der Sohn, die Sonne scheint ihm direkt auf das dunkelblonde Haar, und mir versetzt es einen Stich ins Herz, dass er ohne Kappe ist, und keine Einzige von diesen blöden Weibern, die auf das frisch zugeschaufelte Grab gaffen, kümmert sich darum, das Kind kann doch einen Sonnenstich bekommen. Danach stürzen sie sich wie ein Wespenschwarm auf ihn und versuchen, ihn mit sich zu zerren, das Kind wehrt sich, so gut es kann, und bleibt am Ende allein zurück. Es setzt sich auf das kleine Zementbord und hockt regungslos da, ein Vogel mit Federn von wildem Blau. Ich streichle ihn und flüstere ihm zu: »Geh, geh! Sitz nicht herum! Bleib nicht allein. Mich gibt es nicht mehr. Siehst du, über den Friedhof kommt der griesgrämige Pimmelov gelaufen – fürchte dich nicht vor ihm, geh mit ihm!«
»Gut«, gibt das Kind folgsam zur Antwort.
»Mit wem unterhältst du dich hier?«, ruft Pimmelov laut.
»Mit ihr.« Der Sohn weist auf den Hügel.
Pimmelov schweigt.

»Es gibt sie nicht mehr«, sagt er kalt.
»Ich weiß«, flüstert der Sohn. »Das hat sie auch gesagt.«
Pimmelov stöhnt.
Ich wartet darauf, dass er sagen wird, dass der Mensch stirbt, doch seine Werke lebendig bleiben, daher bedürfe es keinerlei zusätzlicher Unsterblichkeit und keines Trostes von Engeln, doch er sagt nichts davon. Vielleicht meint er, dass mir die Werke, die ich hinterlassen habe, nur wenig Freude bereiten würden. Man sollte sie so schnell wie möglich vergessen.
»Hör zu«, sagt Pimmelov zum Sohn, »ich kann dich nicht nach Hause bringen, meine Frau kann Kinder nicht ausstehen – weder die eigenen, noch fremde. Du kannst auf dem Sofa in meinem Büro schlafen, im Kulturhaus. Im Kasten findest du etwas zu essen. Aljoscha wird dir Tee bringen, ich habe es ihm aufgetragen. Hörst du, Kind?«
Der Sohn starrt ihn mit verschwollenen Augen an, aus denen Misstrauen spricht.
»Was?«, sagt Pimmelov gereizt. »Du hast Angst vor Aljoscha? Beruhige dich, ich habe ihm befohlen, den Pelz auszuziehen. Schließlich ist bald Sommer.«
Da der Sohn wieder nichts sagt, sondern nur zusammenfährt, spricht Pimmelov ungeduldig:
»Du könntest auch mutiger sein! Du sagst nichts und zitterst nur. Aus dir wird ein Taugenichts, kein Pionier. Wenn die Verwandten aus Litauen nicht wären, hätte ich dich ins Kinderheim gegeben. Dort würde man dich erziehen, wie es sich gehört! Wie einen echten Sowjetbürger!«
Der Sohn starrt zu Boden.

»Dort ist der Kleine«, sagt er leise.
»Welcher Kleine?«, fragt Pimmelov böse. Es ist ihm offenbar unangenehm, dem Kind zuzuhören, und er versteht es nicht.
Der Sohn schweigt.
Pimmelov hat keine Geduld, er steht auf, nimmt »Die junge Garde« von Fadejew[15] aus dem Regal, wirft sie auf den Tisch und sagt, dass Aljoscha gleich Tee bringen werde, und morgen würden die Verwandten aus Litauen kommen und ihn abholen, er solle hier sitzen und sich nicht in den Weltschmerz versenken, den hätten die Romantiker ausgedacht, und die sowjetische Wirklichkeit habe die dekadente Romantik nicht nötig.
Er geht hinaus und schlägt die Tür zu.
Der Trottel.
Der Sohn macht nicht einmal Anstalten, »Die junge Garde« aufzuschlagen, er kauert sich nur im Winkel am Sofa zusammen und schließt die Augen, vielleicht will er nicht in die immer dichter werdende Abenddämmerung schauen, in der ich mich versteckt halte, danach schläft er ein, und mir scheint, dass sein Körper leicht von dem alten blauen Mantel umhüllt ist, den ich einst aufgetrennt und für die Tochter umgearbeitet habe, und er ist keineswegs alt, sondern gerade frisch gekauft, und schau mal einer an, auch die Löcher an

[15] Alexander Fadejew (1901–1956), sowjetischer Schriftsteller und Publizist war in der Stalinzeit Sekretär des sowjetischen Schriftstellerverbandes. Sein bekanntester Roman »Die junge Garde« beschreibt den Kampf einer jugendlichen Partisanengruppe im Jahr 1942. In der UdSSR wurde er für die Wehrerziehung der Schuljugend ausgeschlachtet.

den Taschen sind nicht zu sehen, die Knöpfe sind nagelneu, sie blinken, und aus dem Mund schlägt mir der warme Dampf eines Geruchs entgegen, lächelnd schreite ich in den glänzenden, reifbedeckten Wintermorgen, schön und glücklich, mit noch immer flatterndem schwarzgoldenem Haar.

2

Als ich Großmutter sagte, dass ich nicht Pionier werden möchte, seufzte sie nur bitter auf, und als ich fragte, ob mein Großvater vielleicht als grausamer Kulak bekannt gewesen sei, dann hätte ich einen schwerwiegenden Grund, die ruhmreichen Reihen roter Halstücher nicht aufzufüllen (ich würde mich eines Vergehens schuldig machen!), da wurde sie zornig und bekam einen Hustenanfall, dass sogar die Fenster zitterten; »Kind, was faselst du da daher, woran hindert dich der Großvater. Er war ein Engel, kein Mensch, dass er Schnaps brannte und Karten spielte, so etwas kommt auch bei Engeln vor. Und wenn dein Vater schon bei der Partei ist und die Schwester Aktivistin, was wirst du dann noch anfangen, wenn du als Einziger ohne rotes Halstuch bleibst. Na bitte, Vater bei der Partei, das hätte ich nie gedacht, wie sollte man auch daran denken, wenn er öfter besoffen auf der Treppe des Ladens saß als in Versammlungen. Und ständig das Sprichwort von Mohammed wiederholte. Jetzt hielt er offenbar den Parteisekretär für Mohammed und sich selbst wie immer für den Berg. Das hätte man auch tatsächlich glauben können, wenn man Vater auf der Wiese gegenüber dem Ladenfenster liegen sah – der Hund Bobik der Verkäuferin Jugasė beschnupperte ihn und konnte sich nicht entscheiden, ob er diesen Berg bepinkeln sollte oder nicht. Und noch seltsamer war, dass alle an ihm vorübergingen wie an einem Erdhügel außerhalb der Zivilisation, in dem kein Leben war, nur Felsen und Steine, und Großmutter, die von zu Hause

hergelaufen kam, schüttelte ihn und bat ihn unter Tränen: »Steh auf und geh weg«, doch das taube Erdmassiv hörte nicht auf sie.
Die Schwester kam aus dem Kulturhaus und ging vorbei, ohne sich umzusehen, sie schämte sich, doch ich ging zur Großmutter hin und half ihr, den Berg aufzuwecken, und wirklich nicht deswegen, weil auf meiner Brust das rote Halstuch wie die zwei Zungen eines Drachen leuchtete, ein richtiger Pionier hätte nicht lange Faxen gemacht, sondern dem Vater mit einem Stück Ziegel eine übergebraten, dass er nicht mehr aufwachte. Das Husten der Großmutter im Dunkeln, vermischt mit Weinen, ähnlich dem Schnauben eines alten Pferdes, das einsam und sich selbst überlassen war, oder vielleicht dem Abdecker – ich konnte nicht weglaufen wie meine Schwester, und die einzige Art, ihm zu entkommen, war dabei zu sein.
Denn der Berg hatte sich schließlich erhoben, um in Richtung nach Hause zu ziehen, Großmutter und ich auch, uns gegenseitig stützend; die Schwester fegte drinnen die Spuren von Erde weg und murrte, sie habe kein solches Leben erwartet.
»Schau einmal her«, sagte sie, während sie den Fetzen auswand, »Großmutter hält unter der Küchenbank den Trog mit dem Schweinefutter! Was ist das hier – ein Stall? Wenn die Klassenlehrerin kommt, werde ich mich zu Tode schämen. Bei ihr gibt es in der Küche sogar ein Waschbecken. Ein weißes, glänzendes! Und der Boden ist mit Fliesen gepflastert! Aber hier …«
Sie regte sich so auf, dass sie den Fetzen in den Eimer klatschte, sogar das schmutzige Wasser schwappte

über, sie fasste den Eimer am Bügel und schleppte ihn hinaus, ich hörte das Spülwasser glucksen, als sie es in die Felsenbirnensträucher schüttete.

Großmutter verstand nicht, warum die Schwester so in Rage geriet, ihr schien das Haus prächtig und groß, trotz des tückischen Kellers und des Schweinetrogs in der Küche, der schiefen Kartonwände im Wohnzimmer, die einem Meer bei Sturm ähnelten – offenbar hatte man feuchten Karton verwendet –, sie wiegte den Kopf und brummte, die Kinder heutzutage seien völlig verdorben, wenn sie in einem richtigen Stall mit den Schweinen lebten, würden sie sich anschauen!

»Ich kann Ferkel nicht ausstehen!«, schrie die Schwester, fauchend wie eine Wilde, und Großmutter wurde still und schaute sie an; als ich am Abend von draußen hereinkam, hörte ich Großmutter im Bett Gebete flüstern, sie nahm den Namen der Schwester in den Mund, offenbar bat sie Gott, er möge die armen Tiere vor dem Hass der Schwester beschützen.

Ich wusste nicht, ob es wert war, deswegen zu beten, die Schwester war eine erbarmungslose Pedantin, sie hatte ein Küken, das von einem Kessel erdrückt wurde und am Verenden war, aber noch lebte, mit fanatischer Eile im Sand neben dem Garten in einem derartigen Wutanfall begraben, dass es schrecklich war, das mit ansehen zu müssen. Als ich das unglückliche Geschöpf wieder ausgrub, lebte es natürlich nicht mehr, und sein aufgerissener Schnabel war voller Sand – ich musste es wieder begraben, doch davor deckte ich das Vögelchen mit einem Johannisbeerblatt zu, damit ihm der Sand nicht mehr in den

Schnabel kam. Ich dachte an Mama – wie gut, dass ihr kein Sand in den Mund rieselte, sie gab ja vielleicht auch unter der Erde irgendwelche Laute von sich, vielleicht Gebete, in denen sie um Erbarmen bat – und darum, sie auszugraben und nachzusehen, vielleicht lebte der Leichnam noch, man müsste ihm nur die Erde aus dem Mund klopfen.
Ich grub alle von der Schwester geschaufelten Gräber um, in der Hoffnung, ich könnte die Begrabenen vom Tod retten, aber ich konnte keinen retten, denn alle Käfer, Meerschweinchen, Mäuse und der aus dem Brunner herausgezogene halb verweste Kater waren nicht mehr am Leben, und der Kater hat noch dazu so gestunken, dass mir übel wurde, und ich kotze auf das, was vom Kater geblieben war. Und damit nicht genug, die schreckliche Totengräberin ertappte mich, schalt mich einen Leichenfledderer und beschwerte sich beim Vater, doch der warf mir nur einen mürrischen Blick zu, er war wohl verkatert, und Großmutter meinte, diese Kinder seien eine Strafe Gottes, aber sie wundere sich nicht darüber, denn unsere Mama sei auch eine Strafe Gottes gewesen, nach jedem Braten hatte sie die Pfanne ausgewaschen und an den Nagel gehängt, wo hat man denn das gesehen, mit dem Fett so zu prassen, dazu hatte sie sich noch jeden Abend gewaschen und dabei im Vorzimmer eingeschlossen, und auch das Gesicht mit irgendeiner Scheußlichkeit eingeschmiert und zu lang in den Spiegel geschaut, und wenn man zu lang in den Spiegel schaut, sieht man den Teufel darin!
Großmutter selbst schaute fast niemals in den Spiegel, daher hat sie darin nicht den Teufel gesehen, sondern sich selbst, aber das hat ihr anscheinend nicht gefallen.

So hat sie den Spiegel überhaupt nicht geputzt und auf die Schwester gebrummt, was sie denn da wie besessen herumscheuere. Auch wenn sie in die Kirche ging, blieb sie nicht stehen, um nachzusehen, ob die Kopftuchzipfel richtig zusammengebunden waren, und einmal ging sie mit einem schwarzen Rußfleck auf der Nase in die Messe, sicher hatte sie davor besorgt nachgesehen, ob in der Sommerküche die Kartoffeln im großen Kessel zerkochen würden, bevor sie zurückkam.

Danach wunderte sie sich, warum die Leute, als der Priester über den Stern Wermut sprach, der vom Himmel herabstürzte, sie so eigenartig ansahen; die Schwester prustete los und sagte, der Stern Wermut sei Großmutter auf die Nase gestürzt, Großmutter war beleidigt, ging zum Wasserkübel, beugte sich hinunter, und als sie den Ruß bemerkte, schrie sie vor Schreck auf. Ich hörte, wie sie am Abend, als sie sich schon sauber gewaschen hatte, betete, Gott möge sie vor Versuchungen bewahren; ich bemühte mich zu verstehen, was sie damit meinte, doch ich verstand es nicht, Versuchungen bedeuteten für einen Erwachsenen offenbar etwas völlig anderes als für ein Kind. Doch Großmutter überkamen keine Versuchungen – war es etwa interessant, einen Menschen zu verlocken, der sich von früh bis spät abrackerte wie ein zäher Arbeitsochse und sogar das Sprechen verlernte; eines Abends streckte mir Großmutter, als sie vom Jäten aus dem Rübenfeld herauskam, die vom Unkraut schwarzen Hände entgegen und sagte irgendetwas in der Sprache der Disteln und Gartenmelden, und ich lief weg, denn mir war elend zumute.

Am Abend, als sie schon wieder zur menschlichen Sprache zurückgefunden hatte, betete Großmutter im Bett, und als ich hinter der Tür horchte, hörte ich, wie sie meinen Namen aussprach. Ich zuckte zusammen, denn ich wusste nicht, worum sie Gott bat – dass er mich vor Versuchungen bewahre oder dass er mich in einen Beifuß verwandle.

Einmal schien mir, dass die Nervenfasern im Traum bleiche verzweigte Wurzeln schlugen, und anstelle eines unruhigen Schmerzsignals wurde das Gehirn von einer sanften Ergebenheit durchspült, wie sie wohl nur für eine Pflanze typisch war. Ich sprang mit steifen Beinen aus dem Bett und wäre beinahe hingestürzt. Um Himmels willen, Großmutter, ich will kein Baum, kein Strauch und keine Rübe sein, nimm mir die Sprache nicht, und sei sie auch nichts anderes als die größte Versuchung, die einen umbringen kann! Und weil die Schwester klar ihren Ekel vor dem ganzen Gemüse zeigte – die Rüben konnte sie am allerwenigsten ausstehen – und sich bei jeder sich bietenden Gelegenheit zu einer Probe ins Kulturhaus davonmachte, jäteten Großmutter und ich die langen Beete. Ich von der einen Seite, Großmutter von der anderen, gebückt drückte sie mit beiden Knien die Vertiefung zwischen den Beeten zusammen, beherrscht von Gartenmelden und Disteln, zum Schweigen gebracht von Quecke und Ackerschachtelhalm. Ich versuchte beim Jäten meine Sprache zu gebrauchen, und wenn Großmutter und ich uns in der Mitte des Beetes trafen, sahen wir einander an, sprachen aber kein Wort, denn wir fühlten uns ohnmächtig; Großmutter mir gegenüber, und ich gegenüber dem Unkraut.

In den Gebeten erwähnte sie meinen Namen nicht mehr, oder vielleicht hörte ich es auch nur nicht, denn im Nebenzimmer deklamierte die Schwester laut »Der Weg eines Bolschewiken« von Salomeja Neris[16], sie bereitete sich auf den Lesewettbewerb der Schule vor, und die Verse über das wächserne Gesicht Lenins vermischten sich mit »Zu uns komme dein Reich«, und wieder war mir, als hörte ich eine menschliche Stimme, die von den Disteln im Gemüsegarten verschluckt wurde.

Plötzlich verschwand Vater von zu Hause, drei volle Tage lang, ohne ein Wort zu sagen, wodurch er Großmutter dazu verurteilte, ständig in das Häuschen zu laufen; aus den im Flur von den Füßen gestreiften Stiefeln sprossen Gräser hervor, die wie Segge aussahen, mir verschlug es die Sprache nicht, doch die Schwester lachte verächtlich, riss sie aus den Stiefelschäften und schrie, es könne nur dem letzten Idioten einfallen, sich grünes Heu in die Schuhe zu stopfen. Als Vater zurückkam, ließ ich meinen Blick zu seinen Straßenschuhen hinuntergleiten, aber sie waren überhaupt nicht auffällig, nur schmutzig, und ein Absatz klapperte beim Gehen wie das schlecht angenagelte Hufeisen eines Pferdes.

Großmutter brach in Weinen aus und rang die Hände, Vater, das war das Eigenartigste, ebenfalls, und die Schwester war so verwundert, dass sie nicht einmal eine Rede über Prinzipien (»Es ist gewissenlos zu

[16] Salomeja Neris (1904–1945) war eine bedeutende litauische Lyrikerin, die in Sowjetzeiten wegen ihrer Gedichte auf Stalin und die KPdSU hoch im Kurs stand.

verschwinden, ohne ein Wort zu sagen!«) hervorbrachte, sondern nur dämlich zuhörte, wie Vater jammerte und sagte, er hätte sein Glück gesucht, es aber nicht gefunden.
»Ach du lieber Gott«, sagte Großmutter, die Hände am Bauch verschränkt. »Glück! Ich gebe dir doch alles! Was brauchst du denn noch!«
»Was, was«, sagte Vater, mehrmals schnupfend. »Glück, Glück brauche ich!«
Großmutter sagte nichts mehr, sie krümmte sich nur zusammen und machte sich auf den Weg in das Häuschen, und die Schwester sagte zornig:
»Warum hast du das Glück dann nicht hierher gebracht!«
Vater verstummte und blickte sie argwöhnisch an, antwortete aber nicht mehr. Ihm schien es dumm, solche Sachen einem Kind zu erklären. Aber diesem Kind kam er selbst dumm vor.
»Wenn du heiraten willst«, stieß die Schwester schonungslos hervor, »dann heirate! Was jammerst du hier herum!«
Vater war beleidigt.
Offenbar passte es ihm nicht, dass seine zerbrechlichen und vergänglichen Liebesgefühle brüsk ans Tageslicht gezerrt wurden.
»Doch wegen der Kinder«, wollte er sagen, doch die Schwester fiel ihm ins Wort:
»Eine Stiefmutter frisst die Kinder nicht auf. Aber wenn sie in den Keller fällt und sich das Genick bricht, ist es deine Schuld, nicht unsere. Und nicht ihre.«
Vater schüttelte enttäuscht den Kopf.

Wahrscheinlich dachte er: Warum habe ich mir solche Kinder aufgehalst! Wenn sie doch wären wie die der anderen: ruhig und schweigsam, und sich nicht einmischten, wo es sie nichts angeht ... doch die hier – sie sagen, ich solle heiraten! Schrecklich.
Er öffnete den Mund, offenbar wollte er seinen letzten Trumpf auf den Tisch klatschen – er werde nicht heiraten, weil er Mama nicht vergessen könne –, doch die Augen der Schwester blitzten erbittert auf. Sie spürte, was Vater daherplappern wollte.
»Warum suchst du dann nach einem neuen Glück, wenn du das alte nicht vergessen kannst!«, sagte sie brüsk.
Vater verzog zornig das Gesicht, blickte in Richtung Häuschen – Großmutter saß noch dort und jammerte bitterlich –, drehte sich um und ging mit schnellen Schritten ins Dorf, wobei er den im Hof heruntergefallenen Absatz zurückließ wie den Huf des Glücks, das er nicht gefunden hatte.
»Warum hast du das zu ihm gesagt«, sagte ich zur Schwester. »Jetzt wird er sich vor Schmerz in der Bierstube betrinken.«
»Nicht vor Schmerz«, gab die Schwester zurück und schleuderte den Absatz fort. »Der weiß gar nicht, was Schmerz ist.«
»Und du weißt es auch nicht.«
»Dafür weiß ich, was Zorn ist!«
»Und was?«
»Eine Antriebskraft!«
»Eine Kraft? Und wohin kann sie dich treiben?«
»Das weiß ich nicht! Vielleicht vorwärts.«
»Und mir kommt vor, nirgendwohin.«

»Was soll das heißen – nirgendwohin?«
»Na, sie bewegt sich nicht von der Stelle … wie das Wasser eines Teichs … das ist alles.«
Die Schwester schnaubte verächtlich.
»Du weißt selbst nicht, was du sagst!«
Und sie ging fort – ebenfalls ins Dorf, und klopfte mit gut befestigten Absätzen dahin wie ein Soldat, der einen Befehl erhalten hatte. Ein wenig beneidete ich sie um ihr klares Verhalten – sie wusste, was sie heute machen würde, was sie morgen machen wollte und was in zehn Jahren, wer bei uns zu Hause die fortschrittliche Linie repräsentierte und wer die Zurückgebliebenen waren (zu Letzteren gehörten alle außer ihr, selbstverständlich), doch ich wusste gar nichts, ich lag im Gras und horchte, wie die Heuschrecken in meinem Haar zirpten, wie die weißen Wolken, die Regen mit sich führten, schwer und grau wurden, ich hätte aufstehen und gehen müssen, denn wenn der Regen losging, würde mich das Gras überwuchern, ich würde in der Erde versinken und nicht sagen können, wohin ich verschwunden war, denn das Gras hätte meine Stimme verschluckt.
Ich flüsterte, ich betete, es möge wenigstens ein Wort übrig bleiben, ich bat Gott, doch mich hörten nur der rote Stern und der flache graue Schild über den Wolken mit den eingekerkerten Seelen der ersten Kosmonauten, die nicht mehr ausbrechen konnten in den wirklichen unermesslichen Kosmos, in dessen Untiefen sich die Supernovae neuer Welten ausbreiteten; der Stern verstellte die Sicht auf die Farben des wirklichen Alls, dafür markierte er mit klaren Punk-

ten die künstlichen Trabanten der Erde und die Flugbahnen der Kernraketen und durchfurchte den leeren Raum mit den Pfaden, die wir nach dem Tod gehen müssen.

3

Man durfte sich nichts erhoffen, nicht einmal davon, woran man sein ganzes Herz gehängt hatte. Denn hernach stellte sich heraus, dass nicht das Herz gefragt war – nur ein besserer Galgen.

Derjenige nämlich, an dem ich vor den Augen des ganzen Dorfes baumeln sollte, als ich eine von den Faschisten gefolterte, doch ungebrochene Komsomolzin verkörperte, krachte an der falschen Stelle und zum falschen Zeitpunkt zusammen, und ich stürzte mit dem Querbalken und dem Strick um den Hals beinahe in den Saal, der sofort sehr lebendig wurde, und irgendein Esel schrie: »Hängt sie noch einmal!« Die Brüder Pėcka, die die Gestapo-Männer spielten, waren ziemlich durcheinander, und der größere, das habe ich gesehen, war schon drauf und daran, Fersengeld zu geben, doch da griff ein Deus ex Machina ein – der Direktor des Kulturhauses. Er zischte derart laut: »Erschießt sie!«, dass es bis in die letzte Reihe zu hören war, und als die Brüder den Mund aufmachten und fragten, wie sie das bewerkstelligen sollten, da schleuderte der Direktor ohne abzuwarten zwei Kalaschnikow-Attrappen auf die Bühne, und zwar mit einer derartigen Wucht, dass er den älteren Pėcka am Fuß traf. Der rülpste vor Überraschung, doch als der Direktor aufschrie: »Nimm das Gewehr, du Trottel!«, da begriff er, was er zu tun hatte, und wandte sich mit einem solchen Gesichtsausdruck zu mir, dass es mir eiskalt über den Rücken lief.

Entweder kam sein lange verborgenes Schauspieltalent zum Vorschein, oder er wollte mich wirklich umbringen!

Die nicht geprobte Szene entfaltete eine solche Suggestion, dass es im Saal ganz still wurde, und als ich erschossen zu Boden fiel und der ältere Pėcka, dieses Scheusal, mir noch mit dem Gewehrkolben einen Schlag auf den Rücken versetzte und der jüngere sich grimmig im Saal umblickte und dabei die Kalaschnikow so fest gedrückt hielt, dass seine Fingerknöchel weiß wurden, da kam mir vor, dass etwas geschehen sei, was nicht mehr gutzumachen war.
Danach schminkte ich mich im Büro des Kulturhauses ab, und der Direktor beschimpfte den Verwalter, dass er einen unbrauchbaren Galgen zusammengenagelt und die Brüder Pėcka zum Improvisieren gezwungen hatte. Die Schnapsflasche, die die Pėckas aus Anlass der Premiere leerten, leuchtete wie eine Schussvorrichtung, und wer weiß, ob die Pėckas sie nach dem Trinkgelage nicht verwenden würden – wahrscheinlich wussten sie es selbst nicht, wo sich ihr Künstlertum doch sehr impulsiv und unerwartet entfaltet hatte.
Ich fühlte mich ziemlich unwohl und machte mich auf die Suche nach den Partisanen, die von einigen älteren Mitschülern gespielt worden waren, doch die waren schon weggelaufen und hatten die falschen Schnurrbärte und Bärte auf dem Tisch des Direktors zurückgelassen; in einen davon, einen weißen und leicht gelockten, versuchte der tollpatschige kleine Pėcka seine Nase hineinzuschnäuzen, doch der Direktor nahm ihm den Bart aus der Hand und sperrte ihn in den Requisitenschrank.
Als ich durch die offene Saaltür nach Hause ging, sah ich, wie der Verwalter auf der Bühne den Galgen

abbaute – er schien traurig und hustete wie Julius Janonis[17]; ich traf den Pfarrer, der mir ehrerbietig zuwinkte, denn er war ein Theaterliebhaber und sah sich alle Aufführungen der Laienkünstler an, er hatte sogar diese besucht und vielleicht gar insgeheim für meine Seele gebetet – nicht, weil ich so jung auf den Galgen stieg, sondern weil ich überhaupt in einem solchen Stück spielte. Einige Betschwestern, die den Pfarrer in die Theateraufführungen begleiteten und während der Aufführung nicht auf die Bühne, sondern in sein Gesicht glotzten, um die Reaktion des geistlichen Vaters zu prüfen, blieben meist mit einer langen Nase zurück, denn der Pfarrer strahlte eine olympische Ruhe aus und begegnete ihren argwöhnischen Augen mit heiterem Blick.
Also mussten sie ihr Entsetzen miteinander teilen, und es gab durchaus Gründe, sich zu entsetzen – wir hatten eine wunderbare künstlerische Leiterin, die aus dem Kreistheater wegen Trunkenheit entlassen worden war, und einmal betrat sie die Bühne mit einem eng anliegenden Trikot und einem Gewehr (eines von denen, mit denen die Pėckas auf mich geschossen hatten), etwas betrunken, doch nicht so stark, dass sie den rasenden Tanz der Lysistrate nicht hätte tanzen können, und am Ende machte sie einen so beeindruckenden Spagat, dass einige Frauen im Saal schmerzvoll stöhnten, und Bulbelė, der Verwalter, lief ins Freie und schlug seinen Kopf an den Türpfosten. Der verwelkte Junggeselle, der von den Frauen nicht wahrgenommen

[17] Julius Janonis (1896–1917) war ein litauischer Dichter und Revolutionär.

wurde, war sehr empfänglich für die feurigen Erscheinungsformen der Weiblichkeit.
Nach diesem Ereignis schloss der Verwalter die Augen, wenn er sich an Žaneta wenden musste, doch auch in der blinden Dunkelheit sah er sie immer im Trikot, so litt der arme Kerl sehr, doch Gott sei Dank dauerten seine Leiden nicht lange – nach einem Monat suchte Žaneta um ihre Entlassung an: Das Dorf war entsetzlich dumpf, und ihre mutigen künstlerischen Ideen trafen auf die Gleichgültigkeit eines hundertjährigen Sumpfes. Der Verwalter machte seine Augen schließlich weit auf, doch sie waren wie kleine Kartoffeln – ohne jede innere Freude, wie sie ihm die heimlichen Anblicke im Dunkeln bereitet hatten. Und den Galgen baute er jetzt lustlos ab, als wäre er entschlossen, sich vor einen Zug zu stürzen, doch durch das Dorf fuhren keine Züge, nur der wacklige Bus, und unter den Rädern eines solchen Klapperkastens wollte niemand sein Leben beenden.
Die Schneereste wurden rasch matschig, und in der Luft lag schon seit einiger Zeit ein eigenartiger Geruch – wie nach Schwefel, wie nach einem Kabelbrand durch Kurzschluss – das bedeutete wohl, dass nach den trübsinnigen Spielen des Winters der Frühling ins Dorf kam; Knospen quollen auf, die scharf nach Katzenurin und dem Kölnischwasser »Schipr« stanken, das in der Winterzeit gedämpft war, doch jetzt duftend wieder auflebte und das nach außen dringende männliche Element bezeugte.
Das Element blickte mich mit den großen braunen Augen eines Kälbchens an – ich hatte ihn auf den Tanzabenden des Dorfes kennengelernt, er trat mir

auf die Füße und entschuldigte sich kein einziges Mal dafür, wahrscheinlich dachte er, ich würde eine solche Kleinigkeit nicht bemerken. Doch als ich sagte, er solle aufhören, mir auf die Füße zu steigen, da schämte er sich nicht einmal. Mir kam der Verdacht, dass er kein Mensch sei, sondern ein Minotaurus, der Sohn einer Stallarbeiterin und eines weißen Stiers. Anzeichen dafür gab es mehr als genug: Als er mich beschnupperte, sabberte er auf mein Ohr, er versuchte mein Haar zu kauen (er sagte, es rieche nach Heu), und einmal muhte er heiser.

Ich stieß ihn weg und lief verärgert nach Hause – das war der erste Ball von Natascha Rostova, und ich konnte nicht mit Andrej Bolkonski[18] tanzen, sondern nur mit einem Stier! Das rötliche Kleid, der violette Lippenstift, die ausgeliehenen Stöckelschuhe, mit denen ich mir beinahe die Beine verrenkt hätte – so viel Plage und Mühe, und anstatt eines Kompliments bekam ich nur ein undeutliches »Muh!« Na und, auch wenn die Zeiten andere waren, der Sozialismus und das alles, aber die Männer sollten sich doch nicht so sehr verändern.

Doch der stumme Stier kam nach den Tänzen und machte mir einen Heiratsantrag – ich musste mich auf einen Stuhl setzen, so hatte mich sein Angebot vor den Kopf gestoßen. Ich sah mich schon an Zügeln in den Stall geführt werden, und Mama, die Stallarbeiterin, streute frisch ein. Und als vor meinen Augen kleine Kälbchen mit ihrem weißen Stern auf

[18] Natascha Rostova und Andrej Bolkonski sind zwei Figuren aus Tolstois Roman »Krieg und Frieden«.

der Stirn herumzuspringen begannen, rannte ich nach Hause, dass es nur so staubte, und verrammelte die Tür mit dem Haken.

Danach ging ich lange nicht zu den Tanzabenden, doch eines Abends, als es schon sehr dunkel zu werden begann und ich auf allen vieren aus dem Gemüsegarten gekrochen kam – Großmutter war krank, daher war ich gezwungen, die von Quecken überwucherten Bohnen auszujäten –, stieß ich mit dem Kopf an die harten Knie von irgendjemandem. Sofort sprang ich auf, obwohl ich müde war; im Dunkeln fasste mich ein Mann, der verstohlen vorbeigekommen war, an den dreckigen Händen, bog sie zurück und versengte mir die Augenwimpern mit seinem heißen Atem. Ich schrie auf vor Schreck, doch die Dämmerung war so dicht und gleichgültig, dass der Schall nicht über die Grenzen des Gemüsegartens hinausdrang, sondern in der Dichte versank, kaum dass er meinen Lippen entwichen war; vom Atem des Mannes verschlug es mir die Ohren, er warf mich neben dem Gemüsegarten nieder und versengte mich noch einmal mit seinem Atem, diesmal an dem kleinen Muttermal am Hals, und der Schmerz brachte mich so in Rage, dass ich ihm ohne nachzudenken mit dem Kopf gegen die Nase schlug, und als er mit einem Aufschrei meine Hände losließ, biss ich ihn noch, ich weiß nicht wohin, vielleicht ins Ohr, denn ein Knorpel knackte ekelhaft.

Dennoch hätte mich dieser Mensch, wäre nicht Großmutter aufgetaucht, die mit der aufblitzenden Taschenlampe in das Häuschen ging, nicht losgelassen, ich spürte, wie der Schmerz bei ihm, genauso wie bei mir,

einen tierischen Wutanfall auslöste – er hätte sich mit den Zähnen an meine Kehle geheftet oder noch etwas Schlimmeres gemacht.
Als er Licht sah und Großmutters Husten hörte, machte er sich flugs davon ins Hopfenfeld, nur der Schwefelgeruch lag noch in der Luft. Er war so schnell verschwunden, dass ich nicht rechtzeitig aufstehen konnte und Großmutter über mich stolperte.
Sie erschrak, und danach war sie zornig, denn sie dachte, ich wäre betrunken, und es gab doch nichts Schrecklicheres, als sich in diesem Alter zu betrinken, das war widerwärtiger als der Teufel im Spiegel. »Jesusmaria!«, stieß sie weinend hervor. »Noch ein Kind, und schon Aukogolikerin!«
Ich kroch auf die Seite, ohne etwas zu ihr zu sagen; wie sollte ich gestehen, dass das Tier mich überfallen hatte und umlegen wollte, weil ich seinen Heiratsantrag abgewiesen hatte. Dann wäre sie noch mehr erschrocken und hätte danach auch noch gesagt, ich sei selbst daran schuld, man müsse nicht in den Spiegel glotzen, na, ich hätte den Teufel herbeigerufen, und wer würde mich denn sonst noch nehmen, so einen Windbeutel – immer gehst du Theater spielen, ständig schreist du und fuchtelst mit den Händen herum! Künstler sind schlechte Menschen, sie legen Gefühle bloß, die man verbergen muss.
Sie hatte, nachdem sie Großvater geheiratet hatte, jede Freude tief versteckt, und als sie in sein stolzes Gesicht blickte, in die dunklen und für einen Mann allzu schönen Augen und auf die für einen Bauern erst recht zu feinen Hände – wie sich später herausstellte, waren es die Hände eines Spielers –, da dachte sie daran, wie er sie mit diesen Händen an den Zöpfen

ziehen und Geld verlangen werde. Alle Frauen müssen daran denken, dass die Hand, an die man sich hängt, wenn man vor Glück schwach wird, einem irgendwann an die Kehle geht. Wenn man darüber nicht nachdenken will, soll man nicht heiraten.

Ich war fassungslos.

Ich denke nicht daran zu heiraten, Großmutter! Und dennoch geht man mir an die Kehle! Was hat das zu bedeuten? Dass ich als alte Jungfer ende?

Als ich zu Mariae Himmelfahrt von Neugier getrieben auf den Tanzabend ging, sah ich mein Hornvieh nicht. Eine Bekannte zischelte, dass er mit dieser Zita von hinter dem Wald gehe – eine stämmige und groß gewachsene Frau, geistig etwas zurückgeblieben und, du lieber Gott, schon dreißig Jahre alt!

Ich wurde etwas traurig, doch schnell war mir wieder fröhlich zumute – hinter dem Wald gab es eine so weite grüne Weide, so viel Raum für den romantischen Geist eines Stiers! Da konnte er seiner Zita nachlaufen. Und die würde sich, auch wenn sie ruhig war, nicht quälen lassen – Hände wie Waschholz, da genügte ein Klatsch, und der kleine Mann würde auf einen Maulwurfhügel stürzen. Das hat er auch verdient, dieses Scheusal, er hat mich so erschreckt in der Dämmerung!

Ohne den Schrecken spürte ich, wie aus tiefem Herzen ein herbes Gefühl der Unzufriedenheit aufstieg; ich wunderte mich über mich selbst, als ich zum Kugelschreiber griff und ein flammendes Gedicht über die Feinde des Vaterlandes schrieb.

Ich brachte es der Klassenlehrerin, die wunderte sich nicht weniger und blickte mich an, als ob sie mich zum ersten Mal sähe. Danach sagte sie, dass sie gerne sehe, wie sich meine künstlerische Anlage entfalte. Sie verstehe nur nicht, wer die Feinde seien, die »das Vaterland mit Stierhufen niedertrampeln«, und ob es nicht besser wäre, einen gemäßigteren Ton anzuschlagen ... denn die Worte »Das Vaterland erhebt sich, es hält die Sichel in der Hand / Der Feind, er liegt ihm tot zu Füßen« waren offenbar zu grausam für die sanfte sozrealistische Wirklichkeit ... vielleicht solle ich nicht mit der Sichel um mich schlagen, sondern versuchen, den Feind moralisch zu demütigen? Das wäre sowohl ein künstlerischer Gewinn, ein Akzent des Klassenkampfes und ...

Die Klassenlehrerin verfiel in Schweigen, weil sie nicht wusste, was sie noch hinzufügen sollte, und ich wagte nicht zu sagen, dass ein Stier keine Moral hat, wie soll man ihn denn demütigen. Ich ging nach Hause und kam mir vor, als hätte ich irgendetwas Unanständiges und dennoch Großartiges getan. Ich las das Gedicht dem Bruder vor, doch der zuckte nur kurz mit den Achseln und steckte seine Nase in ein Buch von Jack London, und Großmutter, die sich das Gedicht anhörte, während sie das Huhn ausnahm, schüttelte die blutige Leber und sagte, ich sei völlig verrückt geworden, wenn ich fähig wäre zu schreiben, müsste ich über die Liebe schreiben, und nicht über Gaunereien! Und schmiss das Gedärm in den Spüleimer, als ob sie einen Punkt setzte.

Es wäre zu billig gewesen, ihr zu sagen: Über die Liebe! Woher soll ich wissen, was das ist? Der Speichel eines Kälbchens auf der Schulter? Ein abgebranntes Muttermal? Heugeruch? Oder der in die Mitte des Hofes geworfene Absatz des Vaters, den Großmutter erfolglos versucht hatte, mit Papierkleber festzukleben, und danach zum Schuhmacher im Dienstleistungskombinat getragen hatte, damit er ihn annagle, doch der Absatz brachte so wenig Glück, dass er einfach nicht hielt, zum Verrücktwerden, und Vater kam aus dem Dorf ohne Absatz zurück, danach brachte ihn jemand vorbei, und so ging es weiter, bis Vater zu guter Letzt auf den Schuh wie auf den Absatz zornig wurde, sie gegen die Wand schleuderte und »verfickt« schimpfte. Danach ging er überall in Stiefeln hin, und für die war es egal, ob sie Glück brachten oder Unglück.

In der Nacht träumte ich wieder von Mama – mit eisigen Leichenfingern streichelte sie mir den Rücken, die Kälte ging mir durch und durch, ich kauerte mich zusammen so gut ich konnte und wünschte sehnlich, mein Rücken möge zum Panzer einer Schildkröte werden, an dem die verdammten Eiszapfen zersplitterten, die die Empfindlichkeit menschlicher Finger verloren hatten, konnte doch sogar der Geist eines Verstorbenen zärtlich die kleinen Buchstaben des erschrockenen Körpers lesen, aber das war nicht Mamas Geist, das war wohl der Teufel, der unerkannt bleiben wollte, doch ich erkannte ihn an der bösen Apathie, am Lächeln, das er aufsetzte, um zu erschrecken, nicht um zu grüßen, er sagte kein einziges Wort zu mir, obwohl mein schlafender Körper ein Klagegedicht war, konnte der Teufel nicht lesen, dafür begann er zu weinen, wie nur Geister weinen können, er schrieb, er klopfte mir auf die Schulterblätter und die Rückenwirbel, mechanisch und stumm.

1

Als ich so elegant und duftend durch die Tür in die dunkle Küche trat, gefiel das der Schwiegermutter natürlich nicht. Bis ins Mark getroffen, warf sie mir einen scheelen Blick zu, wischte sich die Nase mit dem schmutzigen Ärmel ab und sagte vorwurfsvoll, dass noch drei Rübenbeete zum Jäten geblieben seien. Ich wunderte mich ein wenig, dass sie sich jetzt um die Rüben kümmerte, im Winter – im Gemüsegarten lag eine große Schneewehe, kein Hase hätte sie überspringen können.
Doch danach dachte ich, dass ihre Worte mich aus einer zurückliegenden Zeit einholten, daher klangen sie so merkwürdig.
Die zurückliegende Zeit ist wie ein Negativ, in den Betten sah ich die weißen Körper der schlafenden Kinder, sie ähnelten zarten Kaninchen, und in der Stube neben dem Fernseher einen sinnlos herumstehenden Strunk, nicht weiß, sondern grau; als wären meine Augen Strahlen, die auf die betrachteten Objekte eine unterschiedliche Wirkung haben.
Ich wurde stutzig, als ich diesen Strunk sah und begriff, dass ich nicht daran dachte, ihn zurückzulassen – ich ließ die Zeit zurück, durch die ein Schönling huschte mit bis aufs Blut rasiertem Kinn, mit Locken wie Byron und einem weißen Kragen, der dem Messer der Guillotine ähnelte, die gerippten Teegläser im Zugabteil, den Windstoß der Leidenschaft, der wie ein schnell sich beruhigender Wirbelsturm war, ich wusste nicht, ob mir der in den bedrohlichen Rüssel gewickelte Gegenstand nicht auf den Kopf fallen

würde, darum hüllte ich mich in die Decke, lehnte mich eng an die Wand und wartete, wann Anatolij von der Toilette zurückkommen würde, ich erwartete nicht den Geliebten, sondern einen unbarmherzigen Mörder und hatte nur ein wenig Angst.
Doch er rammte mir kein langes Schlachtmesser unter das Herz, sondern schenkte fünfzig Gramm Cognac ein – wieder und wieder (*»eine Offiziersdosis«* – so nannte er diese Menge), auch ich trank, ich konnte mich nicht weigern, denn er sah mich gebieterisch an und hatte keinen Zweifel, dass ich gehorchen würde. Gehorchen – etwas Interessantes und Eigenartiges, vor allem nachdem ich ganz allein gewaltet und Strafen ausgeteilt hatte. Ich hatte Anastazas einen Tritt in den Arsch gegeben, und jetzt brach ich ihm die Treue. Und die war so leicht gebrochen – ich wunderte mich, warum ich diesen hoffnungslosen trockenen Stängel so lange ertragen hatte.
Da wir beide, Anatolij und ich, nach Minsk reisten – ich zu einem Kurs der Partei, Anatolij in eigenen Angelegenheiten (in welchen, sagte er nicht und wurde zornig, als ich danach fragte) –, übernachteten wir im selben kleinen Hotel, und mich durchfuhr jedes Mal ein unterwürfiger Schreck, wenn ich während der Lektüre von Friedrich Engels' »Anteil der Arbeit an der Menschwerdung des Affen« ein leises Klopfen an der Tür hörte und Anatolij mit dem cognacbraunen Lederkoffer auftauchte, und Engels hätte, wäre er noch am Leben gewesen, einen traurigen Seufzer ausgestoßen, wenn er gesehen hätte, wie seine Schrift zu Boden fiel, hinknallte und sich gerade an der Stelle öffnete, wo ein Affe der Savanne vom Baum herunter-

steigt und den ersten aufrechten Schritt tut. Um den ersten Artgenossen, der ihm über den Weg läuft, zu erschlagen – dieses Scheusal, das noch immer auf allen vieren herumtrampelt und ihm Schande bereitet.

Genosse Tuchtabajev, der Instruktor des Kurses, wurde zornig, als ich das sagte; ich verstand nicht warum, stützte ich mich doch auf das Prinzip, dass im Klassenkampf – und auch die Affenmenschen zerfielen zweifellos in Ausgebeutete und Ausbeuter – die Starken siegen und die Schwachen, die Vierbeiner, ausgeschieden und umgebracht werden (ihre Umerziehung wäre ein zu langwieriger und schwieriger Prozess). Mir schien, Genosse Tuchtabajev beabsichtigte, sich für die Schwachen einzusetzen, und ich geriet sehr in Wut und sagte sogar schroff: »Sind Sie, Genosse Tuchtabajev, irgendein Obskurant? Die Schwachen sind die Priorität des Christentums, doch in unserer Gesellschaft hat diese Priorität keine Zukunft und wird auch keine haben, denn sie ist von ihrem Wesen her eine religiöse, und alles, was mit Religion zusammenhängt, das wissen Sie selbst …!«

Genosse Tuchtabajev beugte seinen Kopf nach vor und schrieb ein »sehr gut« ins Notenbuch, doch es schien, dass er daran seine Zweifel hatte – eine sehr schräge Stirn, gelbe Tigeraugen, finster und bedrohlich wie ein näherkommender Sandsturm, was konnte er mit Christentum und Mitleid gemein haben? Es wäre fruchtlos für den Kommunismus, europäisch zu sein, er müsste unbedingt wilde Wurzeln haben. Als ich darüber zu sprechen begann, dass die litauischen Heiden nicht hätten getauft werden, sondern die

Wahrheiten von Marx und Engels lernen hätten sollen (die Mongolei ist doch auch aus der Sklavenhaltergesellschaft direkt in die sozialistische gesprungen!), schlug Tuchtabajev das Notenbuch zu, dass es richtig knallte, und sagte trocken, dass er die Geschichte der Peripherie – er meinte damit Litauen – nicht kenne, daher könne er dazu nichts sagen, höchstens das, dass der Marxismus im Mittelalter als Theorie noch nicht existiert hatte. Und überhaupt müsse ich mit den Theorien vorsichtiger umgehen und weniger sprunghaft sein, denn – seine gelben Augen verengten sich zu einem unsichtbaren Spalt – ich sei *nur* eine Frau, und das hieße, ich gehöre zur Staffel des praktischen Kommunismus.

Mir schien, er würde gleich hervorstoßen: »Für die Küche und fürs Bett!«, doch Tuchtabajev sagte nichts mehr, sondern sah mich nur mit unverhohlener Verachtung an, gab mir das Notenbuch zurück und ging ohne sich umzuwenden hinaus; er war zwar einen Kopf kleiner als ich, doch er strahlte eine aristotelische Würde und die Feindseligkeit eines beleidigten Bai aus, sodass ich sogar die Augen schloss.

Irgendein muffiges Weib, das von Gesichtsausdruck und Manieren wie die Leiterin einer Gemüseauslieferung wirkte, flüsterte mir zu, als würde sie das größte Geheimnis verraten, der praktische Kommunismus sei auf die Fügsamkeit der niedrigeren Staffeln gegründet. Ich warf ihr einen scharfen Blick in die Augen, sagte jedoch nichts mehr. Vielleicht hing sie mit ihren angefaulten Mandarinen jemandem als fügsames Gewicht am Bein, doch ich dachte nicht im Traum daran, so zu werden, und wenn schon, dann

aus eigenem, und nicht um in einer Reihe aneinandergeketteter Zuchthäusler dahinzuklappern. Und dieser Kurs war doch keine Loyalitätsbezeugung, sondern eine Suche nach Möglichkeiten.
Als ich vor Anatolij diese Gedanken ausbreitete, lachte er und sagte dasselbe, was auch der beleidigte Bai gesagt hatte: »Du bist *nur* eine Frau. Außerdem verheiratet. Das ist dein Defekt. Und zwei Kinder – das ist ein weiterer Defekt. Diejenigen, die an der ideologischen Front arbeiten, müssen Männer sein, denn entweder haben sie diese Mängel nicht, oder sie können sie erfolgreich verbergen. Wenn du etwas erreichen willst, dann vergiss in diesem nach Chlorkalk stinkenden Zimmer auf der Stelle alles, was mit der Vergangenheit zu tun hat, und wenn du zu zur Tür hinausgehst, geh ohne Gewissensbisse, ohne Empfindungen, ohne Erinnerungen weg. Ich selbst – Anatolij nahm einen Schluck aus dem Flaschenhals – gehe diesen Weg, und je weiter, umso weniger Schwielen.«
Ich erinnerte mich an die weißen Figuren der Kinder im Dunkel der Nacht und gab ihm keine Antwort. Nur der Geruch schnürte mir die Kehle zu, als wäre ich untergetaucht in das kalte Wasser in der zurückgelassenen Zeit, schrecklich weit weg.
Gerade hatten wir uns geliebt – die Liebe lief immer ab wie ein Orkanhagel und hinterließ am Körper blaue Flecken und Kratzer, auf meinem Körper natürlich, denn Anatolij bestand darauf, dass er nicht angerührt werde; als ich ihn einmal zu beißen versuchte, schlug er mir ins Gesicht und warnte mich, das nie wieder zu tun – er knallte die Tür zu und ging weg, und ich nahm, damit die Hände nicht einen

Veitstanz aufführten, einen Block und begann den Kopf von Engels und darauf den von Marx zu skizzieren, beide sahen aus wie ein Australopithecus mit vorgewölbter Stirn, ich schleuderte die Skizzen in die Ecke, trank Anatolijs Cognac aus und klapperte dabei mit den Zähnen am Flaschenhals.

Wozu war ich hier? Und wie sollte das enden?

Warum saß ich nicht auf dem Kartoffelsack mitten in dem verschlafenen Dorf und schaute auf den Hintern des Pferdes, der melancholisch hin und her schaukelt und die Kartoffelfurche aufriss wie irgendeine Wunde? Die Kartoffeln waren bräunlich, rot und violett, sie glühten im Halbdunkel wie radioaktive Blutkörperchen, es gab nichts Schlimmeres als eine Kartoffelernte, ich wollte diese Kartoffeln zeichnen, doch ich musste sie einsammeln und auf einen Haufen in den Keller werfen, in den Tartaros, in die Dunkelheit, wo sie bleiche wässrige Augen wachsen ließen ohne jeden Blick, und das war alles, was von ihrem geheimnisvollen Leben übrig blieb!

Geh durch die Tür, vielleicht ist es noch nicht zu spät, sagte der Verstand, doch seine Stimme war so schwach, sie stach nur irgendwo im Zwerchfell. Der Schmerz ließ nach, die Eindrücke verblassten, die Angst legte sich, und es blieb nur die tiefe Enttäuschung, die einen Geruch nach Erde verbreitete, wenn ich im Halbdunkel dastand und die graue Figur auf dem Sofa ansah.

Jetzt erwarteten mich lange Monate ohne die schmerzliche Liebe, ohne Todesangst – der Körper wurde glatt und eben, seidig wie das Fell eines Fischotters, im Badehaus der Kolchose glänzte er wie Alabaster, die Schwiegermutter warf einen finsteren Blick dar-

auf, während sie ihre gelben vorspringenden Knochen mit Waschseife einseifte, und am Abend überraschte ich sie bei meiner Cremedose, sie wurde unter der Nase weiß wie das Hirtenmädchen, das gestohlen hatte, und meckerte enttäuscht herum, dieses widerliche Zeug sei bitter und stinke nach Katzenpisse – so empfand die Schwiegermutter den Maiglöckchenduft, voll mit der stillen Trauer des Körpers.
Dafür wandte ich mich um zur zurückgelassenen Zeit, von Entsetzen gepackt vor der Gleichgültigkeit der Gegenwart, wenn ich an den Abenden allein blieb mit dem Duft der Creme und dem Kamm in der Hand, und wenn ich ins Zimmer kam, wehte ein Luftzug, und in einer tiefen Grube, unter der Falltür des Kellers, verdarben die glühenden Kohlen der violetten Kartoffeln. Einen Chlorkalk-Geruch spürte man in diesem knarrenden Haus nicht einmal im Traum, und den Geschmack des Cognacs »Ararat«, der den Rausch der Berggipfel verströmte, konnte man sich nur vorstellen, sogar unser Parteisekretär trank zu feierlichen Anlässen nur den »Weißen Storch«, und das war etwas völlig anderes, ganz etwas anderes! Von der Marke des Cognacs hing alles ab – Hass, Herzlichkeit, die Erledigung formaler Fragen, die einheitliche Abstimmung, die Angelegenheiten des praktischen Kommunismus und der Geruch des Windes, wenn man durch die Tür des Kreis-Komitees in den rauen Novemberabend trat und einen Augenblick stehen blieb, überkam einen der Schrecken, denn es war, als wehte der Wind aus dem Abgrund.
Die ganze Zeit saß ich im Eck, niemand sah mich an, allen war alles klar, sie stellten keine Fragen, der

Saal wurde erst lebendig, als der Sekretär sagte, die Parteimitglieder sollten weniger trinken und vor Neujahr würden grüne Erbsen und Sardellen in den Läden gebracht – kommt vor neun und ihr werdet sie leicht kaufen können, da wird es noch niemand wissen, denn Jugasė hat den Befehl bekommen, den Mund zu halten. Das Scheusal sagte nicht, dass auch Klopapier gebracht werden würde – er kaufte alles selbst, nur einige Rollen ließ er für den Kolchosvorsitzenden; wenn ich das der Schwiegermutter geschenkt hätte, wie hätte die sich gefreut über so ein Luxus-Geschenk, und vielleicht hätte sie auch nicht mehr von meiner Creme gestohlen, obwohl sie ihr doch nach Katzenpisse stank.

Aber es war doch ein schreckliches Nest.

Dem Sekretär lag das Klopapier mehr am Herzen als die Gleichheit der Parteimitglieder, und ich hatte einen Kommunisten zum Mann, der niemals die Pflichten eines moralischen Erbauers des Kommunismus erfüllen würde, denn anstatt zu stehen und mit dem Kopf die Wolken zu berühren lag er da, das Gesicht ins Gras gepresst. Aber ich wusste nicht, vielleicht war ja auch die Variante eines Kommunismus im Liegen möglich – nur dem Sekretär konnte man das nicht sagen, er war ein Schafskopf, er wäre damit in den Parteikursen durchfallen, er verstand nichts vom ideellen Grund des Kommunismus – dem Materialismus Demokrits. Als ich ihm das Notenbuch mit dem Eintrag »sehr gut« unter die Nase hielt, hüstelte er nur herum, oder vielleicht furzte er auch, es war nicht zu erkennen, offenbar hatte er am Vorabend die Mangelware Erbsen aufgefressen. Danach murmelte er, er

würde das im Rechenschaftsbericht erwähnen. Was zum Teufel ging mich sein Rechenschaftsbericht an! Wenn er mich wenigstens als Lektorin hätte arbeiten lassen – ich hätte in den Dörfern des Rayons Vorlesungen über die Priorität des Darwinismus und die Schädlichkeit der Religion gehalten. Dazu brauchte es doch Inspiration, und ich war eine Idealistin, ich konnte ohne Inspiration nicht leben!
Ich erwähnte das in einem Gespräch, doch der Sekretär brummte nur, dass nicht er die Lektoren auswähle, sondern eine höhere Macht. »Dann wenden Sie sich«, sagte ich ganz direkt, »an die höhere Macht.« Der Sekretär verzog das Gesicht und sah mich an wie den letzten Trottel, vermutlich hat er mich auch dafür gehalten. Eine erstaunliche Sache! Anastazas, der auf dem Rasen des Kreis-Komitees beim Schuppen hingestürzt war, schien ihm als Parteimitglied geeignet, denn er fragte nicht lange herum, doch ich war wohl ein Stachel im Hintern, ich hatte ihn im Verdacht, dass er insgeheim darüber nachdachte, wie er mich loswerden konnte, und wahrscheinlich hat er sich furchtbar gefreut, als ich nach der Scheidung von dem Vertreter des Kommunismus im Liegen die Kinder mitnahm und ins tiefste Russland fuhr. Um eine Parteikarriere anzustreben.
Für das Dorf war das ein Ereignis – die Schwiegermutter grämte sich so sehr, dass sie meine Creme aufaß und die Rettung sie ins Krankenhaus zu einer Magenspülung brachte, die Kinder kreischten vor Aufregung, dass sie die Welt sehen würden, und ich sah ihn schon mit der Cognacflasche in der Hand, mit dem abgründigen Blick eines Besessenen von unter

den Augenbrauen und lüsternen Lippen, die ich bloß ansehen musste um zu wissen, dass ich nur Luft war, nur eine Schwingung, die er unbarmherzig einsaugen würde.

Anastazas wurde schließlich nüchtern und protestierte schwach, warum ich ihn verlasse, doch weil er in trunkenem Zustand alle Dokumente mit leichter Hand unterschrieben hatte, konnte er nichts Weiteres mehr hinzufügen. Mir schien, dass er das auch gar nicht wollte – es würde mich nicht wundern, wenn ihm das Leben ohne uns nicht nur ganz erträglich, sondern vielleicht sogar besser schiene. So wäre er das einzige Kind in der Familie, verhätschelt von der fürsorglichen Mama, die er ohne alle Gewissensbisse ausnutzen konnte. Wahrscheinlich wurde es für ihn viel leichter, er musste nicht mehr für die Interessen der Familie eintreten, sondern nur seine eigenen wahren – doch das stimmte nicht, er hatte nie für irgendwelche Interessen gekämpft. Dazu war er zu feige. Und zu träge.

Als wir die Sachen in den Lastwagen luden, half er beim Tragen, er heulte, als er seine zwitschernde Tochter anschaute, er wollte sie umarmen, doch sie entwand sich und lief weg, sie stand an der Hecke und blickte ihn zornig an, und von hinter der Hecke gaffte der ganze Haufen von Tanten und Nachbarinnen auf uns, sie wackelten mit den Köpfen und tratschten flüsternd über uns, natürlich war ich das Objekt des Tratsches, denn der arme weinende Mann hatte ja nur Mitleid verdient.

Dieses Mitleid schien mir schlimmer als der stürmische Stoß, der mich in der pulsierenden dunklen Zeit erwartete, doch ich packte ruhig meine Bündel zusammen und wunderte mich nicht, als ich unerwartet in dieses vom Wind durchwehte Haus zurückkehrte und einen grauen Fleck in der Tiefe der Nacht sah – wohl deswegen, weil ich das gewusst habe, als ich von hier wegging, denn dieses Negativ gehört auch zur zurückgelassenen Zeit, und es ist sinnlos, über das zu weinen, was schon vorbei ist.

2

Vater tat mir leid, weil er sein Glück nicht fand. Und ich war nicht böse, dass er mühselig aus der Bierstube nach Hause schlurfte, denn böse zu sein wäre dumm gewesen – das Leben, das wir lebten, war schon selbst eine Strafe für uns.

Die Schwester war damit nicht einverstanden, sie trug den Trog mit dem Schweinefutter aus der Küche und klebte auf den gewellten Karton himmelfarbene Tapeten, doch Großmutter schleifte den Trog wieder herein, und die Tapeten schälten sich, leise raschelnd, über Nacht ab und rollten sich am Boden zusammen wie große Engelstrompeten, eine war sogar von einer Maus angeknabbert, der gefiel anscheinend der aus Wasser und Mehl angerührte Tapetenkleber. Und Großmutter trug die zusammengerollten Trompeten hinaus, danach wusch sie ächzend die Wände, auf denen die Mehlpampe gespenstische weiße Spuren hinterlassen hatte, die Schwester hatte sich irgendwo versteckt, vielleicht in der Holzhütte, vielleicht in der Sommerküche, natürlich schluchzte sie nicht, sondern platzte vor Zorn, eher hätte sie jemanden gebissen als geweint.

Wie irgendein bösartiger Architekt war sie darauf aus, die ganze Ordnung unseres Hauses, die Großmutter als ruhig, angenehm und unveränderlich ansieht, durcheinanderzubringen: die Trennwände niederzureißen, den sich zusammenringelnden Karton von der Wand abzuschälen und die lange Holzbank hinauszuwerfen und an ihrer statt graue Furniertaburette aufzustellen. Was für ein Glück, dass sie noch ein

Kind war, darum hörte niemand auf sie, nur Vater versprach, neue Tapeten zu kaufen, doch an seine Versprechungen glaubte nur er selbst, so waren wir alle ganz gelassen, nur die Schwester natürlich nicht, sie hatte die himmelfarbenen Tapeten um ihr eigenes Geld gekauft, denn nach ein, zwei Tagen hätte es im Laden keine mehr gegeben, am Warentisch wären nur schreckliche braun karierte herumgestanden, die an ein verwaschenes Schachbrett erinnerten.
Doch vielleicht war es gut, dass die Ordnung des Hauses nicht so leicht zu verändern war, denn das Haus war die Welt, in der man blieb, auch wenn alle Empfindungen abgestorben waren. Sogar wenn die Seele im Traum durch die Luft glitt, ließ sie das Haus nicht zurück, es hatte eine stärkere Anziehungskraft als der ins Vergessen abgetauchte Körper.
Wenn ich in ihn zurückkehrte, erschien er mir manchmal ganz fremd und unbewohnbar. Unfreundlich und begierig, seinen traurigen Hausgenossen nicht mehr freizulassen – dort, wo man nicht die Brillen des Materialismus brauchte, um die wirklichen Farben des Alls wiederzufinden.
In einer dunklen Nacht träumte ich, wie die Decke des Dachbodens leise und geheimnisvoll knackte, und als ich die Augen öffnete, wartete ich, wann die Flachsschäben durch sie hineinfallen würden, doch danach begriff ich, dass meine Augen fest geschlossen waren und nicht die Decke knackte, sondern die Knochen meiner Beine, zur Hälfte abgenagt vom Eckzahn eines halbmenschlichen Wesens – das Fleisch hatte es schon abgeknabbert und rülpste ins Dunkel mit dem Atem nach warmem Blut. Schlaff

setzte es sich auf meine Brust, hielt meinen Herzschlag an und ließ mich nicht atmen, ich versuchte, es wegzustoßen, doch die Hände griffen ins Leere. Und erst als die Seele zappelte wie das kleinste Vögelchen, fast erdrosselt, würgte das Tier ungewollt die zerkauten Fasern heraus, sie klebten sich wie ein Brei an die sauber abgenagten Knochen, und das Blut begann, anstatt sich in der Luft wie schwüler Fleischdampf zu verbreiten, wieder in den Adern zu fließen – ich setzte mich im Bett auf, durch das Dachbodenfenster drang der frühe Sonnenaufgang des Sommers, grau wie Rauch, wie ein Atemstoß, und mit Schrecken betrachtete ich meine Beine – es waren nicht meine, sie gehörten seltsamen und schrecklichen Traumwesen.

Den ganzen Tag hatte ich Atemnot, ich ging herum wie ein Somnambuler, das Herz schlug aus Protest gegen das nächtliche Eindringen der wilden Tiere dreimal so schnell, die Schwester sagte, ich sehe nicht besonders gut aus, und Großmutter fügte brummend hinzu, ich hätte irgendetwas zusammengefressen – so seien eben die heutigen Kinder, anstatt zu beten und zu hungern fressen sie unaufhörlich. Ich ging ins Ambulatorium, die Feldscherin[19] maß den Blutdruck und wunderte sich, dass er ziemlich hoch war. »Was ist los«, sagte sie, während sie mit den Händen an ihre rundlichen Körperseiten schlug, gerade wie

[19] »Feldscher« war ursprünglich die Bezeichnung für einen Militärarzt. In der Sowjetunion (und später auch in der DDR) bezeichnete man damit Personen mit einer medizinischen Basisausbildung.

ein Huhn mit den Flügeln, »bei der Untersuchung in der Schule hast du ganz normal ausgesehen!« Und sie gackerte geradezu vor Empörung – das machte sie immer, wenn ein normaler Bürger plötzlich anormal wurde. So war es mit der Frau von Juozas, die dem Parteisekretär während des Konzerts den Ärmel zerrissen hatte, danach mit Frau Ridikienė, die hatte sich in ihrem schmutzigen und kalten Fertigteilhaus eingeschlossen und mit der Pfanne auf die Teufel eingeschlagen, alle standen Schlange wie um die Wurst und warteten, bis ihr die Pfanne auf den gehörnten Kopf fiele, und es waren noch etwa fünf geblieben, als die Sanitäter eindrangen und ihr die Pfanne wegnahmen.

Und hinter dem Sägewerk wohnte noch dieser Kastukas – als er achtzehn geworden war, begann er mir nichts, dir nichts seine Augenwimpern zu färben und hatte einen graziös federnden Gang, außerdem wusch er sich täglich und roch immer nach dem Kölnischwasser »Rote Nelke« – eine offensichtliche Anomalie, die Feldscherin lief mit ihrem Köfferchen zu ihm, doch sie kam so verändert zurück, dass die Apothekerin erschrak, die Feldscherin sah die Apothekerin nur an wie ein Weißgardist einen Jungpionier und gackerte herum, das Vaterland sei in Gefahr und dergleichen. Das war nichts Besonderes, war die Feldscherin doch Mitglied des Kreis-Komitees und impfte, wem sie nur konnte, die fortschrittlichsten Gesinnungen der Welt ein – obwohl ich zweifelte, ob sie überhaupt verstand, was die Wörter »fortschrittlich« und »Gesinnungen« bedeuteten, sie erinnerte mich an Tante Zahnweh aus Andersens Märchen, die immer ihre Giftspritze bei sich hatte. Ihr wichtigstes Ziel war die Bekämpfung von Anomalität – deswegen sah sie mich jetzt so feindlich an, sie zischte noch, ich sei nach der Mutter geraten, die hätte auch einen Hieb (das sagte sie mir gerade ins Gesicht, denn die Feldscherin nahm es mit der Wahrheit sehr genau), sie verschrieb irgendwelche Tabletten, streckte mir das Rezept entgegen und gackerte noch einmal auf. Wenn schon ein erhöhter Blutdruck so viel Unzufriedenheit bei ihr auslöste, wie sollte man da noch über die schrecklichen Wesen der Nacht sprechen! Die Feldscherin wäre wahrscheinlich vor Entsetzen auf den Tisch gefallen. Und würde mich abtransportieren lassen wie Frau Ridikienė und die Frau von Juozas. Kastukas hat nicht darauf gewartet – er ist selbst weggefahren, seine schmucke geblümte Schärpe leuchtete lange im Halbdunkel der nach der Pisse von Betrunkenen stinkenden Autobushaltestelle, eine betörende Lilie des Wahnsinns, die elegante Orchidee eines Verrückten. Doch die vernünftigen Menschen stapften weiter durch den Schlamm vorbei, ohne sie wahrzunehmen, sie nahmen nicht einmal sich selbst wahr, und das war auch gut, denn sonst hätten sie sie noch für Straßenpflaster gehalten. Außer der Schwester natürlich. Sie war kein Straßenpflaster!

Nachdem ihre Vorhaben, die Ordnung unseres Zuhauses zu ändern, gescheitert waren, präsentierte sie sich als Herausforderung an die Gesellschaft. Sie nähte sich einen schrecklich kurzen Rock und stapfte damit auf den Straßen des Dorfes einher, den Kopf hoch erhoben. Und auch wenn das Dorf ruhig oder

besser gesagt misstrauisch auf sie reagierte, denn man hielt die Schwester für ein dröges russisches Waisenkind, ließ mich das Gefühl nicht los, aus dem alten Holzgebäude des Ambulatoriums, das nach dem Krieg ein Gefängnis des Geheimdienstes gewesen war, werde die wutentbrannte Tante Zahnweh herausstürzen mit der Spritze in ihren kurzen fetten Armen und der Schwester einen giftigen Impfstoff verabreichen. Damit sie normal würde oder verrecke.
Vielleicht könnte ich ihr von meinen Albträumen erzählen?
Und sie – würde sie etwas über die ihren ausplaudern?
Ich glaubte es nicht, dass sie die Oktopoden der tiefen Nacht nicht heimsuchten. Es war einfach nicht üblich, darüber zu sprechen. Es war nicht erlaubt. Unanständig. Die Regeln des guten Benehmens verlangten ruhig zu sein, fügsam und seine Empfindungen zu verstecken, denn empfindsam sein bedeutete nichts anderes, als sich einer Schwäche hinzugeben.
Doch wozu war dann diese stumpfsinnige Stärke gut, wenn die Gespenster der Nacht sie ausnutzen? Wie sollte ich die Seele befreien, wenn auf der Brust ein Kannibale lag und nur darauf wartete, dass er das zierliche Vögelchen packen und ihm mit gewohnter Bewegung den Hals umdrehen konnte? Das war doch ganz normal – einem Vogel den Hals umzudrehen. Und wohl auch einem Menschen. Wenn es die Gesinnung verlangte. Und es war leicht möglich, ohne Seele zu leben, denn die Seele war die allergrößte Abnormität, die man sich nur vorstellen kann. Dafür musste es in Zukunft noch mehr Feldschere und Spritzen geben.

Sollte ich ihr etwas erzählen?
Ich war nahe dran, doch die Schwester überholte mich – sie las ihr Gedicht vor, ein ganz schreckliches, über einen Stier, der auf dem Vaterland herumtrampelte, Großmutter bekreuzigte sich sogar mit ihren blutigen Händen – sie nahm ein Huhn aus, das aufgehört hatte, Eier zu legen –, und ich ließ die Augen enttäuscht in die Seiten von Jack Londons »Martin Eden« hinuntergleiten.
Und beim Lesen schoss mir in den Kopf, ich könnte meine Albträume aufschreiben. Dann würden sie mehr oder weniger normal – wie alle bei Tageslicht – und aufhören, mir einen Schrecken einzujagen. Diese Arbeit würde für mich eine geheime und stille Herausforderung sein.
Ich fing an, den Dachboden zu meiden, den ich mir als wohligen, wenn auch etwas verlotterteten Winkel eines Einsiedlers eingerichtet hatte – im Keller glosten unter den Erdschichten die glühenden Kohlen der Hölle, und auf dem Dachboden lebten die Geister, ich wusste nur nicht, von wem, wenn sie mir manchmal mit kaltem Ärmel über die Wange strichen, ich wurde ganz starr und bemühte mich herauszufinden, ob mir der Geist etwas sagen, mir vielleicht Trost zusprechen wollte, damit ich mich nicht fürchte, doch er bemerkte mich wohl gar nicht, ging vorbei und streifte mich wie irgendeinen Gegenstand.
So handelte auch mein erstes Gedicht vom argwöhnischen Geist, der in der Welt der Dinge lebte. Ich las es einer Spinne vor, die über meinem Lager ihr Netz webte, und danach dem Vater, der samt den Schuhen aufs Sofa gefallen war. Die Schuhe bewegten sich

überhaupt nicht, während ich las, doch ich bildete mir ein, dass ein Halm, der am Stiefelabsatz klebte, eine kleine Bewegung machte; der Halm verstand, denn er war vom Geist des Roggens.
Danach versuchte ich, über das nächtliche Wesen zu schreiben, aber es kam nichts dabei heraus – das Ungeheuer ließ sich nicht ans Tageslicht zerren, vielleicht deswegen, weil ich es nicht so passend zu charakterisieren wusste wie die Schwester ihren Stier, indem sie ihn mit schweren Hufen und »blutunterlaufenem Blick« ausstattete – das Lebewesen der Dunkelheit hatte weder Hufe noch einen Blick, es war formlos, und der Kugelschreiber erstarrte in meiner Hand.
War es möglich, ein Wesen zu beschreiben, das keine Lebensform hatte? Das auf der anderen Seite existierte und für das unsere Seelen nur ein Gegenstand des Vergnügens waren, es war wie eine satte Katze, die der Instinkt zum Jagen zwingt, oder treibt sie die Langeweile?
In Angst versetzt schlief ich ein paar Nächte unten, in dem kleinen Zimmer hinter der Küche, denn kein Geist konnte dort leben, wo ständig Töpfe klapperten, Vater die Großmutter um drei Rubel bittet, um für das Pferd zu bezahlen, das er vom Nachbarn ausgeliehen hat, um die Kartoffelfurchen zu ziehen, und der Geruch der angebrannten Blynai[20] im Hals kratzt, wo Großmutter jammert und hustet und außerdem noch irgendetwas pfeift wie die Sirene eines Dampfers,

[20] Blynai (Plinsen) sind Omeletten, wie sie in Litauen, aber auch in Polen und Russland in vielen Variationen gegessen werden.

und ich wusste nicht, ob dieser Laut aus den empfindlichen Gedärmen der Großmutter kam oder vom alten Lada des Nachbarn.
Als ich um sechs Uhr früh aufwachte, weil der Rundfunkempfänger in der Küche laut die Hymne der Sowjetunion spielte und Großmutter danach den Deckel eines Topfes zu Boden warf, lag ich einige Zeit mit klopfendem Herzen da, durchzuckt vom Gedanken, dass ich mich mit den Geistern des Dachbodens abfinden und an sie gewöhnen müsse, denn das Schweigen war mein Schicksal und der Lärm nur ein Traum, sonst nichts, und alle, die glaubten, dass raue Geräusche und ständiger Lärm den Rhythmus des Lebens ausmachten, träumten, und es fiel ihnen schwer, zu erwachen.

3

Wegen meines schrecklichen Charakters fand ich mir keine treuen Freunde. Solche, die mir bedingungslos vertrauten. Auch wenn ich eine Packung Bonbons gestohlen hätte, hätten sie den Laden beschuldigen, nicht mich. Sagen wir, die Packung war nicht an ihrem richtigen Platz, und daran ist zweifellos der Laden schuld.
Doch die Mitschülerinnen mochten mich nicht, weil ich ständig aus der Reihe tanzte, so hatte ich gestern mein Heft zerrissen und war vor den Augen der Lehrerin darauf herumgetrampelt – sie hatte nämlich meinen Aufsatz über ein freies Thema nicht gut genug beurteilt. Die Lehrerin machte mich, ohne sich dabei von ihrem Platz zu erheben, mit erhobener Stimme herunter und nannte mich einen bösen Zwerg und eine rasende Laus, ich saß da mit rotem Gesicht, doch ich weinte nicht, hätte ich geweint, wäre die Hysterie über mich gekommen, und das wäre der Sieg der Lehrerin gewesen. Danach hielten alle einen Respektabstand zu mir, als hätten sie Angst vor einer Ansteckung, nur Rozetė versuchte, sich mir zu nähern, doch ich drehte mich weg – ihren Trost hatte ich nicht nötig, sie lief in abgewetzten Schuhen herum und stank nach muffigen Bettlaken, und als das Fenster am Haus zerbrochen war, hatten sie einen Karton angenagelt, weil sie kein Geld für das Glas hatten!
Ihr Vater hat Rozalias Mehrschweinchen gestohlen und aufgefressen, nachdem er es samt dem Fell gebraten hatte, und jetzt wird es aus diesem Haus ständig nach versengten Schweineborsten stinken.

Und als ich einmal auf der vom Frost aufgerissenen Straße ausrutschte, schlug ich direkt vor der Tür der Bierstube hin, und jemand packte mich am Nacken und hob mich auf.
Ich schlug um mich, denn ich konnte es nicht ausstehen, dass mich irgendein Schweinearbeiter am Nacken packte.
Seine Hände ließen den Kragen los, zornig schüttelte ich mich und stürzte wieder hin, doch davor konnte ich noch sehen, dass vor der Bierstube nicht der Meerschweinchendieb stand, sondern Elės Lebensgefährte Romas und daneben Elė selbst mit frischen Dauerwellen, aufgeblasen und zufrieden, sie lud mich sogar ein, mitzukommen, nicht in die Bierstube natürlich, sondern zu ihr nach Hause, ich verstand nicht warum, sie war wohl stolz auf ihre neue Frisur und hatte niemanden, bei dem sie damit angeben konnte, ihr Lebensgefährte war ein richtiger Muffel und warf mit Komplimenten nicht gerade um sich, und der anständige Teil des Dorfes mied Elė, denn sie war eine Modepuppe, trank gern, und Großmutter lüftete gar noch ein schreckliches Geheimnis: Elė lockte fremde Männer zu sich und riss ihnen an einer Stelle, von der man nicht sprach, die Haare aus, auf diese Weise betäubte und missbrauchte sie sie; oje, wenn ihr wüsstet, wie vielen schwachen Betäubten Elė die Schuhe ausgezogen und sie nur in Socken weggehen hat lassen! Und weil alle verzaubert waren, gingen sie auch ohne Schuhe hinaus, dafür lief Elės Lebensgefährte einige Zeit wie ein König herum, weil er eine so große Auswahl an Schuhen hatte.
Das Bild der ausgestoßenen Elė schien mir interessant, so ging ich mit. Ich hoffte, dass sie mir die Schuhe

nicht wegnehmen würden – meine Stiefelchen waren für Elė wie für ihren Romas zu klein, außerdem war ein Absatz mehrmals angeklebt worden, bei Tauwetter hielt er nicht und sperrte seinen Mund auf.
Die Schuhe nahmen sie mir nicht weg, sie gaben mir Schnaps und Pfefferminzlikör, doch ich trank keinen Schnaps, für mich stank er nach Traktoren und Diesel, und danach kletterten Elė und ich die Dachbodentreppe hinauf und rauchten eine, oben säuselten die im Wind schaukelnden Wäschestücke wie die Seelen von Erhängten.
Es überkam mich so eine blöde Offenheit und ich verriet Elė etwas vom Stier und seinem brutalen Heiratsantrag im Halbdunkel; heimlich hoffte ich, sie würde mich nicht für eine naive, romantische Halbwüchsige halten, wie es sie in den Dörfern zu Hunderten gab. Ich fügte noch hinzu, dass der Stier weiß war, als wäre er aus der Milch angeschwommen gekommen, mit lodernden Augen, und dass kein einziger von Mist beschmutzter Halm auf seinem Schwanz war. Elė kicherte, boxte mich in die Seite und flüsterte mir etwas derart Schmutziges zu, dass ich beleidigt war. Sie spielte die Ausgestoßene wohl nur. Mit diesen Späßen hätte sie sich ohne weiteres in die Gesellschaft einfügen können, denn ausgestoßen wurden der Stolz oder die totale Erniedrigung, von Heiligkeit oder Lauterkeit will ich gar nicht sprechen. Elė jedoch hatte von diesen Zügen überhaupt nichts. Warum hat das Dorf sie gemieden? Weil sie so war, wie sich alle insgeheim sehnten zu sein, aber es nicht wagten?
Die Klassenlehrerin kam sogar zu uns nach Hause, um Vater zu sagen, das seine »künstlerisch veranlagte«

Tochter mit einer um ein gutes Stück älteren »Bürgerin von zweifelhafter Reputation« zusammenhocke; der Ausdruck klang so blöd, dass mich der Wunsch überkam, aus dem Schrank herauszukommen und der Lehrerin zu widersprechen, dass doch alle Bürger gleich seien und an der Reputation die Umgebung Schuld trage, Elė sei ein armes Waisenmädchen, das von einer halb tauben Tante großgezogen wurde, die hielt sie vor der Tür bei den Hühnern und hörte nie, wenn das Kind weinte, weil der Hahn nach ihr gehackt hatte, dafür dachte sie, Elė sei ein Backfisch von nicht vertrauenswürdigem Charakter und hätte sich selbst die Haut aufgeschürft, als sie sich in den Stachelbeeren vor der guten Frau versteckt hatte, die sie jeden Sonntag in die Kirche zog, wo die Frauen des örtlichen Chores Elė an auf die Empore geflogene Hühner erinnerten, und der Tenor des Organisten, der manchmal zu hören war, an die Laute des gereizten Hahns, und sie krümmte sich zusammen, weil sie auf das Hacken des Schnabels wartete.
Sie müssten sich freuen, verehrte Klassenlehrerin, dass sich dieses von den Hühnern eingeschüchterte Mädchen plötzlich einen Ruck gab, in den Komsomol eintrat und nachdem sie genug Heldenbiografien gehört hatte, den Hahn der Tante mit einem Draht erwürgte, und mit fünfzehn ist sie von zu Hause fortgelaufen. Als sie vierundzwanzig war, zog sie in unser Dorf und tat sich mit Romas zusammen. Mit einem Wort, sie bildete sich zu einer Persönlichkeit.
Und jetzt wurde Elė von gar keiner Umgebung behindert: Weder von den Hühnern (sie konnte der Versuchung nicht widerstehen, eines – nicht das eigene,

versteht sich, sondern das der Nachbarn – zu erwürgen und hielt daher keine Hühner), noch von Männern (manchmal setzte sie Romas Hörner auf, doch da er sich selbst ganz unterwürfig für ein Vieh hielt, wunderten sich die Hörner über gar nichts), noch von gottesfürchtigen Tanten (die Bierstube war nicht weit von der Kirche, so ging Elė immer gerade während des Hochamtes hinaus und zog den Rauch tief ein, und kein vorbeigehendes Tantchen wagte den Kopf zu heben, denn sie hätten dem Blick von Elės blauen Augen nicht standgehalten).
Sie war ein freier Mensch, weder an einen Aberglauben noch an Verpflichtungen gebunden, doch die Frauen verurteilten sie und zerrissen sich die Mäuler über sie, die Männer hielten nicht viel von ihr, und die Creme der Funktionäre sah sie nicht einmal und ging wie an einem vom Hund bepinkelten Zaunpfosten vorbei, man zog nur die Luft durch die Nase, das war alles. Schlank, dünn, blond, sie war wie ein Engel. Sie sah den Parteisekretär mit den Augen eines unschuldigen Opfers an. Sie roch immer nach dem Vergissmeinnicht-Kölnischwasser, das sie im Schrank vor nicht vorhersehbaren Besuchern verschlossen hielt, nicht vor Romas, Romas wirkte damals noch edel und trank kein Kölnischwasser.
Doch wie unbarmherzig das Schicksal das Edle fällt! Anfangs schnüffelte Romas den Duft von Vergissmeinnicht von meinem Handgelenk – Elė hatte mir erlaubt, einige Tropfen auf mich zu versprühen. Und danach begann er, es zu trinken.
Er lief oft in den Hof und hackte mit wildem Grimm auf die Holzscheite ein, wahrscheinlich von einem

Baobab, sie sahen furchtbar astig und dick aus. Doch danach ging er hinaus, und Elė tippte sich mit dem Finger auf die Stirn. Und eines Tages warf er eine Flasche gegen die Wand, eine leere, versteht sich, denn würde er eine volle verspritzen, dann fände kein Melodram statt, sondern eine Tragödie.
Ich lief zur Tür hinaus, in die Dunkelheit, in den Frost, schlug mit Wucht auf den Boden, und dieses Mal packte mich niemand am Kragen wie ein dummes Küken. Ich war kein dummes Küken mehr, ich war ein Opfer der Gefühle, wie Elė, nur konnte ich aus irgendeinem Grund nicht alle lustig und frech ansehen, und hätte ich zufällig geraucht und die Rauchkringel hinausgeblasen, sagen wir ins Gesicht der Klassenlehrerin oder der Verkäuferin Jugasė, so war ich fast sicher, dass nicht sie versteinert wären vor Schreck, sondern ich.
Jede Freiheit hatte ihre Grenzen, und wenn dann noch ein Mensch, den alle für ein Vieh hielten, Vergissmeinnicht-Kölnischwasser zu trinken begann, dann näherten sich diese Grenzen, dass es schrecklich wurde – als stieße ein unsichtbarer Wind an eine ebenso unsichtbare Böschung.
Die Liebe ähnelte einem Verbrechen, das man nicht enthüllen durfte, denn die Gesellschaft hätte einen einträchtig verurteilt. Sie beging keine derartige Schuld, daher verzieh sie sie auch anderen nicht.
Nicht einmal Elė, der freie Engel, verzieh so etwas. Immer, wenn sie mir in die Augen blickte, lag in ihrem Blick die seltsame Verachtung einer reifen Frau. Sie beneidete mich nicht, denn sie dachte, sich in ein solches Milchgesicht zu verlieben wie mich sei nichts

anderes als eine Perversion oder vielleicht ein seltsamer sexueller Notstand, so besorgte sie für Romas eine Bekannte aus alten Zeiten, mit der sie Hähne erwürgt hatte. Sie war fünf Jahre älter als er, korpulent, freundlich, ein Vorderzahn fehlte ihr und sie sah einer Ente ähnlich – ich weiß nicht, womit ihre Bekanntschaft endete, doch in Elės Augen sah ich keine Freude, eher Enttäuschung, und Romas blickte mich nur an wie eine Sphinx und ging wieder hinaus.

Nach längerer Zeit beruhigte sich Elė.

Eines Abends fand ich sie sehr lustig – kaum hatte sie mich erblickt, schnitt sie Speck und Essiggurken ab, entkorkte für sich eine Schnapsflasche und für mich einen außergewöhnlich schrecklichen Weißwein. Als ich mich von dem Essig, der einem den Gaumen zusammenzog, wieder erholt hatte, wurde der Hof von den Scheinwerfern eines eben angekommenen Autos ausgeleuchtet; als ich ans Fenster stürzte, sah ich einen schwarzen Wolga.

»O Jesus«, sagte ich erschrocken. »Wer kommt denn da jetzt zu dir!«

Elė kicherte, sagte aber nichts und öffnete die Tür – herein drangen der Geruch von verbranntem Gras aus dem Vorjahr und einem kalten Aprilabend, und drei Männer mit Sektflaschen in den Händen, einer, der einen grünen Pullover mit an der Brust aufgestickten Elchen trug, hielt die Flasche wie einen Knüppel, und mir kam der Gedanke, er hätte sich in der Adresse geirrt, er müsse in den Wald, dort gab es jede Menge Tiere, die man mit solchen Flaschen erschlagen konnte.

Danach änderte ich meine Meinung – er goss den Sekt graziös ein und öffnete die Flasche leise, ohne

einen Paradeknall, ohne Schaum, der aus dem Flaschenhals überfloss, und auch uns hieß er nicht zu kreischen, als der Stöpsel heraussprang. »Was willst du, er ist doch der Sohn des Kolchosvorsitzenden«, flüsterte Elė mir zu und blinzelte wie eine Kupplerin, und ich quiekte blöd herum und sagte, unser Kolchosvorsitzender habe keinen Sohn, in der Kindheit hätte ihn ein Gänserich in die Eier gezwickt, doch das sei ein geringes Übel, erst vor kurzem hätte er sich die dritte Frau geholt. Elė stellte mir das Glas mit Sekt hin, »was faselst du daher, du blöde Kuh, er ist aus einem anderen Rayon«, sagte sie mit einer Stimme, als wäre der mit den Elchen von einem anderen Planeten. »Und wer sind die anderen«, fragte ich nach, »sind das auch Söhne des Vorsitzenden? Außerdem, wo ist denn Romas?« – »Auf dem Dachboden«, antwortete Elė, »er schläft auf dem Klappbett. Was hängst du dich denn an Romas, schau dir besser die an, ich hab dir gesagt, dass du irgendwann anfangen musst, das wäre ein guter Start; schau nur, was für ein Start, wie im Märchen! Ich hatte nicht so viel Glück, ich habe mit einem richtigen Esel begonnen.« – »Und ich mit einem Stier«, fügte ich trübselig hinzu, »ich weiß, was das heißt, und ich will keinen Elch heiraten.« Elė seufzte vorwurfsvoll, streichelte meinen Kopf und sagte: »Genug davon, trink noch Sekt.«
Der Elch hauchte mich mit dem Geruch verbrannten Grases an und setzte hinzu: »Trink, Kindchen, trink!« Ich versuchte, ihn mit offenen Augen anzusehen – ich sah gar nichts, nur der tiefe Geruch schwarzen Grases stieg mir in die Nase, irgendjemand schlurfte über

die abgebrannte Wiese, hinterließ darauf die weißen Abdrücke nackter Füße und murmelte mir ins Ohr: »Trink, trink, nein, vielleicht reicht es schon, komm besser zu mir, Häschen.«
»Zu dir? Und wer bist du? Der Wolf?«
»So eine dumme Gans«, sagte Elė lustig, »du wolltest doch die Freiheit, dann geh jetzt, zier dich nicht, ich hab im Schlafzimmer Kerzen angezündet. Macht euch keine Sorgen, es wird keine Unannehmlichkeit geben, ich habe dieses Mädchen schon lange durchschaut, sie ist so wie ich – sie hasst es, ein Kind zu sein. Sie möchte eine andere sein – doch ohne das wird man nie eine andere.
Ich weiß, dass ihr nur auf Unschuldige aus seid. Wollt ihr wissen, ob sie … dann nehmt sie euch selbst und überzeugt euch, wer bin ich denn für euch, ein Arzt, verdammt noch mal!«
Wer hat das alles gesagt? Elė oder ich? Wohl doch ich, doch niemand hörte auf mich, zarte Händen knöpften die Blusenknöpfe auf, einer riss ab und rollte klimpernd in die Dunkelheit, er wäre ewig so weitergerollt, doch er stieß an ein unsichtbares Hindernis, und Elė zischte: »Was schleppst du dich hierher, du Dummkopf, wenn du Schnaps willst, auf dem Tisch steht noch einer! Zum Ficken wirst du nicht kommen, es steht schon eine Schlage an!« Mir wurde schlecht von Elės Worten, und danach von den groben Händen, die mich aus der sanften Umarmung des Halbschlafs rissen, und anstatt die verbliebenen Knöpfe ruhig aufzumachen, knöpften sie jeden dritten auf, zornig und ungeduldig, und danach hielten sie mich vor dem Schuppen am Nacken fest, damit ich beim Kotzen nicht hinstürzte.

Aus dem Schuppen wehte ein Luftzug, ein kalter, der nach vermorschten Holzscheiten roch, die Kälte verströmte eine flirrende Stille, ich begann zu zappeln, fasste die Hände, die mich hielten, doch ich hatte keine Kraft, ich winselte nur vor Sehnsucht, mich im dunklen Winkel meines Bettes zusammenzurollen und wie ein kleines Tier alles zu vergessen.
Der, der mich gehalten hatte, verstand das, er empfand wohl dasselbe. Ich weiß nicht, ob er mich geführt hatte oder getragen, doch als ich wach wurde und der erste graue Morgenschein zum Fenster hereindrang, lag ich in meinem Bett, hielt den Deckenzipfel fest gedrückt, von allen Seiten von schwarzem Gras umgeben, verkohltem Straußgras, Lieschgras, Trespen, Strohblumen und Schafgarben, nur ganz am Rand leuchtete ein blauer Hügel von Vergissmeinnicht, so von Asche verweht, dass er aussah wie ein geschlossenes Auge – und irgendjemand hatte dieses Büschchen geträumt, als er seine schwarzen Füße hineingesteckt hatte in den kalten Aprilmorgen.

1

Die Zeit tut mir nicht mehr weh, ich kann sie sogar streicheln wie den warmen Luftzug, der etwas giftig ist, denn zusammen mit dem Sonnenlicht strömt er durch das Sosnowski-Bärenklau-Gestrüpp, das am Rand des Dorfes bei den Ammoniak-Zisternen wogt, die Tröpfchen der brennenden Flüssigkeit zerfressen die Haut nicht, sie dringen nicht einmal in sie ein, sie erheben sich von der blauen Zeichnung der Adern wie der Flaum des Löwenzahns, wenn man ihn bläst. Ich weiß, wenn ich den engen Pfad zwischen den herabhängenden giftigen Dolden hinuntergehe, kann ich an die Zeit anstoßen wie an eine Glaswand, doch das wäre nur ein unwillkürlicher Reflex, mein Körper hat sich schon an die Zeit angepasst, er ginge durch Glas wie ein Schatten durch Wasser, ich bewege mich doch nicht vorwärts, schwer wie gegen den Wind, ich kehre zurück, während mir der Wind in den Rücken weht.
Es ist so einfach, zu reisen, dass ich nicht verstehe, was mich noch am Rand der Wiese festhält.
Der Wind beugt die Gräser zur Erde, trockene Kümmel- und Engelwurz-Blütenstände, braun gewordenes Johanniskraut und scharfe Brennnesseln, es ist schwer, gegen den Wind zu gehen, der voll ist von herumwirbelnden Kräutersamen, sie verfilzen das Haar und dringen mit den scharfen Krallen der Kropfspitzklette in die Haut ein, Anastazas überwindet nur mit Mühe den Abstand zu mir, er räuspert sich und verflucht den Wind, und danach steckt er seine Hand unter den Kragen und zieht ein Büschel Schösslinge

treibender Samen heraus und schleudert sie gegen den Wind.

Die Gräser fliegen, träumerisch säuselnd, gegen den Tunnel der Zeit zwischen dem giftigen Bärenklau, und ich kann mich kaum zurückhalten, ihnen hinterherzuschwimmen und das Haar zu öffnen wie Schösslinge, die in der Sprache der Wiesen flüstern.

Anastazas hält mich an der Hand, die schon in die Luft gestreckt ist und vom Luftzug getragen wird, er versucht etwas zu sagen, etwas sehr Wichtiges, und es ist mir peinlich, denn ich höre ihn nicht – ihm kommt es vermutlich so vor, dass ich ihn nicht liebe, obwohl ich doch sein Kind erwarte, und das ist vermutlich die reine Wahrheit, denn wenn ich durch das Bärenklau-Gestrüpp gehen werde, wird alles dort zurückbleiben, wo Anastazas in seinem schrecklichen braun karierten Hemd gegen den Wind rudert, weil er eine auf einem Stein sitzende Luftspiegelung einfangen will, doch die Luftspiegelung ist schon nicht mehr da, er muss zurückkehren, wieder gegen den Wind, die Windrichtung hat sich plötzlich geändert, jetzt weht er vom Dorf her und führt die schweren und körperlichen Gerüche des Lebens mit sich.

Ich bin beruhigt, dass ich Anastazas nicht beleidigt und nicht verletzt habe. Ich habe ihn einfach nicht getroffen. Niemals. Er hat mich nur berührt – wie den im Wind wogenden Bärenklau – und sich verlegen zurückgezogen, als er seine von wässrigen Bläschen überzogene Hand ansah.

Und plötzlich befand ich mich auf einer Wiese, auf der es weder Wind noch Ammoniakzisternen gab, nur einen glühend heißen und ruhigen Sommertag, und

unter einer großen Linde stand, in goldenen Schatten schillernd, eine einsame Staffelei mit einer nicht fertig gemalten Landschaft, und im Hof ließ sich ein Eimer unter kläglichem Ächzen in die Tiefe des Brunnens hinab, und tief im Herzen schwelte der vergessene Schrecken.
Ich erinnere mich sowohl an das Knarren des Eimers, als auch an die schattige Kühle der Linde, an die Maulwurfsfallen bei den schwarzen Johannisbeeren und an den dunklen Hausflur, den ich so schnell wie möglich zu überwinden trachtete, um in das kleine Zimmerchen zu gelangen, in dem über dem mit einem selbst gemachten Überwurf zugedeckten Bett geheimnisvoll Greta Garbo lächelte, ausgeschnitten aus einer Zeitschrift der Vorkriegszeit. Mama konnte sie nicht leiden, und wenn sie mit dem Besen die Spinnweben abwischte, fuhr sie ihr mit dem Reisig über das Gesicht, doch die traurige Greta zwinkerte nicht einmal, der Faden des Spinnennetzes, der sich von ihrer Stirne zog, erinnerte an einen Schleier, nur Mama nicht, Mama lächelte zufrieden und ritt auf dem Besen hinaus. Nichts zu machen – alle Hexen können die fatale Schönheit nicht ausstehen, denn ihnen ist sie nicht gegeben, nur aufgehängt wie ein Köder, damit sie sich abquälen, weil sie sie nicht erreichen.
Anders kann ich mir Mamas Missmut und Kälte nicht erklären, und den geradezu eigenartigen Hass, den ich einmal in ihren Augen bemerkte, als ich vor dem Spiegel stand und in der Dämmerung meinen Zopf flocht. Ich war schuld, weil ich auf der Welt war, Hexen liegt es doch mehr am Herzen, die Lebensfülle zu regulieren als zu vermehren, doch sie konnte mein

Leben nicht abbrechen, es war ein unfruchtbares Jahr, viele Kinder starben an Diphtherie und Fieber, und schließlich sind doch auch Hexen Mütter, was bedeutet es schon, dass sie vom Schicksal benachteiligt sind, wild und isoliert, gequält von einer unerklärlichen Begierde, und dass nur selten etwas Edles in ihnen aufleuchtet. Dieses Aufleuchten des Edlen war ich, und Mama konnte sich das nicht verzeihen.
Und da wir mitten in einer Wiese lebten und es bis zum nächsten Einzelgehöft nicht weniger als fünf Kilometer war, und bis ins Dorf ganze zwölf, sahen wir in der Umgebung meist nur die Kühe der Kolchose, gelegentlich kam der Zootechniker auf einem trophäenhaften Motorrad herbeigerauscht, und Mamas Lippen zogen sich immer zu einem Strich zusammen, sie verzauberte ihn allein mit den Augen, wenn sie die grobschlächtige Figur mit dem langen Regenmantel aus Zeltstoff ansah, aber dem Zootechniker ist nie etwas passiert, wenn er die Euter und Hintern untersucht hatte, knatterte er zurück, und gegen Abend kam immer der Hirte angeschlichen, ein alter Junggeselle aus dem Dorf, mit einer Zeltstofftasche auf dem Rücken, immer wieder stürzte er hin, wenn er die Jungkühe am Schwanz fasste, die Zaubereien begannen wohl etwas verspätet zu wirken. Und als es ganz dunkel wurde, verstand ich nicht mehr, wer die Kühe in den Stall trieb – der Hirte oder ein vierbeiniges Geschöpf, das bis auf die Höhe eines Berges angewachsen war und mit seinem Feueratem den Weg zwischen den Stacheldrahtzäunen erleuchtete.
Ich konnte schwerlich drauf hoffen, dass Mama mir etwas erklären würde. Die Abendzeit gehörte aus-

schließlich ihr – kaum hatte es zu dämmern begonnen, vergaß sie völlig auf mich; einmal sperrte sie mich zusammen mit dem Hühnern in den Stall, ich schrie, bis ich heiser wurde, danach begann ich zu weinen, doch es kam keine Antwort, dann stieg ich die Leiter hinauf, vergrub mich ins Stroh und schlief ein, und als ich am Morgen wach wurde, sah ich in der Tür eine winzige schwarze Silhouette, die von den Sonnenstrahlen zum Leuchten gebracht wurde, und ich wunderte mich, wieso sie in diesem Licht nicht schmolz.

Mama einen Vorwurf zu machen wäre dumm gewesen, es war doch nichts passiert; ich konnte mich in der Holzhütte oder im Speicher ausschlafen, unter der Linde, sie war so üppig, nicht einmal der Tau fiel durch sie, oder vielleicht bei den Johannisbeersträuchern, man musste sich nur in Acht nehmen vor den Maulwurfsfallen, doch wenn ich in die Falle geraten wäre, wäre es Mama vermutlich auch gleichgültig gewesen, höchstwahrscheinlich war ich ein winziger Maulwurf, nur Mama sagte es mir nicht. Sie sagte mir auch nicht, wer mein Vater war, sie hielt das wohl für eine bedeutungslose Angelegenheit, etwas wie den täglichen Sonnenaufgang, und wenn ich sie hinter dem Speicher fand, wie sie bei dem von Taubnesseln überwachsenen Hügel stand, kam mir der schreckliche Gedanke, dass dort die Überreste meines Vaters ruhten.

Die Sonne ging bedeutungslos in der Weide unter, hinter der gezackten Waldgrenze, und mich überkam ein Schauder: Ich war das Kind eines Toten und einer Hexe. Ich begann erbärmlich zu schluchzen, doch Mamas Vogel-Silhouette bewegte sich nicht, nur der

Wind aus der Dunkelheit plusterte ihr die Flügel auf.
Alles veränderte sich, als ich in die Dorfschule kam. Ich erfuhr, dass es auf der Welt überhaupt keine Hexen und Teufel gab und die Menschen keine Seele hatten. Dass die Partei unsere Mutter war, und Lenin der Großvater. Mir gefiel dieser Großvater mit den goldenen Locken, der auf dem Abzeichen der Oktoberkinder aufgedruckt war, sehr. Ich stellte mir vor, wie er mich an einem düsteren Abend vom Hühnerstall befreite und zur Partei hinführte, die einem Backofen ähnlich war, und ich konnte mich an ihn anschmiegen, ohne die Angst, er würde mich wegstoßen. Ich habe ihn sogar gezeichnet: rot und groß, und auf dem Mäuerchen saß Großvater Lenin, die goldenen Locken fielen wirr auf seine Schultern, und der Ofen, der mit Knochen geheizt wurde und dröhnte wie eine Dampflokomotive, sauste vorwärts und sollte erst in der Kommune anhalten, dort, wo es keine nächtlichen Gespenster und keine Toten mehr gab.
An den Abenden, als sich Mama zurückzog, holte ich mir Scheite aus der Holzhütte und heizte den stummen Ofen an. Ich stellte mir vor, ich fahre, ich sause vorwärts mit dem in die Nacht gehüllten Gehöft, das eintönige Prasseln der Flammen schläferte mich ein, und manchmal träumte mir, ich sammle im Knien die verbrannten Knochen in die Schürze und finde plötzlich meine eigene Hand mit einem von Grünspan überzogenen Ring auf dem Finger.
Ich nehme und halte sie, und danach wache ich unerwartet auf und sehe, dass ich vor dem verlöschten Ofenloch liege, und die verglimmende Kohle sieht mich an wie die Augen eines Ungeheuers.

Mit bleiernen Händen tappe ich herum, und mit Fingern, die ich nicht spüre, nehme ich einige Papierblätter und werfe sie ins Ofenloch, damit das Feuer aufflamme – die Zeichnungen, die ich im Traum gezeichnet habe.
Einige Zeit später, als die Hoffnung geschmolzen war, dass mich das lodernde Feuer retten werde, als Großvater Lenin alt geworden war – die goldenen Locken waren ihm ausgefallen und er war einem kahlköpfigen Teufel ähnlich geworden –, steckte ich die Zeichnungen in einen dicken Umschlag und versteckte sie im unbewohnten Ende des Gebäudes, das vollgefüllt war mit nicht mehr verwendetem Hausrat: Schreine für Futtermehl, Spinnräder, Butterfässer, Tragkörbe und Truhen für die Aussteuer – Mama zerstörte gnadenlos jede meiner Zeichnungen, ohne ein Wort zu sagen, das bedeutete, dass sie nicht einmal eine Verurteilung wert waren. Am meisten war mir um die »Erde« leid, die einer erfrorenen blauen Frau ähnelte, wie sie durch das All ging – ich versuchte, eine zweite zu zeichnen, aber ihr Weg im schwarzen Raum wurde ein anderer, und es war nicht schade darum, dass Mama sie in winzige Fetzen zerriss, danach sorgfältig aufsammelte und durch den Stacheldraht auf die Weide der Kolchose streute.
Ich war ihr nicht böse. Es blieben noch die »Vogelfütterin«, umgeben von Gänsen und Enten, die einer Gruppe junger Ballerinen ähnelten, die zum ersten Mal auf die Bühne stürmen, und die »sich nähernde Alte«, die mit Händen wie grobes Waschholz die dichten Tannenzweige fällte und danach lechzte, auf der winzigen Waldlichtung die Beeren pflückenden

Kinder in einen Winkel zu treiben, sie am Nacken zu packen und ihre zarten, schmutzigen Fingerchen abzubeißen, würden diese Nichtsnutze doch später sowohl die Alte wie die Fütterin zerreißen, und auch meine anderen Zeichnungen, als wollten sie sagen, dass es in der Welt, in der es keinen Gott gab, auch keine Gottesgeschenke gab, nur leere Launen und den Wunsch, sich erhaben zu fühlen, vielleicht sogar eine eigenartige Abhängigkeit, die es zu überwinden galt.

Ich wusste, dass ich sie überwinden würde, wenn nur diese unter der Linde stehende Staffelei verschwände. Und dafür blieb nicht mehr viel Zeit. Denn der vor ihr stehende Künstler war schon nicht mehr da, und die von ihm gemalte Landschaft von Nebelwiesen verblasst.

Dieser Jüngling musste Kühe malen, den Zootechniker, Kolchosfelder und gesunde rotwangige Kolchosbauern mit Roggengarben in ihren Händen, er diente wohl ein Produktionspraktikum ab, und zu Mamas großer Unzufriedenheit wurde er bei uns einquartiert, doch er nahm es mit den gesellschaftlichen Pflichten eines Künstlers nicht sehr genau und verärgerte die Stallarbeiterin Antanina, indem er sie als Violoncello mit stark gespannten Saiten unterhalb der Hüfte malte und ohne den grässlichen Mistkittel, den sie bei der Arbeit täglich trug. Die Kühe auf seinen Bildern sahen aus wie Zündholzschachteln auf Beinen, lang wie Fäden, und der Zootechniker mit dem Zellstoff-Regenmantel wand sich unten zwischen den Spinnweben wie ein in die Falle geratener Mistkäfer. Der Kolchosvorsitzende und der Parteisekretär, die alle Vollmachten und

Rechte hatten, Kunstwerke zu bewerten, erklärten, der Jüngling habe noch nicht gelernt, eine normale Kuh oder Frau zu zeichnen, daher müsse er in die Schule zurück und noch einmal von vorne beginnen. Denn das, was er jetzt darstelle, sehe aus wie die Klecksereien eines Kleinkindes, oder vielleicht, was Gott verhüten möge, wie bourgeoiser Moder.
Der Jüngling widersetzte sich nicht – er ließ die Staffelei unter der Linde stehen und ging weg, um seine Sachen zusammenzupacken, doch ich schlich mich heran und betrachtete neugierig seine Zeichnung; in einem Nebel, der an Haferschleim erinnerte, leuchteten zwei großen Augen, wären sie rot gewesen, hätte ich vermutet, es seien die des verzauberten Hirten, doch seine waren grün – wie die Mitternacht, in die man eintauchen und alles vergessen konnte, sogar sich selbst.
Diese Augen verschwanden nach und nach, sie schlossen sich, die Farben lösten sich auf und ließen die Leinwand leer zurück, und als ich mich auf die Zehen stellte, weil ich nachsehen wollte, was im Eck des Bildes leuchtete, ob es nicht vielleicht ein Kiebitz war, der aus dem verschwindenden Bild lief – ich wunderte mich, warum ich mich so sehr strecken musste, ich hatte doch eben einen Blick auf das Bild geworfen und dabei mit der Nase fast die Leinwand berührt! –, da verlor ich das Gleichgewicht, stürzte ins Gras, und ein schreckliches Wesen, das aus dem Maulwurfshügel herausgeschlüpft war, starrte mich mit blinden Augen an.
So schnell wie möglich kroch ich auf allen vieren zur Seite, danach sprang ich auf, begann, immer wieder

stolpernd, zu laufen und stieß an Mamas Bauch. Sie nahm mich an den Schultern und drehte mich zur Seite, dass ich wie ein aufziehbares Spielzeug weiterkullerte.

Aber wo hätte ich mich denn verstecken sollen, wenn sie mich nicht an sich drückte, am sichersten Ort der Welt?

Ich setzte mich auf einen Mühlstein, der mitten am Hof herumlag, und kauerte mich zusammen, doch ich schloss die Augen nicht und sah, wie Mama in der Dämmerung zu einem Vogel wurde, hinter den Speicher ging, wobei sie einen verletzten Flügel nachschleifte und sich danach zusammen mit meinem Vater zeigte – er hatte einen langen Hals, der halb offene Schnabel war voller scharfer Zähne, er schleifte die Flügel am Boden nach und schien noch unglücklicher als meine Mutter.

Sie standen am Weg, von blauem Mondlicht beleuchtet, und blickten in den Nachthimmel, den sie nicht erreichen konnten, völlig sprachlos, Vögel, in deren Sippe ich fremd war; als unter meinen Füßen die Erde zerbröckelte und das Wesen mit seiner herausgestreckten Schnauze an meine nackten Füße stieß und ich mit gellender Stimme zu schreien begann, drehte sich keiner von beiden um, nur der erschreckte Maulwurf verschwand unter der Erde – und ich spürte zu spät, wie warm und zärtlich seine Berührung doch gewesen war.

2

Die Liebe war wohl auch eines von den Gespenstern, die in der gleichgültigen Welt der Dinge lebten – ein schreckliches und hoffnungsloses Gefühl, das mich höchstwahrscheinlich deswegen überkam, damit mir das Lager eines Einsiedlers am Dachboden völlig zuwider werde.

Einige Zeit vergaß ich sogar auf meine Hebestangen, ich hielt die Proteindiät nicht mehr ein und schnitt aus der Zeitschrift »Sovjetskij sport« keine Fotos von den Mr. Olympia mehr aus. Der letzte war irgendein Deutscher, nicht Schwarzenegger, er hat besser ausgesehen, dafür war er nicht so berühmt.

Ich sehnte mich danach, Wolf Larsen ähnlich zu sein, ein scharfer Intellekt im Pelz eines wilden Tieres, doch jetzt sah ich, dass dieser Körper nicht mir gehörte, die Gespenster der Träume eigneten sich ihn an, und das, was man Intellekt hätte nennen können, waren nur fremde Gedanken, die mir bisweilen schön vorkamen.

Als ich sie im Turnsaal der Schule sah, wie sie auf der Bank bei der Wand saß, die Beine im Trainingsanzug vorgestreckt, entschlüpfte mir ein Satz aus dem »Seewolf«, den Larsen an Maud richtet, und ich lief puterrot an, denn der Satz klang unheimlich blöd, und sie sah mich verwundert an, doch danach erstaunt; der Kontakt von Schülern unterschiedlichen Geschlechts begann für gewöhnlich nicht mit Sätzen aus Büchern, sondern mit Rippenstößen und Faustschlägen, die bedeuteten, dass sich die jungen Sowjetmädchen an das Modell einer aktiven Familie gewöhnen und

blaue Flecken wie Beulen so stolz tragen sollten, wie die Männer ihre Orden trugen. Er schlägt mich, dass bedeutet, er liebt mich – diese aus prähistorischem Dunkel stammende Redewendung wurde sehr ernst genommen. Die Direktorin der Schule, eine trockene und herrschsüchtige Karrieristin, hatte einen sehr sanften Mann, der sie ehrte, aber wohl nicht liebte, denn sie kam niemals mit einem blauen Fleck in die Schule, nicht so wie die Putzfrau Zosė, die sich sogar ausgeschlagener Zähne rühmen konnte – so ein Hengst war ihr Lebensgefährte! Danach kam er in den Knast, weil er einen Zechgenossen mit der Flasche erschlagen hatte, und obwohl Zosė etwas zugenommen hatte und besser aussah, wirkte sie nicht glücklich bis zu dem Zeitpunkt, als die Direktorin sie einmal mit ihrem sanften Mann im Abstellraum im zweiten Stock ertappte und Zosė das Gesicht zerkratzte und ihn biss, denn danach wurde der Mann sehr schwer krank, und niemand wusste mehr, ob er starb oder gesund wurde, die Direktorin hat wohl das Dorf verlassen, mit stolz erhobenem Kopf, sie trug ein kleines rotes Lederköfferchen. Wahrscheinlich hat sie das mitgenommen, was ihr am wertvollsten war: die tödlichen, unbezahlbaren Gifte, die sie immer trank, bevor sie jemanden biss.
Sie erinnerte doch in nichts an Maud, warum nannte ich *sie* so? Sie wirkte gertenschlank, doch sie konnte auch auf starke Knochen und ausdauernde Muskeln stolz sein, und zumindest ihr Gesicht zeichnete sich durch eine eigenartige Weichheit aus: dunkel, länglich und selbstvergessen, so vergaß sich kein müder Mensch, sondern ein liebes Kälbchen auf der Weide,

wenn es müde war vom Herumspringen. Und natürlich hatte sie weder von Wolf Larsen noch von Jack London gehört – sie war in einer großen Familie geboren und aufgewachsen, in der kaum jemand Lesen als vernünftige Beschäftigung ansah, und ich, der ich mich heimlich an sie herangepirscht hatte, fühlte mich wie Pygmalion, der sich danach sehnte, aus diesem herrlichen Lehm ein Kunstwerk zu machen.
Nein, ich war einfach ein Dummkopf und nicht Pygmalion, besser ging ich zu meinen Hebestangen, die Gesundheit hatte sich allem Anschein nach durch Sport verbessert, doch für wen machte ich das alles, ich war doch nicht Apollo und nicht einmal Hephaistos, ich war der missratene Doppelgänger von Schwarzenegger, ich würde meine Fähigkeiten zeigen: Beim Johannisfest würde ich die Gewichte höher stemmen als die anderen – und das wär's dann gewesen. Gut, wenn Maud käme, würde ich ihr den Siegeskranz aus verwelkten Wiesenblumen überreichen, aber sie würde wohl kaum teilnehmen, der Kranz wäre auf dem Nagel am Dachboden vertrocknet, und beim Schulabschluss hätte ich erfahren, dass sie einen um ein paar Jahre älteren Burschen geheiratet hatte, der aus dem wunderbaren Lehm eine schwangere Frau machte, eilig und ungeschickt, ein Einfaltspinsel, der einem Nutria ähnelte, mir wurde richtig schlecht.
An Männlichkeit, die ja mit Derbheit untrennbar verbunden ist, fehlte es ihm natürlich nicht, außerdem arbeitete er in der Werkstatt der Kolchose als Mechaniker – ein grässlicher Ort, wie prähistorische Ungeheuer dämmerten dort die Skelete alter Traktoren

vor sich hin, es stank nach Schmiermittel und Diesel, und die riesigen Räder der Traktoren, die sich aus dem Schlamm des Frühlings herausgearbeitet hatten, türmten sich wie abgestürzte fliegende Untertassen. Ich saß zu Hause und sah den für die Abschlussfeier ausgeborgten Anzug an, der mir zu groß war, weit und aus der Mode gekommen, und hatte überhaupt kein Verlangen, zum Abschiedsabend zu gehen, um zu sehen, wie meine Maud von dem zufriedenen Nutria zur Zeremonie begleitet wird. Die Schwester – sie sollte im Jahr darauf die Schule beenden – verstand wie immer nicht und schrie mich noch an, dass mir ein so wichtiges Ereignis gleichgültig sei.

Ach nein, Maud wäre mir nie gleichgültig. Für mich war es nur unwichtig, was die Russischlehrerin sagen würde, diese alte Hexe, die die Stelle der trockenen Direktorin eingenommen hatte, oder wie die gerührten Eltern ihre hochgeschossenen Sprösslinge ansehen und welche Kleider die Mädchen tragen würden. Die Abschlussfeier rief Traurigkeit und Angst in mir hervor, denn die Routine, an die ich mich gewöhnt hatte, war zu Ende, ich verlor die Stunden, die vom langweiligen Unterricht der Lehrer ausgefüllt waren, von ihrem Schimpfen und den Vorwürfen, ich könnte besser lernen, ich lese doch so viel und sei begabt, doch faul und oft frech und unverständlich. Jetzt würde das niemand mehr zu mir sagen, denn diese Zeit war zu Ende, sie verging als wäre sie nie gewesen. Ich verlor Maud – sie saß nicht mehr auf der langen Bank an der Wand des Turnsaales und sah mich nicht mehr verwundert an, wenn ich mit den Worten von Larsen sprach, weil mir die einfachen Wörter nicht passend schienen, um

mich dem durchgeistigten Lehm zu nähern, hernach hatte sich freilich herausgestellt, dass es keine Worte brauchte, ölige Pranken genügten.
Großmutter hatte diesen Anzug wohl aus einer anderen Pfarrei angeschleppt, schweißgebadet und zufrieden, Großmutter schien er elegant, ich wollte sie nicht traurig machen und zog ihn an – der Hosenboden hing herunter, die Sakkozipfel wölbten sich wie die Hütchen der Täublinge, das Gewebe stank nach Naphthalin, und als ich mich bewegte, verströmte es einen süßlichen und unsäglichen Gestank, der an einen Toten erinnerte, der zu vermodern begann. Ich fragte Großmutter nicht, wessen Grab sie geöffnet und welche Leiche sie so gnadenlos geschändet hatte – sie wäre nur wieder in das Häuschen gelaufen. Vater konnte mir keinen Anzug leihen, denn er ging mit der Kleidung sehr sorglos um, zerriss sie sofort und machte sie schmutzig, danach warf er sie irgendwohin, wo es ihm gerade einfiel, oder er stopfte sie tief in den Schrank, und wenn die Schwester und Großmutter kamen, um Waschtag zu halten, zogen sie von dort Kleiderballen und sogar ein Anzug-Sakko heraus, doch als sie es gewaschen hatten, war es völlig unbrauchbar, zerknittert, und sah aus wie eine von den Kühen zertretene Morchel.
Großmutter weinte vor Freude, als sie mich so elegant sah, doch die Schwester prustete los, schwieg aber, als Großmutter streng sagte, dass die Kinder von heute verdorben seien und den Wert der Kleidung nicht verstünden. Danach begannen sie sich wegen des Minirocks zu streiten: Großmutter schrie, das sei unsittlich, man müsse Flanellhosen tragen, sonst ver-

kühle man sich den Hintern – und die Schwester, sie sei lieber unsittlich als Flanellhosen zu tragen. Ich zog mich zurück und blieb noch beim blühenden Jasmin stehen, blickte in seine gelben Augen und spürte, wie sie mir mit schlaftrunkenen Stimmen etwas zuflüstern, und danach ging ich zu Schule hinüber – der schwarze Zeuge einer gestorbenen Zeit.

Nur hat klarer Weise sonst niemand begriffen, dass das ein Begräbnis war, die Mitschülerinnen stelzten in blöden rosafarbenen und blauen Kleidern herum, manchmal stießen sie mich sogar, mir ging das auf die Nerven und ich stellte mich in den abgelegensten Winkel des Saales. Nach der Überreichung der Zeugnisse fand das Festmahl statt, Maud übergoss ihr rosafarbenes Kleid mit Wein, genauer gesagt, Nutrius schüttete sein Glas auf ihren Schoß, und anstatt auf einem Bein niederzuknien und sein Taschentuch herauszuholen, wieherte er nur auf und zeigte dabei seine langen Nagetierzähne, was sonst sollte man auch von ihm erwarten, wer weiß, ob so einer überhaupt ein Taschentuch hatte, eher hatte er einen öligen Fetzen in der Tasche, und Maud ging allein auf die Toilette, danach kam sie zurück, und von ihrem Kleid kullerten Wassertropfen. Mir versetzte es einen Stich ins Herz – es sah aus, als hätte dieser Nutrius sie in den Regen hinausgejagt.

Doch es wollte nicht regnen – schwüle Hitze schlug einem entgegen, und ich war schweißgebadet – und der Anzug nahm endlich den Geruch eines lebendigen Menschen und nicht einer Leiche an –, kühler wurde es erst, als es dämmerte, doch mit der Dämmerung überkam mich eine Traurigkeit, ich verließ die im

Speisesaal tobenden Klassenkollegen und zog mich auf die Weide in Richtung der untergehenden Sonne zurück, das üppige Junigras legte sich raschelnd unter meinen Füßen nieder, danach watete ich ins Wollgras hinein, der weiße Flaum schwirrte umher und verfing sich im Anzug, er wurde wohl vom geheimnisvollen Geruch des Gewebes angezogen, ich nahm nicht mehr wahr, wo ich ging, und als ich zu mir kam, drückte ich die Stirn an ein Fensterglas, das von innen matt erleuchtet war, später öffnete jemand das Fenster, und ich wäre beinahe hineingefallen – kleine faltige Händchen stießen mich mit solcher Wucht zurück, dass ich rücklings hingestürzt wäre, doch irgendetwas hielt mich zurück, wahrscheinlich der hölzern gewordene Anzug, voll mit leise knisternder Elektrizität.

Als ich wieder bei mir war, erblickte ich das aufgebrachte Gesicht von Juozas.

»Du hast wohl geglaubt, du bist sehr stark, verfickt!«, schrie er und ballte seine Fäuste.

Ich schluckte einen Knäuel hinunter.

»Nein«, antwortete ich kaum hörbar.

Juozas brach in Gelächter aus.

Er stand mitten in der Küche, nach vorne gebeugt, die Fäuste geballt, seine Augen schweiften wachsam in alle Richtungen – gleich, schien es, würde er wie ein Iltis losspringen und seine Zähne einem dumm gaffenden Huhn in die Kehle bohren.

Als hätte er irgendetwas gehört, wandte er den Kopf zum Eck hin, zog sich zusammen und sprang derart los, dass er mit dem Kopf an den Schrank schlug und die Töpfe und Gläser darin klirrten.

Er kniete sich auf den Boden hin und begann ächzend irgendetwas zu machen – es sah aus, als würde er einen Fetzen auswinden. Danach stand er blinzelnd auf, noch immer vorgebeugt und die Händchen hochstreckend, ähnlich einem kleinen Tyrannosaurus. Juozas kicherte in sich hinein und kroch auf allen vieren unter den Tisch. Doch dort fand er offenbar nichts Interessantes, daher kam er heraus, hockte sich auf sein Hinterteil wie ein Hund und begann laut, die Luft zu beschnüffeln, er bewegte seine Nasenlöcher, danach winselte er und streckte sich ermüdet aus.

Er begann zu dösen, doch da die Hundeposition dafür nicht sehr bequem war, kehrte der Körper im Traum nach und nach in die menschliche Haltung zurück.

»Wo ist denn die Frau?«, fragte ich, als ich in die düstere Küche blickte.

Juozas regte sich.

»Im Zimmer«, antwortete er ohne aufzuwachen, ruhig, als hätte er das erwartet. »Ich habe sie eingesperrt, damit sie bei der Jagd nicht stört.«

»Bei was?«

Juozas setzte im Schlaf ein Lächeln auf.

»Felle«, sagte er. »Ich habe eine ganze Menge erwürgt.«

Ich verstummte und stellte keine weiteren Fragen mehr. Auch Juozas verstummte und sagte nicht mehr, was er mit diesen Fellen vorhatte – ob er seiner Frau einen Pelzmantel nähen oder sie am Markt verkaufen würde.

Die Lampe leuchtete mit ihrem blechernen Schirm direkt auf den Tisch, auf dem schmutzigen Wachs-

tuch lagen eine kleine Säge zum Schneiden von Metall, ein Teller mit eingetrockneten Speiseresten und eine leere Dreiliterflasche mit einer abgestorbenen Hefeschicht am Boden. Wieder erinnerte ich mich an das Begräbnis der Zeit und seufzte tief.
»Kann man wirklich nicht mehr zurückkehren in die vergangene Zeit? Fragte ich die leere Küche.
Juozas bewegte sich nicht. Doch sein Mund öffnete sich ganz, ganz wenig, und eine unbekannte Stimme sprach:
»Und wozu?«
Meine Augen füllten sich mit Tränen, und ich sagte kaum vernehmlich:
»Damit ich glücklich bin.«
»Glücklich?«, sprach eine leidenschaftslose Stimme.
»Damit ich nicht nachdenke.«
»Damit du nicht nachdenkst?«
»Und mich nicht bemühe, das Morgen zu verstehen«, sagte ich. Eine elektrische Welle lief über mein Bein.
»Damit du dich nicht bemühst«, sagte Juozas mit fremder Stimme. Er verstummte und fügte hinzu: »Ach, ach, ach.«
Ich schluckte einen Knäuel hinunter und fragte:
»Wer bist du?«
Juozas räusperte sich. Die Lippen begannen sich zu bewegen, doch anstatt etwas zu sagen, verzogen sie sich nur zu einer schiefen Grimasse.
Danach waren Schritte zu hören, knarrend öffnete sich die Küchentüre, und die Frau von Juozas erschien – sie tobte nicht, weil sie im Zimmer eingesperrt war, sondern war durch das Wollgras gerudert und mit seinem weißen Flaum behangen, und sogar

die Flasche, die sie aufrecht trug, schien wie ein seltsamer flaumiger Eiszapfen.
Sie kniete sich zu Juozas nieder, legte seinen Kopf auf ihren Schoß, zog den Flaschenstöpsel mit den Zähnen heraus, spuckte dabei das Wollgras aus, das ihr in den Mund geraten war, und träufelte Juozas einige Tropfen durch die geöffneten Lippen ein. Danach noch etliche, zu guter Letzt hatte er fast ein Drittel der Flasche vergluckert, und den Rest trank sie selbst aus, ohne sich vom Boden zu erheben, und weil Juozas im Schlaf zu jammern begonnen hatte, als hätte er plötzlich Schmerzen, begann sie sich monoton hin und her zu wiegen, blickte ins Fenster, auch wenn sie nichts sah, auch ich sah nichts, nur die Nachtfalter kreisten um den blechernen Lampenschirm und warfen große, an Fledermäuse erinnernde Schatten.
Und ich ging weg – zurück in die Dunkelheit, zurück in das Wollgrasmeer, und als ich unter den Füßen das üppige Gras der Weide spürte, begann am Morgen der Himmel zu dämmern wie ein weit entferntes Ufer. Ich drehte mich um, um den Traumpfad anzusehen – nach und nach erloschen die blauen elektrischen Funken, und der Wiesenweg sah aus wie die Spur eines Flugzeugs, die langsam im Grau des frühen Morgens versinkt.
Der schwarze Anzug schwieg – ein hölzerner Panzer, mit langen Stichen ungelenk zusammengeheftet, nur leuchtende Johanniskäfer hielten ihn, damit er nicht auseinanderfiel.

3

Als ich die Aufnahmeprüfung in die Universität ablegen sollte, kletterte ich zum Lernen auf den Dachboden – der Bruder hatte nach dem Schulabschluss keine Lust, sich für irgendein Studium zu bewerben, er begann in der Werkstatt der Kolchose zu arbeiten und kam immer erst gegen Abend nach Hause, mürrisch und ölverschmiert, manchmal wusch er sich nicht einmal, sondern verschwand sofort in seinen Unterschlupf – das kleine Dachbodenzimmer, dessen Kartonwände, mit schmutzig bräunlichen Farben gestrichen, an eine ausgekotzte Vinaigrette erinnerten, den berühmten Salat aus Roten Rüben und Bohnen mit Sauerrahm. Er pflegte sich die Decke über den Kopf zu ziehen und kam nicht einmal zum Abendessen herunter, und Großmutter kletterte, schwer stöhnend, die Stiege hoch, blieb neben dem Lager des Stummen stehen, dann versuchte sie, die Hebestangen des Bruders, die durcheinandergeworfen auf dem Boden lagen, wegzubewegen, doch sie schaffte es nicht, sie hielt sich nur den Bauch und stieg, leise furzend, wieder hinunter.

In das große Dachbodenzimmer, von trübem Grün und mit einem Fenster, das auf die Westseite hinausging, zog ich mich zurück mit den Lehrbüchern der litauischen Sprache, meinen Mitschriften und den Büchern der Schulbibliothek – den streng vom Umschlag blickenden Klassikern der Literatur. Je näher die Tage der Aufnahmeprüfung rückten, umso mehr behelligten mich die Gespenster: Um Mitternacht erwachte ich, weil mich die kalten Finger der Toten berührten, und damit nicht genug, an die Beine der Leiche schmiegte sich die weiße Katze von Biliūnas[21]. Dieses Zimmer mit seiner unheimlichen Atmosphäre war furchtbar unangenehm – wenn spät am Abend die untergehende Sonne wie ein Höllenblitz durchs Fenster hereinstrahlte, wurde es einem umgedrehten Sarg mit von grünlicher Patina überzogenen Wänden ähnlich, ich huschte dann immer ins Freie und ließ die Klassiker liegen, denen war es sowieso egal, sie waren ja doch schon tot. Einmal, als mich ein blödes Gefühl überkam, das ich später als »Inspiration« bezeichnete, versuchte ich, ein Gedicht für die Wandzeitung der Schule zu schreiben, doch kaum blickte diese Höllensonne durchs Fenster, fiel mir der Kugelschreiber von selbst aus der Hand.

Vermutlich fühlte sich der Bruder ähnlich – er zerrte an seinen Hebestangen herum und ließ die Muskeln wachsen, doch hernach warf er seine Eisen auf einen Haufen und gab es auf, in diesen Zimmern war wohl etwas, wovor man sich nicht schützen konnte, weder mit den Muskeln noch mit dem Kugelschreiber.

Schuld daran könnte der bösartige Architekt gewesen sein, der die Häuser für die Kolchosmitglieder projektierte wie Dante die Höllenkreise, zum Durchgehen gemacht, vom Wind durchsiebt, aneinandergefügt wie Klaustrophobie verursachende Bienenwaben,

[21] Jonas Biliūnas (1879–1907), litauischer Schriftsteller; seine Erzählung »Kliudžiau« (deutsche Übersetzung unter dem Titel »Getroffen« in: Das Stieropfer. Erzählungen aus Litauen. Hrsg. von Cornelius Hell und Antanas Gailius. Aus dem Litauischen von Rita und Cornelius Hell. Salzburg, Otto Müller Verlag 1991, S. 32–33) dreht sich um den Tod einer weißen Katze.

eines wie das andere, ohne jede Individualität, im Wissen, dass ein eingeschüchterter sowjetischer Leibeigener das nicht begriff, denn was war die Sphäre des Himmels, wenn nicht Ruhe. Das Eigenartigste war, dass nicht einmal der Kolchosvorsitzende dem entgehen konnte – in seinem zweistöckigen gemauerten Haus fühlte er sich wie der zu Eis gefrorene Luzifer und beschwerte sich ständig, dass es ihm im Winter kalt und im Sommer zu kühl sei, und die Frau Vorsitzende spazierte mit blauen Lippen herum, die Betschwestern flüsterten, das käme vom »chemischen« Lippenstift, mit dem sich die Frau Vorsitzende nicht nur bemale, sondern sie esse ihn auch, wohl um keine Kinder zu bekommen.

Und sie bekam auch keine.

Erst als sie nach und nach zu verwelken begann – das konnte nicht einmal mehr der Lippenstift verbergen –, begann die Frau Vorsitzende, sich eigenartig zu benehmen; wann immer sie Kinder vor dem Laden spielen sah, näherte sie sich ihnen, zeigte ihre langen roten Fingernägel und packte den Ersten, den sie erwischte, nicht selten kratzte sie das Kind dabei an der Hand und zog es zu sich heran, und es kreischte gellend, denn wer möchte schon am helllichten Tag aufgefressen werden! Jugasė stürzte aus dem Geschäft, die Frau Vorsitzende ließ das Kind los, ihre blaue Lippen zitterten, die Augen füllten sich mit einem Nebel von Tränen und sie murmelte mit gesenkter Stimme, dass sie das liebe Kindlein liebkosen wollte, doch offensichtlich schenkte ihr niemand Glauben, die Kinder am allerwenigsten, und man betupfte die Wunde dessen, der gekratzt worden war, mit Zelionke,

damit er nicht angesteckt werde von der Tollwut der Frau Vorsitzenden.
Als stolze Aristokratin wendete sie dem Busen der Plebejerinnen vor dem Laden und ihren schmutzigen Kindern dem Rücken zu und ging aufrecht wie ein Ausrufezeichen, und wenn irgendein neugieriges Weiblein hernach diesen Stock sah, wie er sich auf der Terrasse unter dem zweistöckigen Haus hinkniete, dann nickte es nur verstehend mit dem Kopf; diese ruhige Frau, die sogar Butter anders kaufte als die anderen – sie ertrug das braune Packpapier nicht, deswegen brachte sie immer eine blaue Plastikdose mit Deckel mit – und anders trank: nicht aus Bechern oder Gläsern, sondern aus dem »Eimer« – ein Weiblein sah, wie sie daraus mit einem Strohhalm saugte, ein Schreck, sonst nichts. Doch die Frau Vorsitzende schämte sich nicht und zeigte von der Terrasse alles, was sie konnte – damit es den neugierigen Nachbarinnen nicht an Klatschgeschichten mangle. Die nächste Nachbarin, deren Gemüsegarten neben dem gemauerten Haus des Vorsitzenden lag, beteuerte, sie habe die Frau Vorsitzende auf der Terrasse einen Kopfstand machen sehen, und nicht nur ihre Lippen, sondern auch ihre nackten Fußsohlen waren blau, danach kam der Vorsitzende, stellte sie auf die Füße und begann zu schimpfen, und das Weiblein, das ihm Garten zwischen den Karotten herumharkte, stellte sich vor Neugier sogar auf die Zehen und war schon sicher, der Vorsitzende werde wie ein richtiger Mann dieses sein aus dem Häuschen geratene Weib schlagen. Doch was für eine Enttäuschung für die Gärtnerin: Die auf die Füße gestellte Frau öffnete die Augen und

sagte nur ein einziges Wort, und der Mann war sofort still und zog sich zurück, das Weiblein riss sogar einige Karotten aus vor Zorn, weil sie dieses Wort nicht genau gehört hatte, sie hätte es dem Ihrigen hingeworfen, wenn er betrunken um sich schlug.
Und als ich an einem frühen Julimorgen, kaum dass die Sonne aufgegangen war, langsam am Rand der Landstraße zur Haltestelle des Überlandbusses ging, die drei Kilometer vom Dorf entfernt war, den Korb mit den Notizen schleppend und zuckend vom nächtlichen Gekitzel, da überholte mich graziös ein weißer Wolga, blieb auf dem Bankett stehen, die Tür öffnete sich und eine leise Stimme sagte:
»Setz dich. Ich nehme dich mit.«
Ich setzte mich auf die Ledersitze und stellte den Korb zwischen die Beine.
Die Frau Vorsitzende drehte sich zu mir um – Farben, die ich noch nie gesehen hatte, verliehen ihren Lippen einen unheimlichen metallenen Schein. In ihren kleinen Ohrläppchen glänzten matte Perlen, und ich dachte, sie sei einer Tiefseemuschel ähnlich, doch wem ich ähnlich war, darüber wollte ich gar nicht nachdenken, ich schüttelte nur den Kopf ein wenig, und beinahe wären mir zwei vergoldete Ohrstecker in Form von Füchsen in den Schoß gefallen.
Die »Tiefseemuschel« hielt vor der Kreuzung an, um einem auf der Hauptstraße stolz dahinfahrenden Traktor den Weg freizugeben. Als ich mich eilig bewegte, drehte sie sich um und hob die eine Augenbraue ein wenig – das bedeutete eine aristokratische Verwunderung.
»Danke«, murmelte ich. »Ich steige schon aus.«

»Ich dachte, du fährst nach Vilnius«, sagte sie, und ich verstummte verwirrt. »Ich auch«, fügte sie kaum merklich lächelnd hinzu, und ich war ganz vergrämt und niedergeschmettert von der kalten Eleganz.

Sie fuhr mich nicht nur bis zur Universität, sondern sagte auch noch, wenn ich zur Prüfung bei einem bestimmten Professor antreten müsse, solle ich mich grün anziehen, denn er vergöttere diese Farbe – er werde sich wie im Wald fühlen, sich entspannen und nicht damit anfangen, mich über Dantes Höllenkreise, die sein Steckenpferd seien, auf »nicht genügend« zu prüfen.

Als ich verwundert fragte, ob sie auch an der Universität studiert hätte, lächelte die Frau Vorsitzende wie eine alte Wasserleiche, gab jedoch keine Antwort. Sie setzte sich in den Wolga, fuhr weg, hinterließ eine Staubwolke – und mich, völlig niedergeschmettert von ihrer geheimnisvollen Art.

Das Zimmer wurde mir im neunten Stock des Wohnheims zugewiesen, und vor Angst konnte ich die ganze Nacht nicht einschlafen, mir war, als schaukle das Gebäude wie ein schwankender Baum, und als ich einnickte, träumte ich, ich wäre im Wald und verbeugte mich vor einem Baumstrunk, den ich »Herr Professor« nannte, doch der Baumstrunk schlug mir mit einem bemoosten Ast auf den Kopf und sagte, ich solle ihn mit »Genosse« ansprechen, und danach fragte er, wie viele Räder der Wolga des Vorsitzenden habe. Als ich antwortete, es seien neun, schlug er mir wieder auf den Kopf, und ich erwachte.

Völlig erschlagen öffnete ich den Schrank, und als ich meine schlichte Kleidung durchsah, bemerkte ich, dass ich überhaupt nichts Grünes hatte – nur eine khakifarbene Bluse, vielleicht würde sie zur Not passen? Interessant, was dieser Professor in einer grünen Studentin sieht: Sylphide? Eglė, die Natternkönigin[22]? Einen Frosch? Es würde nichts daraus werden, diese khakifarbene Bluse erinnerte eher an einen Kuhfladen auf der Weide, wahrscheinlich würde ich eine Drei bekommen und mich von der philologischen Fakultät verabschieden müssen, umso mehr als ich das Gerücht gehört hatte, dass in diesem Jahr in Lituanistik alle Burschen aufgenommen werden, die einen Antrag gestellt hatten, wenn sie nur in den Examen kein Genügend bekämen – das nannte man »Vermännlichung« der Fakultät –, doch die Mädchen, die ein Gut bekommen hatten, raus mit ihnen, von denen gab es sowieso überall genug.

Wenn auch der Professor, der Grün so liebte, dieser Meinung war, dann würde ich mich absichtlich rot anziehen – ich wäre ein stolzes Zeichen der Emanzipation. Oder vielleicht ein Gespenst der sich langsam in die Vergangenheit zurückziehenden Geschichte der litauischen SSR, nichts zu machen, wir hatten doch 1989, und diese unsagbar schwierigen Disziplinen brauchte niemand mehr, nicht einmal unsere alte Russisch-Hexe, die noch vor einem halben Jahr Lenins Sprache und die Völkerfreundschaft gerühmt hatte – eine Zurückgebliebene, hätte sie nicht früher den Mund halten können, wenigstens vor einem Jahr, dann wäre sie nicht als Direktorin abgesetzt worden, aber wie man eben sagt: Gewohnheit ist eine zweite Natur. Sie hatte doch nie rechtzeitig aufhören können.

22 Eines der populärsten litauischen Volksmärchen.

Zu meiner großen Verwunderung legte ich drei Prüfungen mit »sehr gut« ab, nur in litauischer Geschichte bekam ich ein Gut, und noch verwunderlicher war, dass nicht einer der Kommissionsmitglieder an einen Professor erinnerte, der sich nach dem Wald sehnte. Ein Historiker, der Kudirka[23] ähnlich war, verschrumpelt wie ein Bundschuh, fragte sehr gallig über die Volksbewegung des 19. Jahrhunderts, doch ich antwortete ihm mit einer solchen Begeisterung, dass dem Bundschuh nichts anderes übrig blieb, als mir ein Gut zu schreiben, das war ein Wunder, denn am Gang heulte eine ganze Gruppe von Mädchen, die ein Befriedigend bekommen hatten, und irgendein Junge mit einem Stapel Bücher – er trug sie wie Brennholz aus dem nicht weit entfernten Lesesaal – sagte halblaut, es falle eben nicht jedem Spezialisten der historischen Wahrheiten leicht, die Seiten der Barrikaden zu wechseln, er wollte wohl sagen, dass dieser an Kudirka erinnernde Bärtige früher mit Begeisterung die Revolution des Jahres 1917 geprüft hatte.
Oder vielleicht habe ich deswegen ein Gut bekommen, weil ich rot angezogen war. Alles ist möglich.
Mit größter Freude ließ ich den neunten Stock zurück und das Zimmer, in dessen unansehnlichem Schrank mein bescheidenes Gewand in Erwartung der Beurteilung durch den Professor hing (ich stopfte es irgendwie in den Korb, denn es hatte keine Beurteilung mehr nötig), holperte mit dem Überlandbus nach

[23] Vincas Kudirka (1858–1899), litauischer Schriftsteller, Publizist und Übersetzer, Autor der litauischen Nationalhymne.

Hause, und als ich bei der Haltestelle an der Schnellstraße ausstieg, hatte es schon zu dämmern begonnen, der warme Sand des Banketts sah aus wie das in Moleküle zerfallende graue Asphaltband, und aus den umliegenden Wiesen kamen die Gerüche der Dunkelheit geweht, von Blütenstaub und Lauch, die sich mit Ameisensäure und dem Urin der Kühe vermischten.

Das einzige Gehöft, an dem ich vorbeigehen musste, wenn ich in die Nebenstraße einbog, die in das Dorf führte, zeigte sich in der Dämmerung unklar wie ein lebloser Berg, ohne Lichter in den Fenstern, ohne einen Laut, nur das mit Sand aufgefüllte Weglein leuchtete weiß, und die alte Schulbank, die neben dem Weg aufgestellt war – darauf saß irgendjemand, ich zuckte zusammen und verlangsamte meinen Schritt, weil ich mich vergewissern wollte, ob dort vielleicht irgendein Sack hockte, die Leute mochten solche Scherze: Sie stopften einen Sack mit Abfall voll und setzten ihn in der Haltestelle auf die Bank, als würde ein Reisender auf den Autobus warten. Juozas hatte mit einem solchen die halbe Nacht gesprochen, und Frau Ridikienė wollte ihn sogar zu sich nach Hause schleppen, indem sie ihn mit dem Stachelbeerwein lockte, von dem sie eine ganze Badewanne voll angesetzt hatte, doch der Sack zerfiel, die stinkenden Überreste platzten heraus, und die Frau brachte einen ganzen Monat lang keine unbekannten Männer mehr nach Hause.

Leise schlenderte ich vorbei – der hockende Gegenstand bewegte sich nicht, nur aus der Dunkelheit kam ein schlechter Geruch nach nassen Kippen und säu-

erlichen Fetzen, und ich seufzte mit Erleichterung auf – ach, nur ein Sack!
»Eglė, meine Schwester!«, begann ich in die Dunkelheit zu singen. »Unser beider Zeit, zu warten auf das Glück zu zweit!«[24]
»Na«, sprach der Sack. »Bist du ruhig, du Hure!«
Mir verschlug es die Sprache.
Ich holte mit der Hand aus und schlug mit dem Korb auf den Sack ein, wo ich ihn gerade traf. Mit einem schweren Stöhnen kippte er langsam von der Bank herunter, und ein scharfer Gestank schlug mir in die Nase.
»Na«, sagte der Sack wieder, wobei er das a schmerzlich dehnte und anstelle eines Ausrufezeichens kurz aufschluckte.
Stolz sagte ich:
»Und ich bin in die Universität aufgenommen!«
»Du blöde Kuh«, murmelte der Sack.
Ich war beleidigt und versetzte ihm einen Fußtritt – einen leichten, damit er nicht aufplatzte.
»Au«, stöhnte der Sack.
Er wirkte sehr menschlich. Ich wurde nachdenklich.
»Wer bist du?«, fragte ich.
»Pėcka«, antwortete der Sack.
Ich erschrak.
»Welcher? Der ältere? Oder der jüngere?«, fragte ich dumm, denn sie gefielen mir beide nicht, nur der ältere ließ mir noch ein unbestimmtes Grausen aufsteigen.
»Der ä…«, sprach der Sack, und mir lief es kalt über den Rücken. Ich machte mich rückwärts davon, denn

[24] Ein auch heute noch populärer Schlager der litauischen Popgruppe »Rondo«.

ich erinnerte mich noch gut, mit welchem Blick mich der ältere Pėcka angesehen hatte, als der Direktor sagte, ich müsse erschossen werden.
Was sollte ich sagen?
Warum er hier liege? Wo sein Bruder sei? In welchem neuen Stück er spiele? O Gott, was für ein Schwachsinn.
»Ich«, krächzte der Sack heiser und, wie mir schien, schadenfroh.
Ich zuckte mit den Schultern.
»Na du«, sagte ich. »Und was noch?«
»Ich«, schrie der Sack noch blutrünstiger. »Dich ... beim Gemüsegarten. Ich wollte dich um...«
Ich drückte die Henkel des Korbes zusammen.
»Um...!«, grölte der Sack und verstummte.
»Verdammtes Vieh«, sagte ich zitternd, »nicht einmal sagen kannst du, was du willst! Um...! Um...! Und du willst ein Künstler sein!«
»Uuum«, sprach der Sack traurig und verstummte. »Um... euch alle.«
In seinen Worten verbarg sich eine so mörderische Bitterkeit, dass ich nicht mehr zuhörte, wofür er uns alle – mich, die Direktorin, Frau Ridikienė, Jugasė, die Frau Vorsitzende – um... wollte. Es reichte, mich an den Geruch des Stiers in der Dämmerung zu erinnern.
Die Fensterläden des Einzelgehöftes knarrten – eine amorphe Gestalt kletterte mühsam durch das Fenster, ich konnte hören, wie sie mit dem ganzen Gewicht ihres Abfalls in den Gemüsegarten plumpste, die brechenden Dahlien knackten, und die Dunkelheit wehte mir Blut entgegen, dickflüssig und schwarz.

Ich schrie auf und rannte los, die Landstraße weiter, auf die trüben Lichter des Dorfes zu, und als ich außer Atem die Ortstafel erreichte und mich die erste Straßenlaterne mit ihrem gleichgültigen Licht empfing, blieb ich stehen, drehte mich zur Dunkelheit um, die ich durchlaufen hatte, und horchte, ob nicht ein Mensch zu hören war, der Um…-Schreie ausstieß, doch von hinten flutete nur der süße Geruch der abgebrochenen Dahlien heran, und ich verzog mich langsam und ohne jede Freude nach Hause und hatte nicht mehr den geringsten Wunsch mich zu rühmen, dass ich an die Universität aufgenommen war.

1

Später blieb ich allein.
Es begann zu tagen.
Die Stimmen der Vögel waren nicht zu hören, obwohl ich ihre Schatten sah, die mit schwarzen Blitzen den Rand des Himmels durchschnitten – anfangs schien es, als würde sich von oben dichter Nebel senken, doch dann verbreitete sich ein geradezu himmlisches Weiß, an einigen Stellen grünlich wie Süßwassereis, und stellenweise ließ es das Gelb des mittwinterlichen Schnees hervorquellen.
Ich betastete es mit meinen kurzen Fingern – es war wie Papier, das seine Gestalt veränderte, bald rau, bald steif und bald weich wie die Haut eines Lämmchens, es raschelte und säuselte, eine leise Pappe, gespannt wie eine gerade Leinwand, es umkreiste mich wie wirbelnde Fäden, von unsichtbaren Kräften beherrscht, nicht vom Wind zerzaust; es gab keinen Wind, auch keinen Laut, nur danach schüttelte eine starke Bewegung den Nebel auf, ich würde sagen ein Aufstöhnen – wenn ich es nur gehört hätte.
Und später war ich so von Nebel umhüllt, dass ich weder meine Hände noch meine Füße sah, ich hatte wohl gar keine, ich verspürte nicht den Wunsch, irgendwohin zu gehen, und tasten konnte ich nicht mehr, der Körper wurde zu den weißen Poren der Leinwand.
Und als ich mich schon an gar nichts mehr erinnerte, berührte eine gebieterische Hand meine Finger und elektrisierte den Körper, damit er endlich erwache.
Aber ich wollte nicht erwachen.
Und die Hand zog sich von mir zurück.

2

Als die Schwester zum Studium wegfuhr, ließ ich die Arbeit in der Kolchoswerkstatt bleiben – der Eindruck, ich versuche mit dem Maulschlüssel die Skelette von vor Jahrhunderten dahinsiechenden Lebewesen aufzuerwecken, war nicht mehr auszuhalten, und als die ersten Knospen aufsprangen, spürte ich sogar den Geruch verderbenden Fleisches, er strömte am Nachmittag herbei, als die Mechaniker für eine Flasche zusammenlegten und als Jause die »Sprotten in Tomatensauce« öffneten. Da ich mich nicht zu ihnen setzte, behandelten sie mich wie einen Fremden, und der Nutria, der die Trinkereien anführte, sah mich mit nachsichtiger Verachtung an – wie man einen komischen Kauz oder einen Behinderten ansieht. Nach Hause gehen konnte ich nicht – ich hatte am Arbeitsplatz zu sein, auch wenn dort niemand seine Arbeit machte, ich saß im Schatten der Traktoren, bis mich die Unruhe, die sich nach und nach aufgestaut hatte, aus dem Schatten heraustrieb, ich ging im Kreis um die Werkstatt herum und kämpfte mit dem Wunsch, ihnen den Rücken zuzukehren und auf den matschigen Feldern einfach irgendwohin zu gehen. Einmal hielt ich es nicht mehr aus und ging weg, ich versank im Dreck, doch danach stieß ich wie an eine Glaswand, schwer atmend stand ich da, der Kopf sauste, in den Ohren rauschte es, die auf dem Schotterweg vorbeifahrende Jugasė sah mich an wie irgendeine Vogelscheuche, klar, was hätte sie denn denken sollen, als sie mich mitten am Feld im öligen Arbeitsanzug sah, mit dem Maulschlüssel in der Hand und der alten

Fuchspelzmütze des Vaters, Großmutter sagte, sie sei aus Katzenfell genäht. Ich kümmerte mich wenig darum, was sie denken mochte. Ich kümmerte mich wenig um mich selbst. Ich beschuldigte mich sogar, dass ich überhaupt noch herumging. Mein ersehnter Zustand brauchte weder das Herumgehen noch die mechanische Arbeit, die nichts bedeutete, ich brauchte schließlich nicht einmal mehr Maud, die zwei feiste Zwillinge mit langen Vorderzähnen zur Welt gebracht hatte. Gerne wäre ich in dem von der Morgensonne erleuchteten Zimmer geblieben, als ich eben aufgewacht war und die sich an der Wand bewegenden Schatten der Äste des Apfelbaumes bemerkte und die Welt liebte, die voller Unbedarftheit war.

Einige Zeit arbeitete ich nirgends. Wenn die Schwester für das Wochenende kam – es fiel ihr schwer, sich an die große Stadt zu gewöhnen, daher hatte sie es fast jeden Freitag eilig, nach Hause zu kommen –, verstand sie das nicht, und sie schien auch keinen Versuch zu machen, es zu verstehen, obwohl ich ihr sagen konnte, dass ich mich in diesem »Schreiten wir in die Zukunft und in die Welt« ebenso fremd fühlte wie sie in der großen Stadt.

Dennoch freute ich mich, wenn sie angefahren kam, es war unwichtig, dass die Schwester nie fragte, wie es mir ging, was es Neues gab, sondern sich sofort darauf stürzte, den Boden zu waschen und danach ihre Freundinnen besuchen ging, und mir kam der Gedanke, ich kehre in die alte Zeit zurück, als Unbedarftheit der größte Wert war und niemand mir Vorhaltungen machte, warum ich nichts mache, nicht vorwärts komme, nicht studiere und dergleichen.

Danach kam die Schwester immer seltener – sie hatte wohl den schmutzigen Boden satt. Und ich begann wieder, »vorwärts zu kommen« – gleichgültig wie eine Uhr.
Ich fing an, im Sägewerk zu arbeiten, wo ich anfangs Bretter für die Kolchose schnitt, später auch für meinen eigenen Bedarf, hier lief wenigstens der Nutria nicht herum mit seinen ständig gefletschten Zähnen; getrunken wurde auch hier, doch es wirkte nicht so widerlich, die frischen Sägespäne sogen den Gestank der modrigen Leichenhalle auf.
Manchmal kam auch Vater ins Sägewerk – er hatte dort Bekannte, die ihn mit dem einen oder anderen Gläschen bewirteten; als er mich an der Gattersäge sah, schien Vater zufrieden, die Stimmung vergällte ihm höchstens, dass ich mich bei den Trinkereien nicht dazusetzte und keine Flasche spendierte – er seufzte sogar vorwurfsvoll, denn meine Dickköpfigkeit störte die Familienidylle, es war doch üblich, dass man im Dorf in den Familien trank und starb, na, einen Klassenkameraden der Schwester fand man regungslos neben seiner Mutter, man wollte auch sie mit der Tragbahre hinausbringen, doch die Mutter erholte sich und verlangte, heulend vor Kummer, nach Schnaps, um wieder auf ihren Alkoholspiegel zu kommen.
Ich schaue meinen Vater an und spüre, wie unerbittlich lebendig diese Idylle ist.
Als die Schwester zu Mariae Himmelfahrt in schlechter Gesellschaft herumlungerte und Selbstgebrannten trank, lag sie eine Nacht und einen Tag lang im Bett und hatte keine Kraft aufzustehen, die Vorhänge

zurückzuziehen und den nüchtern und unbarmherzig strömenden Regen anzusehen. Und erst nach sehr langer Zeit kam mir plötzlich in den Sinn, dass das die Familienidylle war; keine Moral, keine Predigten, keine Aspirintabletten, sogar den Eimer zum Kotzen musste sie sich selbst holen! Dieses Stampfen mit dem Eimer vom Vorhaus ins Zimmer schien wie die Reise des Kolumbus nach Amerika, als er unterwegs auf kein einziges Schiff stieß und überhaupt keine Hoffnung hatte.

Ich versuche mir vorzustellen, was Vater empfindet, wenn er sein Kind besoffen sieht, doch in seinem Gesicht kann ich nichts lesen außer eine unbestimmte Unzufriedenheit – ich habe ihm nämlich keine drei Rubel für Schnaps gegeben, eher stecke ich sie der Schwester zu, es reicht wenigstens für die Autobusfahrkarte. Vaters helles Gesicht verfinsterte sich und er ging weg, ohne ein Wort zu sagen, und in meinem Herzen wurde es ganz leer – jetzt, als ich begonnen hatte, Geld zu verdienen, bekam ich eine Bedeutung, doch diese Bedeutung verlor ich, wenn ich ihm kein Geld für seine Trinkereien gab, und Vater verhielt sich zu mir wieder wie zu einem Kind, anders gesagt, als wäre ich Luft – er ging vorbei ohne mich wahrzunehmen. Er war auch auf die Schwester böse – wozu war sie zum Studium weggefahren, was würde jetzt mit den Kleiderballen im Schrank und mit dem Geschirr, das abzuwaschen heilige Frauenpflicht war – und es hätte mich kein bisschen gewundert, wenn er sich sogar beleidigt fühlte, wahrscheinlich hatte er sich sowohl für mich wie für sie eine ganz andere Zukunft vorgestellt, verbunden mit den ewigen Bindungen an den Stamm und der Verehrung des Totems.

Hätte ich mich damit abgefunden, wäre es für mich nicht schrecklich gewesen, zuzuschauen, wie die Schwester Fett ansetzte und älter wurde, bunte türkische Hosen trug und einer Spinne mit Bauch ähnlich sah, sie ginge in den Laden um Brot und Bier, und ich säße auf der Bank und wartete, daneben würde Vater das Brett kreischend mit der Säge schneiden, bedrückt von einem unerbittlichen Gedanken, und damit er sich frei fühlte und mit seinem Kreischen weder sich selbst noch mich quälte, würde ich ihm drei Rubel geben.
Genauer gesagt, drei, nein dreißig »Elche«, denn die Währung hatte sich geändert[25] – sie wurde zu wilden Tieren, so musste es ja kommen, was war daran verwunderlich; wenn der Lohn ausbezahlt wurde, konnte ich ihn nicht in die Geldtasche stecken, sondern in einen kleinen Sack, so viele fein abgezogene Fellchen bekam ich. Doch Vater fehlte noch ein Geldschein, ein Tierchen, das aussah wie ein Burunduk, und er ging, um die im Bett liegende, kranke Großmutter zu bitten, die Nachbarin saß bei ihr, und als sie ihr finsteres Gesicht hob und Vater einen Blick wie Medusa zuwarf, versteinerte er kurz, doch danach kam er zu sich und sagte, er brauche den »Burunduk« dringend für Medikamente, Großmutter bat die Nachbarin mit schwacher Stimme, ihr die Geldtasche zu reichen, sie reichte sie ihr, und Vater ging fast im Laufschritt am

[25] Nach der Unabhängigkeitserklärung wurde in Litauen der sowjetische Rubel abgeschafft, und vom 5. August 1991 bis 20. Juli 1993 galt die Übergangswährung »Talonas«, die wegen der darauf abgebildeten Tiere oft auch »Tierchen« genannt wurde. Danach wurde die heutige Währung Litas eingeführt.

Garten vorbei ins Dorf – er fühlte sich frei, und ich saß auf der Bank, hörte die pfeifenden Lungen der Großmutter und dachte nach, ob die Schwester zum Wochenende zurückkommen und mir eine neue Jacke bringen werde, denn wenn Großmutter stürbe – und die Ärztin hatte gesagt, ihre Tage seien gezählt –, hätte ich nichts zum Anziehen, wenn wir sie zum Friedhof begleiten müssten.

Nein, die Schwester kam nicht zurück aus dem Dorf, sie bot einen prächtigen Anblick in den Hosen, die wie ein Krankenhauspyjama aussahen, und sie schleppte nicht in der einen Hand Bierflaschen und in der anderen Brot, nicht ums Verrecken würde sie sich mit dieser Ästhetik des Hässlichen abfinden, eher befreite sie sich von uns allen, vergaß uns und sagte sich los, denn ein solches Leben war wie ein langsames Krepieren.

Zur Tür herein kam eine Ärztin mit ihrem Köfferchen – einige Jahre davor hätte ich mich gefreut, dass ein junges, ruhiges und sympathisches Wesen die einem nackten Leghorn ähnelnde Feldscherin abgelöst hatte, doch jetzt heftete ich nur gleichgültig die Augen auf sie, mit ihrem grauen Mantel und dem weißen Arbeitskittel auf den Schultern sah sie aus wie ein angeschneiter Friedhofsengel, der keinen Koffer trug, sondern eine Fliese vom Grabmal, in der keine Spritzen enthalten waren, sondern die Stacheln der Toten – wir waren doch wie diese Kreuzottern im Wald, solange wir stechen konnten, und sei es auch nur ein klein wenig, dass die Gifte zumindest mit einem kleinen Schauder über die Haut wogten, solange hatten wir ein schwaches Gegengift gegen den Tod, doch als die

Gifte versiegten, kam der Friedhofsengel und zog den Stachel heraus, damit die Träume der Toten nicht leer pulsierten und sich verfinsterten – dass dem Toten nicht halluzinierte, er lebe noch.
Ich stieg zum Dachboden hinauf, rollte mich mitsamt der Kleidung auf meinem Lager zusammen und deckte mich mit der Decke und Großmutters Schaffellen zu. Ich fühlte mich wie unter einem großen Haufen Sägespäne – er wärmte nach und nach, durch eine Ritze strömte der ausgeatmete Dampf nach draußen, irgendetwas summte leise, vielleicht der Kühlschrank unten in der Küche, oder vielleicht lebte der Klang der Gattersäge auf in der Erinnerung, die sich weigerte, sich an etwas zu erinnern, doch als ich erwachte, bekam ich kaum Luft vor Angst, ich schleuderte die zu modrigen Blättern und Brettern gewordenen schweren Decken zur Seite und setzte mich auf, doch die kalte Dämmerung verdichtete sich sofort und erinnerte mich unbarmherzig daran, dass ich am Leben war – mir war, als hätte im Eck ein Wesen mit einer elektrischen Bohrmaschine gestanden, das eben seine Arbeit beendet hatte, im Fensterrahmen leuchteten fünf blau funkelnde Löcher, und ich spürte, wie die Kälte der Dämmerung verging und mich eine Wärmewelle angenehm umgab und leise durch die Löcher herausfloss, dann hörten sie auf zu funkeln, auch die Konturen dieses Wesens lösten sich auf, und danach kam wieder die Kälte angeschlichen und schnürte mich noch heftiger zusammen.
Schritte waren zu hören – die eines Menschen, eines weiteren und noch eines dritten, die Tür knarrte, Medusa brach in Tränen aus, die Schwester schrie auf

– »Gott«, sagte sie, oder vielleicht »Vater«[26], doch keiner von beiden antwortete, ich wartete gespannt, was Großmutter sagen würde, doch sie sprach nicht, ich hörte nur ein langsam verstummendes Pfeifen, ähnlich dem Laut eines sich beruhigenden Windes, und mir schwindelte vor der kommenden Ruhe.
Ich stieg hinunter, rückwärts, ohne die Stiege zu sehen, ich hielt mich mit den Händen an ihr fest, ich ließ eine Stufe aus, der Fuß sank ins Leere, beinahe fiel ich auf den Kopf und erschreckte dabei Medusa, die aus dem Gang in die Küche lief, ganz furchtbar, leise gab mir die Schwester mit verweinten Augen die um die »Burunduk« gekaufte Jacke aus braunem Kunstleder, und als ich sie anzog, kam ich mir vor wie eine Tür, an die man klopfen konnte, so viel man wollte, doch niemand würde öffnen.
Großmutters Sarg war mit einem gräulichen Stoff überzogen, der einer porösen Haut ähnelte, und mir kam der Gedanke, dass diese Haut, wenn die Bretter und die Innenbezüge anschwollen, Großmutters Knochen umhüllen würden wie ein gieriger Sack, der über lange Zeit von außen mit ausfrisierten Haaren überwachsen war, ähnlich den Wurzeln der Quecke, die sich fest in den Ackerboden eingruben, und Großmutter wäre auf ewig in der Erde gefangen. Damit das nicht geschah, steckte ich ihr die eiserne Zahnprothese unter den Polster.
Ich versuchte, die Spuren der Wurzeln zu erspähen, ich beugte mich sogar hinunter und roch daran – vielleicht konnte ich ihren süß-säuerlichen Geruch spü-

[26] Beides klingt auf Litauisch ähnlich.

ren –, doch die Schwester zog mich von dem an die Wand angelehnten Sargdeckel weg, reinigte das aus zwei Atlasbändern gefertigte Kreuz – an die Stelle, wo Jesus hängen sollte, hatte ich ausgeatmet, und jetzt war dort ein Nebel – und zischte, dass ich mich unpassend benehme, ich solle besser zu den Leuten hingehen und mit ihnen ein Gespräch beginnen.
Doch die Leute schwiegen, nur Juozas glotzte mich an, seine blauen Nasenlöcher zuckten; es war, als stünde eine Rede des nächtlichen Wesens unmittelbar bevor. Leidenschaftslos und träge, denn der Tod war für dieses Wesen überhaupt kein Ereignis, nur ein Ritual, nicht mehr. Die Todesdaten kannte es höchstwahrscheinlich auswendig, doch ich bezweifelte, ob es wusste, wann die Seele den Körper verließ.
Juozas nickte mit dem Kopf – er stimmte mir zu. Seine Nasenlöcher blähten sich auf und wurden schlaff wie die des Höllenhundes. Und als Juozas ein großes, einem Wachstuch ähnliches Taschentuch herauszog, das offensichtlich bereits mehr als einmal verwendet worden war, und sich laut schnäuzte, rieselte aus den Löchern des angebrannten Wachstuchs heiße Asche hervor.
Ich hatte nicht vor, zum Trauermahl zu gehen, welches im Speisesaal des Dorfes vorbereitet wurde; mehrere Male ging ich um die Gräber herum, die neuen und die alten, die durch eine lange graue Kapelle verbunden waren, vor der jedes Jahr der Tag der Totenehrung mit patriotischen Gedichten und Trauermusik abgehalten wurde, noch einmal ließ ich meinen Blick über den von kugelförmigen Thujen überwachsenen

Hügel gleiten, in dem der schreckliche Sarg Großmutter auf ewig gefangen hielt, und machte mich auf den Weg Richtung Dorf, ging an dem in Dunkelheit gehüllten Speisesaal vorbei – da sah ich Vater am Fenster, wie er sich aufstützte und nach draußen blickte, vielleicht wartete er auf mich, verwirrt warf ich ihm noch einmal einen kurzen Blick zu, nein, das war nicht Vater, sondern irgendein Unbekannter, vielleicht von der Kolchosverwaltung, die geholfen hatte, das Begräbnis zu organisieren, denn so oder so war Großmutter ein gutes Kolchosmitglied, viele Futterrüben der Kolchose hatte sie hustend ausgejätet und immer an den Versammlungen teilgenommen, obwohl sie weder lesen noch schreiben konnte, solche Menschen werden zu allen Zeiten geschätzt.
Der Mann ging vom Fenster weg, da trat ich heran und blickte ins Innere.
Durch den Raum mit seinen schmutzig grauen Wänden war ein doppelter grüner Strich gezogen, ähnlich zwei aneinander gefügten Geleisen – ich weiß nicht, welcher künstlerischer Aspekt damit zum Ausdruck gebracht werden sollte, doch jetzt teilten diese Geleise den Speisesaal in zwei Teile, und sie kamen mir vor wie abgeschnitten; im unteren Teil am langen Tisch dampften die Menschen, rot von Schnaps und der Vinaigrette, und oben sammelte sich der von ihnen ausgeatmete fette Nebel. Vater saß am Tischende, ganz schweigsam und still, während ich hinsah, füllte ihm Juozas zweimal das Glas, und Vater trank ohne sich lang bitten zu lassen aus, später schenkte er sich selbst ein, und ich ging vom Fenster weg, weil ich die aufkommende Unruhe spürte – ich dachte an das

Haus, wo es nichts mehr gab, die Schwester war am Vormittag weggefahren, und Vater würde, wie es aussah, nicht kommen, solange es niemanden gab, der ihn bedauerte.

Ich ging auf der Hauptstraße, die trüb von den alten Laternen beleuchtet war – um diese Zeit hing normalerweise am Anschlagbrett ein schmuckes Plakat des Ersten-Mai-Konzerts, doch dieses Jahr gab es das nicht, ein schmutziger Wisch lud zu einem Tanzabend ein; danach ging ich einige Male um die Ortstafel herum, die in einen Graben eingeschlagen war, geriet in einen feuchten Maulwurfshügel, zog meinen Fuß aus der Öffnung und machte mich fast im Laufschritt auf den Rückweg, wieder lief ich am Speisesaal vorbei, jetzt stand Vater am Fenster, nein, er stand nicht, sondern lag auf den Knien, im finsteren Flur nieste jemand, wahrscheinlich Juozas, der die Asche in die falsche Kehle bekommen hatte, aus dem Nebenhaus stank ein angebranntes Kotelett, und wie eine Pestkutsche fuhr lautlos ein Wagen mit Gummireifen vorbei, und die auf dem Kutschbock sitzende Leiche wurde nicht müde zu zeigen, dass sie lebendig war – sowohl sie wie auch ihr Pferd –, auch die Fenster schwammen leblos umher, verdeckt von Vorhängen verbargen sie schmutzige und schändliche Geheimnisse, und als ich keine Luft mehr bekam vor Angst, dass auch ich tot sei, leuchtete vor meinen Augen ein Wunder auf: ein ganz offenes Fenster.

Im Ambulatorium saß, den Kopf nach vor geneigt, eine Ärztin und schrieb, und es störte sie nicht, dass sie von allen gesehen wurde.

Ich stürzte hinein und hinterließ auf dem Boden fettige Erdspuren, und als die Ärztin unruhig wurde und die Augen ein wenig von ihren Papieren hob, flüsterte ich:
»Hilfe! Helfen Sie mir.«

3

Das erste Jahr in Vilnius fühlte ich mich wie ein wilder Vogel; besonders schrecklich war es, mit den Obussen zu fahren, mir war, als stünde ich zwischen Sphinxen, nicht zwischen Menschen, und wenn ich begann, jemanden länger anzusehen und gar noch lächelte, traf ich auf einen zornerfüllten Blick. Als mich eine hysterische Kontrolleurin erwischte und am Kragen nach draußen zog – damals dachte ich, die entwertete Fahrkarte wäre für alle Busse gültig, die Löcher in den Fahrkartenstempelautomaten seien doch alle gleich –, da stöhnte eine Frau kurz und sah mich mit einem so kalten Blick an, dass sich der Reif geradezu auf meine Augenbrauen legte.
Nach einem guten Jahrzehnt, wenn in den Obussen die Penner, Säufer und geistig zurückgebliebenen Bürger deutlich zunehmen werden, die die sowjetischen Bezeichnungen der Haltestellen vor sich hin schreien und Harmonika spielen, da wird diesen Schneeköniginnen nichts anderes übrig bleiben als sich zu beruhigen, mit all ihren Blicken werden sie niemanden zum Gefrieren bringen, das wird sich als unmöglich herausstellen, weil die Verwaltung, die jene Plätze, an denen sich die Gesellschaft versammelt, sorgfältig von Vagabunden und psychisch Kranken säubert, nicht mehr helfen wird.
Der Kontrolleurin entkam ich, ich ließ meinen Kragen in ihren Zangen zurück und beschloss heulend, am Wochenende auf alle Fälle nach Hause zu fahren, ins Dorf (»Zurück zur Natur!«), denn von diesem aktiven Stadtleben konnte man verrückt werden.

Doch der Busbahnhof gewährte die ersehnte Ruhe nicht; mitten am hellichten Tag wurde ein dicker Perversling mit wer weiß von wem – vielleicht von nervöseren Opfern – ausgerupftem Haar zudringlich und kitzelte mich mit seinen fetten Fingern an den Knien. Jedes Mal sprang ich wie von der Tarantel gestochen von der Bank auf, umsonst hielt ich nach einer majestätischen Schneekönigin Ausschau, doch wenn man sie brauchte, waren sie nie da. Und zu Allerheiligen war es überhaupt unmöglich, sich in den Autobus hineinzuzwängen – man bekam keine Luft vor Frauen und Chrysanthemen, ich fing an, die Toten zu beneiden, zu denen sie gehörten, die Frauen natürlich, nicht die Chrysanthemen, Blumen hatten hier nichts verloren, sie waren nur der Schleier der Maya, der die Wesen, die sich nach dem Tod sehnten, trennte, das eine war gleichgültig und rührte keinen Finger, das andere böse und aktiv, es rackerte sich ab im Kollektiv der Friedhofsverwaltung, war wütend auf die Bestatteten und beneidete sie um diesen Luxus.
Wenn ich an den Bahnhof dachte, wo die Trauerbusse warteten, voll mit Chrysanthemen, dann wollte ich nicht mehr nach Hause zurück, schon einmal war ich so gekommen – richtig, das war nicht zu Allerheiligen, sondern Ende April – und ich war in Großmutters Begräbnis geraten.
Ein kalter, rauer April, Vater stand vor dem Hügel am Friedhof, wie ein Kind, das nicht wusste, was passiert war, ich musste hingehen und ihm erklären, dass Vater nicht träumte und Großmutter wirklich gestorben war – Vater sah mich schweigend an, gab aber keine Antwort, dann fügte ich hinzu: »Großmutters letzte

Pension ist bei Medusa, hol sie dir noch heute, denn in Hinkunft wird die Briefträgerin sie nicht mehr bringen.«
Vater zuckte zusammen.
Er hatte wohl endlich begriffen, was geschehen war. Die barmherzige »Alma Mater«-Quelle war versiegt. Was würde jetzt sein, wenn ihn Existenzangst befiel? Woher die »Burunduk« nehmen, um sie zu beschwichtigen? Er selbst konnte das Geld nicht zusammenhalten, er verschwendete es, wo er nur konnte – und erklärte das als Impuls seines »weiten Herzens«, und in dieses Herz passten alle Halunken der Stadt, nur für die Kinder gab es darin offenbar keinen Platz. Und immer wenn Vater weinend zu erklären begann, wie er uns liebe und schätze, stand ich auf und ging weg, ließ ihn zurück, wie er seine Nase in das Wachstuch des Küchentisches steckte.
Flennende Männer kann ich nicht aushalten. Gefühlvolle Säufer noch weniger.
Doch auch die gefühllosen sind schrecklich.
An einem Samstag, als ich nach Hause gekommen war, spürte ich noch im Schlaf, wie mich irgendetwas an der Wange kitzelte, wohl eine Fliege. Ich versuchte, die Fliege zu verscheuchen, doch die gab keine Ruhe und brummte mit versoffener Stimme.
Ich öffnete die Augen und erblickte Romas, er saß an meinem Bett, hatte das Taburett aus dem Vorzimmer vor sich hingestellt und streichelte mit einer schwarzen Rabenfeder mein Gesicht.
Als ich begriff, dass er nicht auf meinen verschlafenen Körper aus war und die unordentlich auf dem Bett verstreuten Kleidungsstücke keinen erotischen

Impuls auslösten, dass ihn die lauten Morgengeräusche nicht erschreckten, die im Dorf am frühen Morgen an ein Gefahrensignal erinnerten – wenn man es hörte, musste man sich verstecken, am besten versank man in einen Maulwurfhügel –, da sah ich ihm in die Augen und hoffte, das Blau der Vergissmeinnicht zu erblicken, von dem ich einst, lang war das her, geträumt hatte. Doch während dieser Zeit waren die Augen von Romas gealtert und verblasst wie ein Strauß Sommerblumen. Es gab mir einen Stich im Magen und ich hätte die Augen geschlossen, doch Romas hob die ausgerupfte Feder, die wohl eine Hühnerzüchterin gefunden hatte, und machte sich daran, mich zu kitzeln, doch ich hatte kein Bedürfnis danach und konnte mich kaum zurückhalten, ihm auf die Hand zu schlagen.

»Was willst du?«

»Gib mir Geld«, sagte Romas sanft.

Ich war baff.

»Was?«

»Geld«, wiederholte Romas mit derselben Intonation wie ein Kind, das um ein Bonbon bittet und nicht daran zweifelt, dass man es ihm gibt.

Ich sprang vom Bett auf.

Ich zog ein Bündel »Tierchen« aus der Lade, steckte es ihm in die Hand und wartete halb nackt, dass er so schnell wie möglich verschwand, sogar die Feder warf ich weg, die er wie ein nicht mehr nötiges Mittel zärtlicher Überredung zurückgelassen hatte.

Später, als ich in einer Vorlesung saß, in der von Courtoisie und Damenkult die Rede war, von Locken auf den Medaillons und Rosenblättern in Gebetbüchern, da dachte ich schmerzlich, dass es ein

Fehler gewesen war, die Rabenfeder wegzuwerfen – sie hätte ein Zeichen empfindsamer Aufmerksamkeit mir gegenüber sein können; Romas war nicht schuld, dass er nicht fähig war, einen Adler zu fangen, und der Pfau der Nachbarn war unglaublich böse und gab schreckliche, kreischende Laute von sich, kaum dass man sich ihm näherte. Ach, hätte ich jetzt diese Feder gehabt, ich hätte sie in die Vorlesungsmitschriften gesteckt, in die Abteilung von den Ritterromanen.
Wie auch immer, Romas war doch, mag sein im Halbschlaf, ein Ritter, er hatte mich bei der Holzhütte am Kragen gehalten, damit ich mich auskotzen konnte, nachdem mich der Sohn des Kolchosvorsitzenden mit den Elchen auf der Brust betrunken gemacht hatte.
Anscheinend gab ich auch Romas »Elche«. Vermutlich hatte er sie noch am selben Tag versoffen. Recht geschah dem verdammten Hornvieh.
Elė sah ich nicht, Elė, so sagten die Weiber, war im Krankenhaus, ihr Bauch war vereitert. Deswegen war es Romas auch eingefallen, zu mir zu kommen – er wusste, wenn er Geld bekäme, müsste er es mit niemandem teilen, er würde allein trinken, Fenster und Türen schließen und nicht einmal die Gespenster einlassen, und wenn Elė zurückkommt, wird er einen Prügel über den Kopf bekommen, sie wird aussehen wie der Sensenmann – blass, blauweiß, nach Chloroform stinkend, um den Bauch zusammengenäht wie eine Mumie, und nur der ausgefallene Vorderzahn wird bezeugen, dass das kein Sensenmann ist, denn der Sensenmann besitzt alle Zähne, jeden einzelnen.
Wir werden zusammen eine halbe Flasche Selbstgebrannten leeren, mehr wird Elė nicht wollen, sie

wird sagen, nach »dem allen« fühle sie sich wie ein hohler Eimer – sie fürchtet, der Schnaps könnte durch die Nähte am Bauch sickern. Ich werde nicht lange herumfragen, was ihr passiert ist, und Elė wird es nicht erzählen, sondern mich nur mit einem Blick ansehen, den sie für den Blick einer erfahrenen Frau hält, und danach wird sie noch wie nebenbei sagen, dass »das alles« doch nicht so schlimm sei, man müsse sich eben daran gewöhnen. An das Leben muss man sich anpassen, denn man kann nicht viel dagegen unternehmen.

»Schade«, sagte sie, »dass du das nicht verstehst.«

Ich blickte auf ihre schlanken Finger, die die Mentholzigarette mit Filter hielten – kaum aufgetaucht, hatten sie sofort die alten sowjetischen abgehängt, zumindest bei den Frauen und den Jugendlichen, die zu rauchen begannen – und ich dachte an die Gerüchte über Elės feine Liebenswürdigkeit und Aufmerksamkeit gegenüber jedem Säufer in der Bierstube, der ein übriges Geld in der Hosentasche hatte. Vater war auch so – sein »weites Herz« ließ es nicht zu, dass er sich eine ordentliche Geldtasche anschaffte, die Banknoten stopfte er in die Hosentaschen, und das Kleingeld – die Kopeken, als noch die Rubel in Umlauf waren – ließ er mit stolzer Geste der Buffet-Chefin, so war er ein richtiges Geschenk für diese Frau, die fähig war, alle anzuhören. Vater war immer so stolz auf seine adeligen Gesten, dass er dem Brummen der Buffet-Chefin und später dem des Barmanns der Bierstube, er solle besser Bonbons für seine Kinder kaufen, keine Beachtung schenkte, er kam sich auch ohne Bonbons edel vor, und soweit ich mich erinnere, kaufte uns nur Anatolij, der Stiefvater, gelegentlich Bonbons, als er Mutter noch umwarb – aber der war natürlich ein Vieh, und mit diesen weißrussischen »Palotschka stukalotschka« (lange, harte Bonbons, Trommelstäben ähnlich) schlug er uns später auf die Köpfe. So hatte es keinen Sinn, die beiden zu vergleichen.

Elė würde Anatolij vermutlich gefallen. Schwache Männer nutzte sie aus, aber sie hielt sie für reine Nullen. Einmal, als ich an der Bierstube vorbeiging, sah ich, wie sie rauchte und dabei ihre Beine auf einen sturzbetrunkenen Unglücksraben gelegt hatte. Und sie winkte mir noch zu.

Deswegen hatte ich ihr von Anatolij nichts erzählt – sie hätte angefangen, mich zu beneiden. Um die ausgerissenen Haare, die blauen Flecken, die Schläge mit dem Besen und dem Taburett. Mir schien, Elė gehörte zu den Frauen, die blaue Flecken wie Orden trugen – stolz; so ist das Leben, hätte sie liebenswürdig gesagt, man muss sich daran gewöhnen.

Es wird schon kein Krieg ausbrechen, wenn ich einige Rubel aus der Hosentasche klaue, und wenn es die Tasche deines Vaters ist – es ist doch die Verwandtschaft, von der man nimmt. Er selbst nimmt weder, noch gibt er – er ist ein Lauer, und solche braucht weder Gott noch der Teufel, Gott wird ihn aus seinem Mund ausspeien, denn er wird sich an den Kopeken, die er dem Weib vom Buffet nicht gegeben hat, verschlucken, und das »weite Herz« ist erbärmlich wie trockener Hühnerdreck.

Schrecklich ist der Rachen Gottes, wie ein gusseiserner Ofen oder die erstarrende Oberfläche von Uran!

Vater sollte sich nur freuen, dass er ausgespien wird. Doch er freute sich nicht – er jammerte wieder, wenn er beim Küchentisch saß, an der Längsseite, wahrscheinlich wollte er sagen, dass ihm um Großmutter leid war, aber er sagte gar nichts, denn er hatte wohl begriffen, dass er sich selbst leidtat.
Mein Korb war schon gepackt, der Bruder hatte es vermieden, sich zu verabschieden und war zum Dachboden hinaufgestiegen – davor hatte er mir ein Bündel Banknoten hingestreckt und gesagt, er hätte vor kurzem sein Gehalt bekommen –, und Vater jammerte noch immer herum, ich legte einen Geldschein auf den Tisch, schob ihn unter seine Nase.
Ich schloss die Türe und ging hinaus, ich kehrte nicht zurück um zu horchen, ob sich das Geflenne beruhigt hatte, und er heulte vielleicht noch herum, denn es hatte sich herausgestellt, dass der Geldschein zu klein war, um den Seelenschmerz zu beruhigen – warum sollte ich mich darum kümmern, was das Kind mit dem Spielzeug machte, wenn ich doch nicht zurückkam, um ihm das Spielzeug wegzunehmen.
Erwachsene verhielten sich nicht so.
Ich muss hart sein wie Stahl, wiederholte ich für mich, während ich auf dem Gehsteig dahinging, an der Biegung, die mir von meiner Pionier-Jugend eingehämmert wurde – wie Stahl, sagte ich entschlossen, ich erinnerte mich an das alte Tischmesser, wie es von Großmutters Hand berührt wurde, und Tränen schossen mir in die Augen.
Da überholte mich ein weißer Wolga und hielt neben dem Gehsteig, schnell wischte ich mir die Tränen ab und huschte mit einem höflichen Lächeln hinein.

Was für ein Glück – wenn sie mich nur wieder bis Vilnius mitnahm! Wie viel Geld würde ich sparen! Ich erschrak fast, als ich den Vorsitzenden am Lenkrad sah. Und danach wurde ich ganz rot – ich erinnerte mich, wie ich vor einigen Wochen in das Gemüselager der Kolchose gegangen war, um mir welche von den vorjährigen Kartoffel auszusuchen, stinkend nach einer Leichenhalle, mit klafterlangen Keimlingen, wie auch immer, es war Mitte Mai, die unseren waren alle gesetzt, der Keller war leer, Vater jammerte betrunken am Tisch, und im Kasten zwischen den verschütteten Makkaroni war alles voller Mäusekot. Mein Gott! Er würde noch zu fragen anfangen, ob ich noch mehr wolle von diesen Kartoffelleichen, er war ja ein edler Mensch, es war ihm doch nicht leid darum.
»Fahren wir in die Hauptstadt?«, ließ der Vorsitzende, zu mir umgewandt, verlauten.
»Ja«, brummte ich, genervt, dass er mich in der Mehrzahl ansprach, als wäre ich einer seiner Leibeigenen.
»Braves Mädchen«, sagte der Vorsitzende und schaute mir auf die Knie, und ich begann zu zittern, weil ich an den Perversling beim Bahnhof dachte. Der Vorsitzende und er glichen einander ein wenig: beide grobschlächtig, mit abgerupftem schütterem Haar, nur dass über den fetten Lippen des Vorsitzenden noch der schwarze Lappen eines Schnurrbarts stand, ähnlich einer Schuhbürste.
»Ich … ich steige bei der Haltestelle aus«, murmelte ich mit erstickter Stimme, der Vorsitzende blickte böse in den Spiegel des Wolga und sagte:
»Und wo willst du denn noch aussteigen?«
Ich war verwirrt, und er fügte hinzu:

»Ich fahre nach Kupiškis[27].«
Ich klammerte mich am Korb fest, machte mich fertig zum Aussteigen und sagte noch etwas Unpassendes:
»Um ihre Frau abzuholen?!«
Der Vorsitzende sah mich wieder böse an. Nur nicht im Spiegel – er geruhte, sich umzudrehen. Sein Gesicht war undurchdringlich und der Schnurrbart-Streifen struppig und lange nicht geschnitten.
»Nein«, antwortete er mit eisiger Stimme. »Meine Frau ist in Vilnius.«
Wieder schaute er aufmerksam auf meine Knie – ich konnte es nicht ausstehen und stellte den Korb darauf – und fügte ruhig hinzu:
»Und ich bin eilig unterwegs in das Kreiskomitee. Was soll ich in diesem Vilnius?«
Er zog die Stirn in Falten, kratzte sich am Hinterkopf und murmelte voll Schmerz, wie der von Leidenschaft geplagte Sklave in der Fernsehserie »Die Sklavin Isaura«:
»Unsere Wege haben sich getrennt.«
Ich seufzte enttäuscht, doch der Herr der Fazenda fügte hart hinzu:
»Die blöde Hure. Glaubt, sie wird Karriere machen.«
Benommen stieg ich aus, knallte die Tür zu und setzte mich auf die kalte Bank der Autobushaltestelle, und der Vorsitzende streckte, nachdem er etwas nach vor gefahren war, seinen Kopf zum Fenster heraus und schrie:
»Blöde Kuh! Hure!«
Er drückte das Gaspedal ganz durch, und der Wolga schoss wie eine Rakete vorwärts.

[27] Kreisstadt im Nordosten Litauens, etwa 8000 Einwohner.

Ich wischte mir das Gesicht mit dem Ärmel ab – trockener Staub war mir in die Augen geflogen –, von der Seite sah es aus, als ob ich heulte, doch jeder, der zu diesem Zeitpunkt daneben stand, könnte bezeugen, dass es einen Grund dafür gab – schau sich einer an, welchen Namen er mir gegeben und wie er mich noch mit meinem Korb am Straßenrand hinausgeworfen hat.

Kaum waren die Bretter der Bank unter meinem Sitz warm geworden, sah ich, wie sich der Autobus näherte. Ich kaufte die Fahrkarte, setzte mich hin, steckte den Korb unter die Beine und döste ein. Im Halbschlaf fuhr ich direkt bis Giedraičiai[28], und in der düsteren Waldlichtung hatte ich einen Traum mit offenen Augen: Ich sah im Fensterglas des Autobusses nicht mein eigenes Gesicht, sondern das der Frau des Vorsitzenden, doch anstelle der Lippen war eine kaum geöffnete Tiefseemuschel, und hinter der glänzenden Perlmuttschale bewegte sich eine dunkelrote gallertige Masse. Plötzlich fühlte ich mich, als hätte ich die Sprache verloren und die Kraft des Druckes der Tiefsee würde versuchen, die Muschel zu öffnen.

Ich erschrak und schaute daraufhin nicht mehr ins Fenster – nicht einmal, als die Lichter von Šeškinė[29] auftauchten.

[28] Dorf (ca. 770 Einwohner), etwa 45 km nördlich von Vilnius.
[29] Stadtteil von Vilnius.

2

Ich erzählte ihr alles: von der Unruhe, den nächtlichen Bestien und vom Anzug, den Großmutter nach der Abschlussfeier heimlich weggeschafft hatte, wahrscheinlich bekleidete sie damit die Leiche, die sich schon ihrer Nacktheit zu schämen begonnen hatte. Ich sprach sogar darüber, was ich am Abend von Großmutters Tod gesehen hatte: ein Wesen mit einer elektrischen Bohrmaschine und die mit Blitzenergie entweichende Seele. Die junge Ärztin machte große Augen und sah mich an, und ich begriff nicht, was in ihrem Blick stärker war – Erschrecken oder Mitgefühl.

»Doch Sie …«, sagte sie und wusste nicht wohin mit den Händen. Sie nahm einen Rezeptblock. »Sie …« Sie sprach nicht zu Ende. Sah mich erschrocken an. Und griff nach dem Kugelschreiber.

»Ich brauche keine Medikamente«, sagte ich schnell. »Die helfen mir nur zum Einschlafen. Und einige Zeit bewahren sie mich vor den Träumen. Doch danach erinnere ich mich doch wieder daran. Möchten Sie, dass ich von den Menschenfischen erzähle, die am Markt auf den Verkaufstischen nach Luft schnappen? Oder vom Rad der verwesenden, aber noch lebendigen Menschen, diesem Mechanismus … wissen Sie, ich habe geträumt, wie er durch die Felder rollt und dabei nicht knirscht, sondern wimmert … mit den Stimmen leidender Seelen.«

Die Ärztin hob die Hand.

»Danke«, sagte sie, obwohl es nicht so aussah, als wäre sie für irgendetwas dankbar. »Ich würde Ihnen

eine Einweisung empfehlen. In die psychoneurologische Klinik. Sie brauchen einen Umgebungswechsel.«
Ich wollte fragen, woher sie wusste, dass ich die Umgebung wechseln müsse – zu Hause fühlte ich mich wie ein Gespenst, und im Sägewerk wie im Kreis des Fegefeuers, in den nach dem Tod jene Personen gesperrt werden, denen alle möglichen Zahnräder, Lager und jede andere Mechanik gleichgültig ist. Doch ich sagte nichts, denn die Ärztin schrieb so besessen, dass der Kugelschreiber geradezu ratterte. Danach trug sie mir streng auf, in die Kreisklinik zum Psychiater zu fahren und mir eine Einweisung ins Spital zu besorgen. Und auf alle Fälle die Medikamente einzunehmen.
»Es wäre gut«, sagte sie, wobei sie mich aufmerksam ansah, »wenn Sie weniger träumen würden.«
»Das ist dasselbe«, antwortete ich ihr, »als würden Sie mir empfehlen, weniger zu leben.«
Die Ärztin biss sich auf die Lippen.
Sie wirkte verlegen. Sie war so jung, so sanft, und ich begriff, dass sie ebenso machtlos war wie ich und ihr Wissen angelernt wie meines und nicht geeignet für den Kampf mit unbarmherzigen Krankheiten, solchen wie Träume, wie die Angst, die einen nicht einschlafen ließ, und die zu physischer Qual werdende Unruhe. So verging die Hoffnung, kaum dass sie aufgeleuchtet hatte. Und der Glaube wurde zu einem Dimedrol-Rezept. Doch die Liebe blieb auf diese Weise auch draußen, nur wo, das wusste ich nicht, ob in der Wüste des Lichts, von der ich nie geträumt hatte, oder im kalten Dunkel, wo sie einen anderen Namen trug.

»Ich ... ich bin keine Psychologin«, sagte die Ärztin und hob energisch das Kinn, sie hatte sich wohl wieder in den Griff bekommen. »Freud interessiert mich nicht.«

»Mich auch nicht«, fügte ich hinzu.

Es entstand eine peinliche Stille.

»Nehmen Sie das«, unterbrach die Ärztin das Schweigen. Sie schob mir ein Häufchen Rezepte hin. »Diese« – sie stieß mit dem Fingernagel an – »nehmen Sie auf jeden Fall morgens ein ... und diese am Abend. Und diese ...« – plötzlich hatte es ihr die Sprache verschlagen, ich erschrak direkt, ob sie mir nicht irrtümlich irgendwelche Rattengifte verschrieben hatte – »diese nehmen Sie, sobald Sie sie spüren ... die Symptome.«

»Welche?«, fragte ich erstaunt nach.

Die Ärztin sprang auf.

»Ich bitte Sie!«, sagte sie leise, und das Entsetzen saß noch in ihrer Stimme, die sich nicht erholt hatte. »Sie wissen es ... selbst!

Ich stand auf, sammelte die Rezepte zusammen und steckte sie in die Hosentasche wie Vater das herrenlose Geld.

»Das heißt«, sagte ich, »Sie können mir nicht helfen? Träumen Sie nichts?«

Die Ärztin schüttelte den Kopf.

»Nein«, sagte sie höflich, aber kalt.

»Dann gibt es Sie vielleicht gar nicht«, murmelte ich beleidigt und ging zur Tür hinaus.

Nachdem ich ein Stück gegangen war, drehte ich mich um, und das Erste, was ich sah, war der zugezogene Vorhang am Fenster des Ambulatoriums. Ach, was war ich doch für ein Dummkopf! Immer dasselbe: Ich musste alles kaputt machen. Auch wenn es nur

Illusionen waren, so waren sie doch schön! Außerdem halfen Illusionen einem Großteil der Menschen zu leben. Ich musste mich eben auch mit der Illusion trösten, dass mir dieser Rezepthaufen helfen würde. Ich würde die Tabletten fressen wie die Henne einen Kieselstein, und das Leben würde heller leuchten. Wie ein Nachttopf, der zu einer Lampe geworden war.
Als ich mich in die Psychoneurologie legte, erinnerte die an der Zimmerdecke befestigte Lampe tatsächlich an einen leuchtenden Nachttopf – ein Glück, meine Nachbarn waren nicht völlig verrückt, einer war vom Studieren der Geschichte aus dem Häuschen geraten, wir gaben ihm den Spitznamen »Historiker«, der andere war ein griesgrämiger Tischler, dessen Paranoia ich gar nicht durchblickte, und der dritte ein Alter, den das Pferd geschlagen hatte, der Huf hatte ihn am Kopf getroffen, doch ich glaubte, dass er auch ohne das ein ziemlicher Einfaltspinsel war, ständig kam er mir mit der Litanei: »Kennst du Jūžintai? Ein berühmtes Dorf!« Wenn sich noch eine Menschen-Fliege gefunden hätte, wie viel Nerven hätte es uns gekostet, zu sehen, wie sie sich bemühte, die Lampe zu erreichen und darauf ein Zeichen ihrer Existenz zu hinterlassen! Außerdem sagte der Tischler, dass unsere Abteilung ganz in Ordnung sei, käme man, Gott behüte, in die dritte, wo die Alkoholiker mit dem weißen Fieber und die Drogensüchtigen lagen – und jetzt hatten sie noch einen Wahnsinnigen eingeliefert, der zwei minderjährige Mädchen vergewaltigt und erdrosselt hatte. Dem Alten, der an seiner Wurst kaute, blieb der Mund offen vor Entsetzen, und mit dem Wurstende in der Hand brachte er, während

er ein Stück abbiss, keuchend hervor: »In Jūžintai gibt es das niiicht!« »Du Dummkopf!«, schrie der entnervte Historiker, »die historischen Gesetzmäßigkeiten beweisen, dass dort, wo sich eine große Population von Idioten ansammelt, auch ein Wahnsinniger auftaucht! Er wird auch in deinem Jūžintai auftauchen! Warte nur, sie werden ihn dir noch im Fernseher zeigen!«

Der Alte wollte nicht zustimmen, doch niemand schenkte ihm Gehör – er langweilte und war zudringlich wie eine Klette, dazu furzte er noch, dass es nur so krachte, ohne sich vor den Schwestern zu schämen, er dachte wohl, dass sei sein Vorrecht als Mann. Außerdem schnarchte er noch unheimlich – wenn ich in der Nacht wach wurde, dachte ich jedes Mal, warum hat das Pferd ihm nicht den Garaus gemacht; haben Tiere tatsächlich ein Mitleidsgefühl? Und wozu? Dass ein so primitives Wesen wie der Alte es schmähe? Aus ganzem Herzen wünschte ich, die Tiere hätten nicht nur eine Seele, sondern auch ein eigenes Paradies, in das die Menschen keinen Zutritt hätten – das All war doch so groß, vielleicht konnte man sich irgendwo vor dem Menschen verstecken.

Am Wochenende war Vater zu Besuch gekommen. Der Alte gefiel ihm offenbar. Er wunderte sich noch, wer so einen lieben Onkel ins Narrenhaus steckte, wohl die herzlosen Verwandten? Aber wo denn. Die Verwandten besuchten den Alten jeden dritten Tag, und immer mit Würsten und Zeppelinen[30], von denen

[30] Litauische Nationalspeise (mit Fleisch gefüllte Knödel aus Kartoffelteig).

der Alte immer die Luft verpestete wie ein Iltis, und die Verwandten waren damit anscheinend sehr zufrieden, sie hielten Krankenhäuser wohl, wie viele Landmenschen, fast für Konzentrationslager, wo man nichts zu essen bekam, und wenn doch, dann Knochensuppe, Kutteln und Klettenblätter als Nachspeise.
Und wenn der Historiker mit geballten Fäusten schrie: »Wisst ihr denn nicht, dass ein Kranker nicht so gierig fressen, sondern beten soll«, so schnellten die Verwandten des Alten – zwei dicke Weiber, eine etwas jünger, die andere schon ziemlich zusammengeschrumpft – erschrocken zur Seite, und zu ihrer Verteidigung trat ein schon ganz schwaches Männlein vor, doch da auch sein Bauch größer war als seine Brust, sah es aus, als rücke ein Schneemann in die vordere Front.
Leise furzend beruhigte sie der Alte:
»Na was denn! Habt keine Angst! Er ist ein bisschen verrückt. Aber hier sind doch alle so!«
»Aber du, lieber Vater«, sagte das jüngere Weib weinend, »du bist doch nicht verrückt, dir hat es nur das Gehirn kräftig durcheinander geschüttelt.«
Der Historiker schlug die Tür zu und ging aus dem Zimmer, wobei er noch etwas von der Amöbenpopulation murmelte, die sich mit den Beinen fortpflanze, die Weiber blickten einander an, und die jüngere fragte meinen Vater im Flüsterton:
»Und was ist mit ihm?«
Vater zuckte mit den Schultern, dafür wusste der Alte die Diagnosen von allen und schrie munter drauf los: »Er hat halt zu viele Bücher gelesen! Und dort« – er tippte sich an den Kopf – »ist ihm alles durcheinander gekommen!«

Die Weiber seufzten mitfühlend. Und das Männlein, das während der ganzen Dauer des Besuchs kein einziges Wort von sich gegeben hatte – ihm war es wohl mehr als genug, dass er persönlich daran teilnahm –, stand auf und zeigte auf die Tür. Die Frauen schickten sich an, sich zu verabschieden, der Alte wurde wehmütig und fragte, ob der Acker ausgetrocknet sei und ob die Ferkel nicht krank seien – mit einer Stimme, als würde er sich nach seinen geliebten Kindern und Enkeln erkundigen, die in einen Stall gesperrt waren, wobei man einen etwas fetteren schon bald schlachten würde.

Ihm lag so viel an diesen tierischen Ritualen, dass er sich hüstelnd zur Tür hinausschleppte, ständig dies und jenes fragte und die Verwandten bis zur Stiege begleitete, Vater blickte ihm mit hellem Gesicht nach, denn auch er sagte oft, der Mensch müsse »bei der Scholle« sein, Kinder und Tiere großziehen, doch mich ließen seine Wünsche immer erschauern wie eine Stromwelle, besonders die Gleichsetzung von Kindern und Tieren; wenn er wieder einmal seine Sauftage hatte, band er den Hund von der Kette los, damit dieser sich selbst durchschlage, der Kater hatte überhaupt keine Rechte, und die Kuh hatte er schon vor Großmutters Tod verkauft, um keine unnötige Mühe zu haben, umso mehr als die Schwester zum Studium weggefahren war und kategorisch erklärt hatte, sie werde nicht hinter dem Kuhschwanz herlaufen, das habe überhaupt keine Perspektive, und Vater fühlte sich ertappt, vielleicht deswegen, weil er seine Perspektiven schon vor vielen Jahren aufgegeben hatte, und nicht aus Notwendigkeit, sondern aus

Trägheit. Danach sagte er, man müsse mit dem Kleinen vorliebnehmen, es sei nicht möglich, die Welt zu erstürmen – doch warum hätte die Schwester daran glauben sollen, wenn er selbst nicht einmal versuchte hatte, das zu tun?
Auch ich versuchte es nicht.
Meine Welt verbreiterte sich nicht, sondern zog sich zusammen. Doch das folgte einem Gesetz. Deswegen widersetzte ich mich auch nicht – ich spürte nur eine zunehmende Unruhe. Ich bemühte mich, zu verstehen, woher sie kam, und begriff, dass es eine Transformation der Sehnsucht war.
Man sehnte sich nach Liebe, nach der Erfüllung der Träume, nach einer hellen Zukunft, doch wenn das alles in die Schale des sich zusammenziehenden Alls zerbröckelte, dann wurde jede Zelle von einer unerklärlichen Unruhe geschüttelt, als schlügen ringsum Blitze ein.
Weil ich ruhig war und nicht herumtobte, war mir die Abteilungsleiterin gewogen und verabreichte mir nicht die Injektionen, nach denen der Historiker aufhörte zu schreien und zu beweisen, das eins und eins eins ist, für mich, sagte sie, müssten die Tabletten reichen, und ich konnte überhaupt nicht begreifen, warum man das als Behandlung bezeichnete, ich fraß nur und lag benebelt herum, doch ich brauchte nur aufzuwachen, um mich sofort an alles zu erinnern, und mir wurde übel.
Einmal hörte ich, wie der Arzt aus der dritten Abteilung am Gang sagte, alle im Körper eines Menschen ablaufende Prozesse seien chemische und die im Kopf entstehenden Gedanken nichts anderes als ein

von dahingleitenden Neuronen verursachtes Kitzeln in den Gehirnwindungen, daher seien die sogenannten pharmazeutische Präparate völlig ausreichend: Tabletten, Serum, Injektionen. Wenn das Dahingleiten der Neuronen sich zu einem Juckreiz auswachse und nicht mehr beherrschbar sei, dann müsse man zur Aminesintherapie greifen und sie so lange fortsetzen, bis diese verdammten Neuronen mit ihrem Dahingleiten aufhören. »Mit diesem Wahnsinnigen«, sagte er mit müder Stimme, »würde ich auch so verfahren, doch leider schützt ihn das Gesetz, aber seine Opfer schützt niemand, und die sich schlängelnden Soldaten des unterirdischen Reiches stürzen sich auf sie.« Mit Mühe stand ich vom Bett auf, beugte mich zu dem schnarchenden Alten und steckte den Kopf auf den Gang hinaus.

Auf dem Tischchen der Nachtschwester brannte die Tischlampe, doch es war nichts zu sehen, am Ende des Korridors beim Stiegenaufgang surrte trist ein fluoreszierender Leuchtkörper, der einem langen blauen Strich glich.

Ich schlich mich bis ans Ende des Korridors und begann, die Stiege hinunterzugehen. Ich blieb bei der Tür stehen, auf der die rote Ziffer 3 geschrieben war. Ich rüttelte an der Tür. Sie war versperrt.

Während ich überlegte, ob ich nach unten gehen oder zurückkehren sollte, ächzte jemand an den Schlüssellöchern. Ich fing sogar zu wanken an – es war, als wäre diese Stimme in meinem Kopf erklungen.

Danach wimmerte sie. Erbärmlich und ungeduldig, wie ein eingesperrtes Tier, es begann sogar, mit den Nägeln unten an der Tür zu kratzen.

Ich kniete mich hin – vielleicht würde ich durch den Türspalt den Schatten des Wesens erspähen –, doch die Tür war dicht verschlossen, als wäre sie am Boden angewachsen, und mich schüttelte ein matter Schauer bei der Überlegung, sie sei vielleicht immer verschlossen; wenn der menschliche Körper nur ein von chemischen Prozessen gesteuertes Stück organischen Stoffes war, dann konnte man sich wohl auch seine Seele als Oxidation vorstellen und sie vielleicht sogar abtrennen?
Das Wesen heulte auf – zornig, lüstern, unanständig –, im Dunkel der Abteilung waren die raue Stimme des Arztes und ein schweres Getrampel von Füßen zu vernehmen. »Wie ist es ihm gelungen auszureißen? Wer hatte Aufsicht?«, schrie der Arzt, das Getrampel wurde immer lauter, offenbar näherten sich die tollpatschigen Sanitäter – die Tür erzitterte, das Wesen mühte sich mit letzten Kräften, zu entkommen, und auch ich zog mich zurück, entsetzt darüber, dass er nicht genug Verstand hatte, zu begreifen, dass er ewig unfrei war, ein Sklave bis ans Lebensende.
Er heulte noch einmal auf – das Gebrüll hallte im ganzen Krankenhaus wider, sogar die fluoreszierende Lampe im Stiegenhaus ging aus – und danach war der Lärm eines Handgemenges zu hören, ein Geschrei, schreckliche Flüche, jemand stürzte zu Boden, gleich war ein erbärmliches Winseln zu vernehmen, und der Arzt sagte: »Das war's, die Nadel hat gewirkt, nehmt ihn«, und die Sanitäter schleiften den Körper mit sich fort. Ich hörte noch ein leises Stöhnen – offenbar stöhnte der Arzt.
Einige Zeit stand ich da in der gellenden Stille. Und als mir vorkam, dass sich am unteren Türrand langsam

ein Schatten wie dunkles Blut nach unten ergoss, wartete ich nicht, bis er eine Form annahm, sondern zog mich zurück und stieg langsam wieder hinauf, die Schwester war bereits an ihren Arbeitsplatz zurückgekehrt und fragte mich zornig, wo ich mich um Mitternacht herumtreibe, ich sagte, dass ich mich in der Hölle verirrt hätte und nicht mehr wisse, in welchem Kreis ich mich befinde. Die Schwester drehte ihren Finger nicht an der Schläfe hin und her – an einem solchen Ort würde das sinnlos wirken –, dafür befahl sie mir, schleunigst ins Zimmer zu gehen, und wenn ich noch weiter herumschlendere, würde sie den Arzt rufen, dass er mir Relanium spritze.
Ich wollte ihr vorschlagen, sie solle es dem Alten spritzen, und zwar so viel wie möglich, vielleicht würde er dann aufhören zu schnarchen, doch ich wagte es nicht, denn das Gesicht der Schwester erinnerte an einen Teufel, der losschlägt, die Seelen zu quälen, »indem er mit dem Hintern spielt wie mit einer Trompete«[31].
Ich wünschte mir unbedingt, dass auch der Alte so aussehe, aber ich hatte keine Kraft, und wenn er mir, laut schreiend – zu allen andern Vorzügen kam noch, dass er halb taub war – die Zeitung hinstreckte, damit ich mich am Bild des Wahnsinnigen ergötze: »Der ist doch in unserem Krankenhaus stationiert, und man sagt, er hätte vor kurzem versucht, abzuhauen! Schau sich einer an, so ein Drecksack!« »Und was regst du dich da auf«, fuhr ihn der Historiker an, »du bist doch kein minderjähriges Mädchen, für dich besteht keine Gefahr!« – da blickte ich gleichgültig

[31] Paraphrase auf einen Vers aus Dantes »Hölle«.

auf das Foto, und es wunderte mich nicht, als ich das Gesicht eines hageren und, würde ich sagen, geradezu schwächlichen Mannes mit hervortretenden Augen sah, nur der Alte wunderte sich darüber, er glaubte wohl, alle Wahnsinnigen hätten vier Zahnreihen und einen gut beschlagenen Huf.
Der Historiker begann hitzig zu argumentieren, dass sich das Böse wie das Gute nicht standardisierte Formen suchten, dass wir alle leere Krüge seien und uns nicht aussuchen könnten, ob wir mit Wein oder mit Essig gefüllt würden, doch der Alte erwiderte schroff, er trinke keinen Essig, überhaupt sei er kein Säufer, er trinke nur an Feiertagen, aber nie so viel, dass er unter dem Tisch herumkugle, nur manchmal verdopple sich seine Frau, alle in Jūžintai kennen und ehren sie, er sei also sozusagen ein Abstinenzler. Und als ihm der Historiker zurief, die Betätigung eines Wahnsinnigen sei nicht rational, und warum bringe man denn die Idioten nicht um, da kicherte der Alte zufrieden, er hielt seine Worte für einen Scherz und antwortete hoheitsvoll, Jūžintai sei ein großes Dorf, und doch würden alle einander kennen. Das musste man so verstehen: Wenn schon in Jūžintai ein Wahnsinniger auftauchen sollte, dann würde man ständig über ihn sprechen, ihn durch die Vorhangschlitze beobachten, wegen der gewählten Opfer und Mordmethoden kritisieren, und es verstand sich von selbst, dass er das nicht ertragen, sondern der Nase nach davonlaufen würde, am ehesten in eine kosmopolitische Stadt wie Rokiškis[32].

[32] Kleinstadt im Nordosten Litauens (etwa 17.000 Einwohner), nahe der Grenze zu Lettland.

Nachdem eines Morgens zwei Weiber, die aussahen wie Kopfpolster – eine wie ein fast neuer mit Polyesterfüllung, und die andere wie ein alter aus Daunen – und das einem Schneemann ähnelnde Männlein den Alten, der zur Erinnerung vergnügt einen Furz hinterließ, samt den verbliebenen Wurst- und Speckresten wegbrachten, spürte ich, wie die für kurze Zeit eingetretene Erleichterung einer Traurigkeit Platz machte.
Als ich auf das Bett des Alten blickte, das die Stationsgehilfinnen frisch überzogen hatten, da dachte ich, dass er vielleicht als Einziger in dem Glauben von hier wegfuhr, geheilt zu sein. Weder der Historiker noch ich hegten noch diese Hoffnung, wir »veränderten nur die Umgebung«, denn die alte wurde wegen ihrer Spannung unerträglich, und der mürrische Tischler sprach fast nichts, ich zweifelte nicht daran, dass er es auch nach seiner Entlassung vermeiden würde, zu sprechen, und vielleicht machte er noch etwas Entsetzliches: am ehesten gegen sich selbst, nicht gegen die Menschen in seiner Umgebung, denn die Umgebung hatte hier nichts verloren, sie war nur die Quelle, doch das Bauen und Funkensprühen erledigte man selbst, das heißt, man konnte auch ausbrennen.
Als die Abteilungsleiterin meine Entlassungspapiere ausfüllte und sich erkundigte, ob ich mich jetzt besser fühle – ich müsse mich so fühlen, denn der Blutdruck sei normal und ich habe zugenommen, außerdem schlafe ich auch tief, es mache doch nichts, dass das von den Medikamenten komme –, da fragte ich sie, ob meine Krankheit tödlich sei.

Die Ärztin dachte, ich mache einen Scherz – wie gut, der Patient hat seinen Humor wieder gefunden! – und sagte lächelnd:
»Auch Schnupfen ist eine tödliche Krankheit. Wenn man keine Immunität hat.«
Ich stellte keine weiteren Fragen – die Antwort war eindeutig.

3

Die wilde Sehnsucht, die mich im ersten Jahr gequält hatte, ließ langsam nach, und ich freute mich, dass ich an den Freitagen nicht mehr aus der letzten Vorlesung wegrannte – Stilistik und Rhetorik (darum habe ich auch nicht gelernt, formvollendet zu sprechen!) – und zum Busbahnhof eilte, wobei ich unterwegs noch irgendetwas kaufte, was in der Provinz ungewöhnlich war: farbige Makkaroni oder Marzipan. Das erinnerte mich zu deutlich an die Gebundenheit eines Hundes an sein Wesen, und auf die Dauer hatte ich es satt, nach meiner Ankunft den Fetzen in die Hand zu nehmen und mit dem Putzen anzufangen, und nicht genug damit, auch der Bruder hängte sich an mich und versuchte, irgendetwas zu erzählen, doch ich scheuerte griesgrämig mit dem Drahtschwamm den rußigen Teekessel und hatte keine Lust auf Unterhaltung, denn es war gerade wieder so ein Wochenende, an dem ich den Vater bei meiner Ankunft wie einen Sack im Bett liegend antraf und es im Zimmer stank, dass man keine Luft bekam, und beim Bodenwaschen stieß ich an den Eimer und versetzte ihm sogar einen Fußtritt, damit er so schrecklich klapperte wie nur möglich, doch Vater rührte sich nicht einmal, vielleicht war dieser Lärm für ihn schön und erinnerte ihn an die Kindheit, an die Samstage, als Großmutter laut den Boden gewaschen hatte, sonntags war sie immer zur Kirche gegangen, und als sie zurückkam, hatte sie aus dem Geschäft einen harten Weißbrotwecken und ein gläsernes Gefäß mit Sauerrahm mitgebracht.

Außerdem zog ich aus dem elften Stock des Wohnheims aus – ich hatte dort mit zwei Germanistinnen gewohnt, mit denen ich mich nicht gut verstand, und einer habe ich sogar den Löskaffee ausgeschüttet, den man nur kaufen konnte, wenn man eine Anzahlung an die Fakultätskasse gemacht hatte, da hörten sie überhaupt auf mit mir zu sprechen, doch was konnte ich machen, ich hatte so einen Nervenkrampf, ich war aufgeregt und streckte die Hände nach vor, weil ich im Begriff war, mich zu verteidigen, und natürlich ließ ich dann alles fallen! So übersiedelte ich aus dem elften Stock in den fünften und hörte auf, alles herumzuwerfen, denn hier war die Erdanziehungskraft etwas stärker, und wenn ich ans Fenster trat, sah ich die Äste und Wipfel der Bäume und nicht die vorbeiziehenden Wolken.

Die Zimmerkolleginnen waren Lituanistinnen – direkt aus Marijampolė[33], und sie sprachen die Vokale so aus, dass der Dialektologieprofessor vor Freude in die Hände klatschte. Ich vermutete, dass er die Farbe Grün mochte. Außerdem gab es noch Žemaiten[34] jeder Art, und als ein Dummkopf sie verspottete, ließ ihn der Professor bei der Zwischenprüfung durchfallen – doch die Aukštaiten konnte er aus irgendeinem Grund nicht leiden, also hätte ich mich mit meinem Kupiškis-Dialekt unter dem Tisch verstecken können, er hätte

[33] Kreishauptstadt in Südlitauen, nahe der Grenze zu Polen und zum Kaliningrad-Gebiet; ca. 45.000 Einwohner.

[34] Litauen hat vier ethnografische Regionen: Aukštaitija (Hochlitauen), Žemaitija (Niederlitauen), Suvalkija und Dzukija, denen Dialektgruppen entsprechen, die in sich wiederum sehr differenziert sind.

mich nicht vermisst. Doch für die Städter, die gar keinen Dialekt hatten, war es überhaupt blöd – der Professor betrachtete sie mit offensichtlichem Ekel, und es reichte, dass einer, sagen wir, die Aussprache des Kreises Panevežys[35]-Nord nachahmen konnte – der Unglückliche wurde immer gleich demaskiert und zur Schnecke gemacht.
Ich glaube, im dritten Jahr wurden die »Tierchen« abgeschafft und der Litas eingeführt, und zu diesem feierlichen Anlass verlor ich meine Unschuld. Auf die blödeste Art, doch sie intelligent zu verlieren ist wahrscheinlich nicht möglich. Außerdem verursachte dieser Verlust viel Unannehmlichkeit und Schrecken – was für ein langes Gesicht mein Kavalier bekam, als er erfuhr, dass er für mich der Erste war, ich musste ihn regelrecht beruhigen. »Reg dich nicht auf«, sagte ich, »vielleicht habe ich sie schon früher verloren, als ich als junges Mädchen an den Rahmen des Fahrrades gestoßen bin, ach, wie hat das damals wehgetan, das kann man mit dem, was ich jetzt erlebt habe, gar nicht vergleichen!« Doch er wirkte trotzdem enttäuscht – jetzt vermutlich deswegen, weil der Erste in meinem Leben ein Fahrrad war. Diese Männer sind doch nicht zu verstehen.
Und als ich dem Bruder von meinen Erfahrungen erzählte – ich heizte das Küchenöfchen, Vater saß mit seinen Freunden in der Bierstube, zu Hause war es sauber, still und traurig, und vor dem Fenster heulte der Wind –, da bekam auch er ein langes Gesicht, sah mich an wie Nancy aus »Oliver Twist« und sagte:

[35] Fünftgrößte Stadt Litauens (ca. 120.000 Einwohner), im Norden des Landes gelegen, etwa 130 km von Vilnius entfernt.

»Warte … du hast also mit ihm … alles? Bis zum Ende?«
»Bis zu welchem Ende?«, sagte ich und wurde langsam böse. Ich schürte die glühenden Kohlen. »Hätte er mich vielleicht noch erwürgen sollen? Und in die Themse werfen? Das heißt in die Neris?«
»N… nein«, stammelte der Bruder verwirrt.
Er stand mitten in der Küche, breitschultrig, mit Haaren, die seit einem halben Jahr nicht geschnitten waren, und dicken, im Nacken zusammengebunden Locken.
»Ich glaube«, sagte er traurig, »alles muss anders ablaufen … langsamer.«
»Ich bin keine Schnecke«, gab ich zornig zurück.
Er schwieg.
Er setzte sich auf einen Sessel und stützte den Kopf in die Hände. Und erzählte mir von Maud.
»Da hast du es«, sagte ich zu ihm, als er geendet hatte. »Siehst du, wie man sich manchmal beeilen muss. Was ist jetzt aus deiner Maud geworden? Ein Nutria mit drei Kindern.«
»Mit vier«, berichtigte mich der Bruder.
»Ach du lieber Gott! Hat sie alle auf einmal geworfen?«
»Nein … zwei und zwei … im Jahresabstand.«
Der schmerzliche Gesichtsausdruck des Bruders bezeugte, wie sehr er der Zeit nachtrauerte, als Maud ein zartes unschuldiges Mädchen gewesen war. Wie er die Frau ansehen sollte, die einen anderen geheiratet hatte, das wusste er nicht.
»Und hast du jetzt … eine Beziehung mit ihm?«
Das sagte er so, als sollte ich mit meinem Kavalier Händchen halten und das Mondlicht ansehen.

»Nein«, gab ich schroff zurück. »Er ist doch verheiratet. Von welcher Beziehung kann denn da die Rede sein?«
Über das Gesicht des Bruders huschte ein Entsetzen, und danach eine tiefe Enttäuschung.
Er stelle mir keine weiteren Fragen mehr – für ihn war ich zu Nancy geworden, richtig, die Sikes noch nicht getroffen hatte, aber das war nur eine Frage der Zeit. Er ging ins Zimmer, legte sich ins Bett und zog sich die Decke über den Kopf.
Und als ich durch das verregnete Fenster blickte – auf dem Weg ging irgendein Holzmännlein in Schaftstiefeln vorbei, das langsam seine Beine bewegte –, kam mir vielleicht zum ersten Mal in den Sinn, dass mir in dieser Umgebung, die langsam aufhörte, mein Zuhause zu sein, nur die naiven Gespräche mit dem Bruder und die lebensnahen mit Elė geblieben sind, nur die taube und blinde Natur, die viele sentimentale Seelen gerne als ihre Mutter ansahen. Ich war auch sentimental, doch wenn ich mich mit den Kirschen unterhielt und die Stachelbeeren beschimpfte und eine Antwort erwartete, hätten die anderen sentimentalen Seelen das verstanden? Ich fürchte nicht – sie hätten nur an der richtigen Stelle angerufen, und mir wäre das Schicksal von Frau Ridikienė bevorgestanden. Und die Kirschen wären nicht zu meiner Verteidigung angetreten.
Auf dem Rübenfeld vor dem leeren Haus des Vorsitzenden schlich irgendeine bucklige Gestalt herum – sie stolperte durch den aufgeweichten Lehm, vielleicht säte sie Fledermausknöchelchen, sie wandte sich sehnsuchtsvoll um zu den schwarzen Fenstern des

gemauerten Hauses –, und mich schauerte, als ich begriff, was für eine schrecklich nostalgische Abhängigkeit die Gewohnheit darstellte, sich sogar im blinden Dunkel einem Objekt zuzuwenden, das den Platz der Sonne einnahm.

Zum Glück begann die Ära der Seifenopern, und ein mageres Weiblein verschwand aus dem von Novemberfrost überzogenen Garten. Diese »Sklavin Isaura« ist doch wunderbar, da kann man sagen, was man will! Die Frauen in der Kolchose nahmen sie mit ihren groben geröteten Händen auf wie eine Schwester. Und das Gefühl der Geschwisterlichkeit (eher des Sklavendaseins) war so stark, dass dem weder die weißen Händchen der Sklavin, noch ihre elegante Krinoline im Wege standen, noch die brutale Sexualität des Sklavenhalters; hätte der Kolchosvorsitzende wenigstens ein bisschen davon, so wären ihm alle Sünden vergeben.

Leider war der Kolchosvorsitzende in Hinsicht auf Gefühle trocken wie eine Eidechse, und dazu auch noch impotent, hernach, als ihn seine Frau verlassen hatte, erfuhren das alle, die Frau Vorsitzende hatte es wohl Jugasė erzählt, und Jugasė bewahrte kein einziges Geheimnis, es bedrückte sie das gefühlvolle Herz einer Verkäuferin. Daher konnte man sogar aus ihrem Gang erraten, ob Jugasė irgendetwas wusste oder nicht. Ging sie leicht und schnell, fast fliegend, so bedeutete das, ihre Seele war rein. Und ging sie gebückt, so musste ein Geheimnis ihr sauberes Gewissen bedrücken.

Als sie von der Not des Vorsitzenden erfahren hatte, ging sie überhaupt nirgendwohin – sie ließ sich im

Geschäft auf einen Sessel plumpsen und rührte sich so lange nicht vom Fleck, bis ihre enge Freundin und Nachbarin kam, der sie diese Last aufhalsen konnte. Und alle verhielten sich gegenüber dem Vorsitzenden noch respektvoller als zuvor. Doch den interessierte das nicht die Bohne – er fuhr im ganzen Kreis geschäftig mit seinem Wolga herum, nicht einmal zum Übernachten kehrte er zurück, die Kolchose verkam, versank und verfaulte wie ein überreifer Steinpilz, bis es schließlich weder die öffentliche Sauna gab – jemand hatte sie für fünf Litas privatisiert – noch den Kindergarten noch die Werkstatt; die Großställe verfielen – genauer gesagt hatten die Kolchosmitglieder selbst alles mitgehen lassen, dessen sie nur habhaft werden konnten, und gaben Landsbergis[36] die Schuld –, in der Getreidewaage wogte gelber Ackerrettich, und die Grabstätte des Revolutionärs Tschetschin, die die Pioniere immer in Ordnung gebracht hatten, war von wilden Himbeeren überwachsen, denn es gab keine Pioniere mehr, sie waren alle irgendwo verschwunden wie Sporen in der Erde.
Vielleicht hatte sich Juozas deswegen erhängt; ihm gefielen die Mädchen mit den Pionierhalstüchern so sehr, er umschmeichelte sie, wenn er im Schatten der Großställe stand und mit den Nasenlöchern zitterte wie ein Hund – das Grab des Revolutionärs wurde von der Nachbarschaft dieser Ställe nicht gestört, und auch nicht davon, dass nebenan, in einem kleinen

[36] Vytautas Landsbergis war das erste litauische Staatsoberhaupt nach der Erklärung der Unabhängigkeit 1990. Er war später Parlamentspräsident und ist heute litauischer Abgeordneter im Europäischen Parlament.

Wäldchen, die Kadaver der Kühe vergraben wurden, das bezeugte sozusagen die unbarmherzigen Gesetze des Dialektischen Materialismus, und auch Juozas war nicht mehr so blöd, dass er sie nicht verstanden hätte, er wusste, dass er mit der Schaufel eine auf die Stirne kriegen würde, wenn er sich an die Mädchen heranmachte. Denn in der UdSSR gab es keinen Sex, und schon gar nicht mit Minderjährigen.
Doch jetzt war von den Mädchen nichts mehr geblieben. Nur die Großställe, aber ohne Kühe. Doch nach den Kühen hatte Juozas kein Verlangen – er war nicht pervers. Er vertrocknete nur langsam vor Sehnsucht, und plötzlich erhängte er sich.
Der Bruder erzählte, Juozas hätte Angst vor dem Gefängnis gehabt, deswegen hätte er es getan – aus Sehnsucht nach den Pionierinnen hätte er viel getrunken und im Alkoholdelirium seine Frau erstochen, man sagte, er habe bereits angefangen, sie wie ein Schwein zu versengen und ihr die Haut abzuziehen, doch irgendetwas hielt ihn zurück, vielleicht die letzten Reste klaren Verstands, und so kletterte er strauchelnd auf einen Balken des Gemüsegartens, zog die Schlinge zu und sprang hinunter; als man ihn fand, hing sein Kopf wie ein Sack auf der Brust, mit dem langen grauen Haar schaukelte seine geschwollene heraushängende Zunge hin und her, und auf der Schulter hockte eine große graue Ratte, der Milizposten musste ein Holzscheit hinschmeißen, um sie zu verscheuchen.
Das Begräbnis war anständig, doch unheimlich trist, die Verwandten von Juozas, zwei Cousinen aus Kupiškis, wachten am Sarg wie Skylla und Charybdis und stießen

dem Verstorbenen die herauskriechenden Würmer zurück in die Nase, und als eine Betschwester vorschlug, die Nase mit einer Wäscheklammer zusammenzudrücken, damit sie weniger Mühe hätten, standen sie beide auf und gingen wie zwei schwarze Monolithe von Kubrick in das andere Zimmer, wo die Frau von Juozas aufgebahrt war, ähnlich einer ägyptischen Mumie – das Gesicht mit einer Mullbinde bedeckt, durch die ihre eigenartigen Gesichtszüge zu sehen waren, die nicht an einen Menschen denken ließen, sondern eher an einen Ankömmling aus dem Kosmos: ohne Nase, eine flache Maske mit zwei Höckern anstelle der Augen, und eine Haarsträhne, die aus den Binden herausschaute, hing auf den Polster herunter, zu einem schwarzen Knäuel geflochten wie das Füllhorn der toten Gorgo Medusa. In der Hand hielt sie ein Bildchen des Heiligen Antonius, und Juozas eines der Heiligsten Jungfrau, die Bildchen waren an den abgestorbenen Enden der Extremitäten mit Rosenkränzen angehängt wie Steine an Ertrinkende, offenbar damit der Ablass nicht herausfalle, wenn die Hände ihre Form verloren.

Sie wurden zusammen begraben, waren sie doch beide Opfer, Juozas vielleicht sogar noch mehr, er hatte wohl immer in der Kirche gedient, darum war er dem Satan gar nicht willkommen, und der bemühte sich auch, Juozas wie einen richtigen Heiden aus dieser Welt aussiedeln, zusammen mit seiner Frau und den wuscheligen Fellen der Kreaturen, die er erlegt hatte, mit Amuletten und sogar mit der Wäscheklammer, die ihm die aufmerksame Betschwester heimlich in den Sarg geschoben hatte, im Glauben, Juozas würde sie in der anderen Welt brauchen.

Und wenn jemand davon sprach, dass die Litauer die letzten Heiden Europas seien und man darauf stolz sein müsse, stellte ich mir den Sprecher mit einer von einer Wäscheklammer zusammengedrückten Nase vor; so kam mir sein Stolz vor.
Kein Wunder, dass gleich nach der Unabhängigkeit und vor allem nach der Einführung des Litas die Anzahl der Menschen zunahm, die an diesen Stolz glaubten. Das Heidentum schmeichelt dem Herzen trotz allem mehr und war nicht so unbarmherzig wie der Atheismus; Atheisten konnten wahrscheinlich nur sehr starke Menschen sein – man stelle sich nur vor, die Materie existiert, und sonst nichts! –, war es doch auch für einen gescheiterten Politiker angenehm zu glauben, dass nach dem Tod ein Seelenbänkchen auf ihn wartete, auf dem schon der Fraktionsführer und der Parteibuchhalter saßen, die sich um die laufenden Himmelsangelegenheiten kümmerten, und niemand würde ihn für eine auf Erden begangene Sünde bestrafen, denn hier war nicht die Erde – und die Sünden wie die Strafen waren ganz andere.
Darum waren so viele von ihnen bei den offiziellen Festen der Kirche zu finden – die einen standen da wie Türme und glaubten fest an ihre eigene Redlichkeit, die anderen sahen sich neugierig um und hielten Ausschau nach neuen Möglichkeiten. Und niemand warf sie hinaus, indem er ihnen mit der Peitsche auf die Schulter schlug und sagte, dass der Glaube ebenso schrecklich sei wie der Atheismus und es nach dem Tod keinerlei Annehmlichkeiten geben werde – kein Bänkchen, um den Nomenklatur-Hintern anzuschmiegen, Sie können auf Ihrem Buchhalter-Schädel sitzen!

Mein derzeitiger Vorgesetzter in dem kleinen Verlag, der sich neben der Druckerei in der Maironisstraße eingerichtet hatte, der Leiter und »Präsident« (je kleiner die Einrichtung, umso größer der Chef), war einer von den Bürgern, die sich munter umsahen und sich für bedeutend hielten; dafür hält sich jedes Zahnrad, das die ungeschlachte Maschinerie dreht. Sogar nach der Unabhängigkeit hatte er keine Skrupel, sich seiner guten Verbindungen zum ZK zu rühmen – und das war kein Wunder, denn wenn der Apparat auch formal nicht mehr existierte, so waren die ZK-Leute doch nirgends verschwunden, sondern nisteten sich direkt in den neuen bürokratischen Mechanismus ein, und der hielt das Heidentum für die heilige Religion und begann sich nach und nach zu drehen und wieder Menschenfleisch zu zermahlen. Und unser Präsident trieb sich voll sinnloser Freude an seiner Aktivität im Verlag herum.
Von Enthusiasmus erfasst, schnappte er eine Flasche miesen Brandy und schenkte jeder Frau im Verlag glucksend einen guten Schluck in die Kaffeetasse ein (das musste man mindestens wie das Herabsteigen des Zeus in einem Goldregen verstehen); die technische Redakteurin stieß jedes Mal nur einen Seufzer aus und bedeckte ihre Kaffeetasse mit einem Bogen Pappe, doch die Putzfrau Ela, die früher als Tipperin in der Zeitung »Wahrheit des Komsomol« und der Zeitschrift »Die Reihen der Jugend« gearbeitet hatte, blühte vor Glück richtig auf und verneigte sich unterwürfig vor dem »Herrn Präsidenten«. Nachdem sie aus dem Hof einen Ebereschenzweig angeschleppt hatte, hängte sie ihn als Zeichen ewiger Dankbarkeit auf die Türschnalle des Büros des Chefs – ich warnte

sie, sich nicht so zu verhalten, denn dann würden die blockierten bösen Geister nicht mehr herauskommen. Doch Ela war dickköpfig und hörte nicht auf mich, sie glaubte, der Chef sei künstlerisch veranlagt (er schrieb Gedichte, die zu einem Drittklässler gepasst hätten), daher war sie niedergeschlagen, als der Chef diesen Zweig zu Boden warf und schrie, er ertrage keine Faxen. Er wurde so wütend, dass er sogar Birutė mit den Korrekturen nicht zu sich ließ, wahrscheinlich spürte er, dass seiner künstlerischen Veranlagung ein unverdienter Schlag versetzt und Birutė erklären würde: »Die Gedichte haben ein künstlerisches Potenzial, doch die Zeilen reimen sich nicht.« Er befahl, den Zweig wegzuwerfen.

Ich warf ihn zum Fenster hinaus in den Hof der Druckerei.

Dort sah ich in der herbstlichen Dämmerung einen Kater auf dem Pflaster hocken, kohlrabenschwarz, er blickte gleichgültig auf den hinuntergeworfenen Ebereschenzweig. In der leeren Redaktion erklang plötzlich eine geheimnisvolle Stimme, die Eliot deklamierte: »Let us go then, you and I / When the evening is spread out against the sky / Like a patient etherised upon a table«, und ich erschrak, weil mir klar wurde, dass ich mich in die Übungen zur fremdsprachigen Literatur verspätete.

Zum großen Glück war die Universität gleich nebenan, es genügte, über die Piliesstraße zu laufen und beim Café »Ledainė« durch das Tor zu flitzen, wenn es nur offen war.

Fast hätte ich meine Stirn an das Blech geschlagen. Schließlich musste ich durch den Hof der Johanneskirche laufen. Hier stieß ich wieder beinahe an ein schwarzes Wesen, dessen Mantel einschläfernd roch, vielleicht tatsächlich nach Äther, vielleicht nach Giften, ich blieb kurz, in der Hoffnung, er würde mir Eliots »Love Song of J. Alfred Prufrock« deklamieren, doch er brabbelte nur irgendetwas auf Englisch daher – damals gab es in Vilnius noch nicht viele Ausländer, und sie waren wie Ankömmlinge aus dem Kosmos, denn sie hatten nicht die für den *homo sovieticus* charakteristische Schüchternheit und sein Minderwertigkeitsgefühl –, und als ich mich, bezaubert von diesem Duft, auf die Bank des Auditoriums plumpsen ließ, wendete die Professorin ihre Aufzeichnungen hin und her und warf mir keinen einzigen Blick zu – das Herz wurde plötzlich von einer unerklärlichen Unruhe erfasst, die von dem eigenartigen Geruch, dem weichen Anprall auf das Gewebe, der kosmischen Sprache, der lärmenden Straße und dem Schweigen meiner Seele herrührte.

Die Unruhe unterschied sich von quälendem Heimweh in erster Linie dadurch, dass es darin kein Heim mehr gab – als Insel, auf der man mit den Vögeln und Pflanzen sprechen konnte. Es öffnete sich ein Raum, in dem nicht nur nichts existierte, sondern auch nichts entstehen konnte.

Daiva boxte mich in die Seite, und ich kam wieder zu mir. Der Traum verging, und Eliots Zeilen »I should have been a pair of ragged claws / Scuttling across the floors of silent seas« erschreckten mich nicht mehr. Ich lächelte sogar – sie kamen mir pathetisch vor. Nur der Professorin sagte ich das natürlich nicht – sie vergötterte T. S. Eliot, doch als ich die Einleitung zu Eliots »Mord im Dom« mit Dantes Höllenvision ver-

glich, wo die Erzählerin in einem dunklen Wald auf drei wilde Tiere trifft, nickte sie zufrieden und notierte sich irgendetwas.
Nach der Vorlesung ging ich mit Daiva auf einen Kaffee; das Tor an der Mauer war offen, und wir kamen direkt auf die angenehm beleuchtete Straße hinaus.

2

Ich wusste nicht, wie viel Zeit vergangen war.
Ich erinnerte mich nur, dass ich die Abteilungsleiterin noch dreimal gesehen hatte; jedes Mal, wenn sie mich entließ, wiederholte sie, dass alles in Ordnung sei. Ich meinte das auch selbst; nur blies mir, kaum war ich vor die Tür gegangen, der Wind aus irgendeinem Grund ein grobes Apfelblütenblatt ins Auge, und ich blieb stehen, vom Gedanken durchzuckt, dass wir uns beide irrten.
Es konnte doch nicht sein, dass es einem Menschen gut ging, den sogar ein Apfelblütenblatt verletzte.
Als ich zu Hause ankam, fand ich die Kartoffeln gesetzt und den Gemüsegarten angesät; Bohnen und Gurken, die Vater aus Angst vor dem Frost nicht gesät hatte, warteten noch, bis sie an die Reihe kamen. Vom gesparten Geld kaufte ich Glas und begann, ein Glashaus zu bauen – ich dachte nicht nach, wozu ich so ein großes brauchte, ich wollte arbeiten, sonst nichts, etwas zu denken war unerträglich, nicht einmal Bücher las ich, alle Geschöpfe der Fantasie waren mir widerlich.
Nicht einmal das Buch der Schwester überflog ich – sie hatte es mit der Post geschickt, für sie war es ein großes Ereignis, ähnlich der Aufnahmezeremonie in den Adelsstand. Und als sie hernach kam und fragte, was ich darüber dächte, zuckte ich mit den Schultern, und als sie keine Ruhe gab, murmelte ich, ich hätte nichts verstanden. Die Schwester war beleidigt – sie glaubte, ich mache Faxen wie immer, doch ich sagte die reine Wahrheit; ich verstand weder sie noch Kafka

noch Proust – das Herz wurde nur vom Kuchenduft verletzt und von der Einsamkeit eines Menschen, der zu einem Käfer geworden war. Ich spürte auch den im Rücken stecken gebliebenen Apfel und konnte nicht darum bitten, ihn herauszuziehen, bevor er verfaulte und mich verfaulen ließ.

Offenbar wollte es das Schicksal, dass die Kunst die Menschen trenne. Früher die Theatergruppe, und jetzt die Literatur. Die Schwester kam immer seltener nach Hause, zwei- oder dreimal im Jahr, sie arbeitete in einer Redaktion, mietete ein Zimmer und lebte ein Leben, vor dem ich immer Angst hatte – ein freies. Die Freiheit löst für gewöhnlich die wilden Reste der Abhängigkeit auf. Und ich begann zu bemerken, dass sie sich zu Hause langweilte, sie sah die Dinge, die sie früher gemocht hatte, ohne sie wahrzunehmen – ich versuchte herauszubekommen, welche neuen Dinge den Platz der alten eingenommen hatten, und hatte überhaupt keinen Zweifel, dass Menschen, die die reglose Stellung von Vater und mir verändert hatten, sie mehr interessierten.

Immer wieder dachte ich nach: Was macht sie wohl jetzt, wenn die Sonne gegen Westen hin untergeht und der Garten so lodert, dass es mir im Herzen weh tut, denn aus dem feurigen Acker wird doch keine Saat hervorsprießen, sondern Drachenzähne. Wenn die Sonne unterging und sich eine schwere Decke schwarzer Asche auf den Acker legte, öffnete ich das Fenster des braunen Dachbodenzimmers und schaute hinunter, in die Weide bei der Hausmauer, die Engelwurzblätter hörten auf, die Pfingstrosen zu überwuchern, nur der kleine Quittenstrauch funkelte mit

den glühenden Kohlen erlöschender Blüten und widersetzte sich dem wilden Grün, das dem Blut der Nacht entwachsen war.
Die Angst krampfte mir das Herz zusammen, so schmerzhaft, dass ich keine Luft bekam, ich fürchtete die kleiner werdende und zu einer Nussschale zusammengedrückte Welt, in der sogar das Licht einen Schatten hatte, doch mein Körper war noch eine Schale, die den Seelenschmerz einschloss – vorübergehend, vorübergehend.
Ich stapfte die Stiege hinunter, tastete mich mit den Händen die Wände entlang und erinnerte mich an Wolf Larsen, wie er blind über das Deck der »Ghost« wankte – ich ging in die Küche hinein, ein dichtes gelbes Licht, dort war überhaupt nichts, nur Vater saß beim Tisch und las die Kreiszeitung. Über ihren Rand hinweg sah er mich an, er sagte nichts, war ich doch weder Kafkas Käfer noch der zum Leben erweckte Schrank, noch das Gespenst eines Katzenjammers, dass es wert gewesen wäre, sich an mich zu wenden.
Ich erinnerte mich, wie er der Schwester und mir, als wir noch klein waren, aus derselben Zeitung (nur ihr Titel lud damals in das kommunistischen Morgen ein) – die Kriminalnachrichten des Kreises vorgelesen hatte, und als wir nachfragten, was einige Wörter bedeuteten, zum Beispiel »vergewaltigen«, ob das vielleicht etwas mit dem Verschwinden im Wald zu tun hätte, da lachte er nur wie ein heiliger Wilder und las weiter.
Die Zeit, würde ich sagen, war nicht stehen geblieben, nur einige Geräusche waren verschwunden: das abendliche Gemurmel von Großmutters Gebeten, das

Echo ihres lästigen Hustens, das Geschrei der Schwester – sie ließ sich nicht in die Sonntagsmesse führen –, nicht einmal das Gebell des bösen Rex war zu hören, der mürrische Hund war schon verendet, bevor die Schwester in die Stadt fuhr. Und weil es keine Geräusche gab, sah ich auch nichts; normalerweise bildeten doch die Geräusche, vielleicht noch die Gerüche und die Gefühle ein vollwertiges Bild – ohne die durchdringende Einwirkung anderer Empfindungen war ein Bild nur die entstellte Widerspiegelung der Fläche.

Ist dieses Haus doch nicht die »Ghost«, und bin ich nicht ihr blinder Kapitän, zurückgelassen zum Sterben? Und was werde ich mit halbgelähmter Hand an die Wand zu schreiben haben, wenn alles zu Ende sein wird – DIE SEELE? »UNSINN« hat Wolf geschrieben, aber werde ich genug Kraft haben für diesen Aufwand? Es wird reichen, wenn ich es mühsam zusammenstottere. Ich werde bezeugen, woran ich schwach glaube, doch ich bin gezwungen, es zu bezeugen, denn das Tier wird fragen, und es muss die Antwort wissen.

Ich ging so lange über die Felder, bis ich die Lichter des Dorfes spürte. Inmitten der Weiden stieß ich an die blinde Wand des Dunkels – ich hob den Kopf, in der Höhe leuchteten schwächer werdende Lichtpunkte, und je länger ich hinsah, umso mehr war es, als ginge ich unter, ohne Schmerz und ohne Angst, ich versank in den Tiefen der Nacht, der Kopf schwindelte von diesem Versinken, ich fiel hinunter und erfasste mit den Händen das junge, noch nicht abgeweidete erste Gras.

Wenn Freitag gewesen wäre, hätte ich die Schwester abgeholt.
Sie wäre wie ein Gespenst aus der Dunkelheit aufgetaucht, in den Glanz der Dorflichter, mit abgewetzter Handtasche und einem großen schwarzen Polyäthylen-Sack, und sie hätte mich fast böse angesehen; sie mochte solche überraschende Treffen nicht, sie hoffte, ich säße zu Hause, die Nase in ein Buch gesteckt, und wartete geduldig, ohne irgendetwas zu erhoffen. Aber das konnte ich wirklich nicht mehr.
Geduldig nichts erhoffen.
Außerdem war heute nicht Freitag, sondern ein Tag, an den ich mich nicht erinnern konnte, genauer gesagt eine Nacht, und die Nächte hatten überhaupt keine Bezeichnungen, man konnte nichts hineinschreiben in ihre dunklen Geheimnisse, nichts, was das Buch sprechen ließe, ich konnte nur mit den Fingerspitzen unbekannte Schriften berühren, sie unterscheiden, doch niemand würde mich Lesen lehren. Ich versuchte einzuschlafen, so viel als möglich zu schlafen, um nur nicht aufstehen, die Augen durch das Tageslicht ermüden, sprechen und Leute treffen zu müssen, deren Fragen ich nicht mehr hörte oder vielleicht wirklich nicht mehr verstand, ich hatte nur das Verlangen, die Augen zu schließen und allein zu bleiben mit der kleinen, nichtigen Hoffnung, dass alles gut wäre, wenn ich erwachte.
Schwer hatte ich mich vom Gras erhoben und die Hände in die Hose abgetrocknet, die nach der scharfen Trauer des Grün roch. Die Wand des Dunkels hatte sich verschoben, so weit, dass ich sehen konnte, wie der von der Wand verdunkelte schwarze Bereich

der Wiesen nach und nach die graue Dämmerung der Nacht überschwemmte, wobei es die steife Gestalt erfasste, die unbeweglich die Arme ausstreckte und versuchte, sie festzuhalten, oder die vielleicht – mein Herz begann zu klopfen – den Wunsch hatte, mich nicht vorbeizulassen, damit ich nicht weiterginge auf der Suche nach dem Ende der Wand.

Als ich sah, dass es nur die Vogelscheuche des Gemüsegartens war, die im vernachlässigten Platz vor dem Garten steckte, überkam mich eine solche Enttäuschung, als hätte ich die letzte Hoffnung verloren. Welche, das wusste ich nicht; vielleicht hoffte ich wie Faust, meine Seele zu verpfänden? Ich hätte nicht viel verlangt – nur Ruhe. Völlige Ruhe. Und das Licht der Kindheit mit den grünen Schatten der Blätter an der Wand des Schlafzimmers. Kurz gesagt, die Unbedarftheit. Die selige Unbedarftheit.

Die Welt wird unbeschreiblich schrecklich, wenn darin auch für das kleinste Wunder kein Platz mehr bleibt.

»Blödes Ding«, sagte ich zur Vogelscheuche, die sich in der Dunkelheit undeutlich bewegte, »warum bist du nicht Mephisto? Warum?«

Die Vogelscheuche antwortete nicht, die Wand der Dunkelheit verzog sich immer weiter und weiter und überließ ihren Platz der milchigen Dämmerung; ich senkte meinen Kopf auf die Knie und kauerte mich zusammen, voll Verlangen nach Schlaf, doch das Knattern eines näherkommenden Fahrzeuges war zu hören, ich sah ein auf dem Weg heranfahrendes Motorrad mit Beiwagen, vollgeladen mit Milchkannen, und ein behelmter Greis blickte mich neugierig an, doch er sagte nichts und fuhr weiter, und ich erhob mich – das verlangte der Anstand, der auf irgendeine wunderliche Weise in meinem Bewusstsein verblieben war, obwohl er überhaupt nicht notwendig war, er zerquetschte meinen einzigen Wunsch und meine Sehnsucht: alles zu vergessen.

Ich schlich nach Hause, erfroren und nass vom Tau – auf dem Herd fand ich den erwärmten rußigen Teekessel, vollgestopft mit den Zweigen von bereits mehrmals aufgegossenem Dost, ich trank, um den Schüttelfrost zu beschwichtigen, nahm eine Tablette aus der Lade, schluckte sie und stieg im Halbschlaf in das braune Zimmer hinauf, wo wie eine Schneewehe das schon lange nicht gewaschene Bettzeug aufragte, ich legte mich hinein wie in den kalten Schnee und begann mich langsam zu erwärmen – mir war, als stürbe ich, und es war so leicht, dass ich sogar lächelte.

Danach träumte ich, ich müsse mich auf einen Flug vorbereiten, er war unvermeidlich, ich konnte mich bei niemandem beschweren, dass ich Höhenangst hatte, doch vor offenen Räumen stockte mir der Atem. Wie ein Spielzeug wurde ich in das Kinderflugzeug gesetzt und derart hochgeschleudert, dass die Flugzeugspitze den schmutzigen Papierhimmel durchriss, und aus der Nähe sah ich, dass die Sterne, die mir jeden Abend über dem Kopf strahlten, nur schlampig ausgeschnittene Löcher auf dem schmutzigen Papier waren, durch die ein geheimnisvolles Licht strömte, das nicht zu den Sternen gehörte.

Gott sei Dank, dass ich aus diesem Papier in den Raum ausbrechen und noch irgendein hinkendes Lebewesen abschütteln konnte, das dem schrecklichen

Opfer einer Vivisektion glich, entsetzlich winselte, sich beklagte und mit irrer Stimme bat, es zu beschützen und zu lieben, doch mich schüttelte dieser endlose Ekel.
Hinter den Grenzen des Himmels löste sich das Gestell des Flugzeugs auf, ich schwebte im warmen, stillen Raum, ganz ruhig und glücklich, der Schmerz, der den Kopf drückte, war verschwunden, die Augen taten nicht mehr weh und in den Ohren hatten die Wellen aufgehört zu rauschen – es ertönte nur ein Laut, so zart, als hätte sich der Flaum eines Löwenzahns vom verblühten Kopf gelöst, und nicht mit den Augen, sondern mit dem ganzen Körper nahm ich wahr, dass mir gegenüber – nein, den Ort könnte ich nicht bestimmen, ich weiß nicht, ob unter mir, über mir oder mir gegenüber – eine riesige violette Blüte leuchtete, kein Planet, nicht die Sonne, eher ein Wesen, der Flaum löste sich ab, und ganz zart – diese Zartheit kann man nur mit dem Klang von ausfallendem Engelhaar vergleichen – löste es sich von dieser strahlenden Kugel und zerfiel mit seinen kleinen Fallschirmen – nein, sie zerfielen nicht, sie überbrachten eine Nachricht, wenn sie nur der schmutzige Papierhimmel nicht zurückhielt.
Und dann, als sich die stille Kugel, die im Raum erklang, so weit unter meine Füße geschoben hatte, dass ich darin landen konnte, wurden die Füße plötzlich von der Kälte der Nacht gelähmt, ich wachte auf, und mich empfing eine taube Stille.

3

Als ich nach Abschluss der Universität aus dem Wohnheim ausgezogen war, mietete ich ein Zimmer in der Bernhardinergasse bei einer Dame – sie stellte sich stolz als Witwe eines berühmten Bildhauers vor (sie nannte den Namen, ich hatte ihn noch nie gehört, doch daran war klarerweise nicht die Witwe schuld, sondern mein beschränkter Horizont), und da sie nun einmal eine so berühmte Person war, steckte sie auch für die Miete eine gehörige Summe ein – was sollte man machen, *noblesse oblige*[37]. Ich hielt es ein halbes Jahr bei ihr aus – die bekannte Witwe ging mit ihren Mietern so roh um, wie sie wahrscheinlich auch mit ihrem Mann umgegangen war: Ich musste ihr Rechenschaft ablegen, wo und bei wem ich gewesen war, mir elendslange Geschichten darüber anhören, wie außergewöhnlich sie in ihrer Jugend gewesen war (mit cognacfarbenem Haar und tintenblauen Augen), am späten Nachmittag einen sauer gewordenen Topfen essen, und außerdem war sie so sparsam, dass es mich entsetzte.

Als wir zum Kennenlernen in der Küche einen mindestens fünfmal aufgebrühten Absud von Teeblättern tranken, stieß im Hof der Müllwagen wie ein Rettungsengel in die Trompete, ich schoss hinaus, um den Mist wegzutragen und packte den unter dem Ausguss stehenden Eimer, der mit fettigem Packpapier zugedeckt war. Madam Bildhauer schlug mir auf die Finger, erschüttert von einem solchen Benehmen, und drückte

[37] Im Original französisch.

mir eine Milchpackung in die Hand, deren oberes Ende abgeschnitten war; ich schaute hinein und sah einige nackte Apfelbutzen, Karottenreste, das Polyäthylen von Würsten und ein Häufchen Kartoffelschalen, so dünn abgeschält, dass sie leuchteten wie durchsichtiges Papier. Beschämt schlich ich in den Hof und warf das Päckchen wie eine Orchidee in den Rachen des Müllwagens; es wurde gleich von anderen Eimern mit Resten überschüttet, und ich sah die Rentner, die sie in den Wagen kippten – und dachte mir: Was willst du von denen, kein Einziger von ihnen ist der berühmten Witwe ähnlich.

Als Madame Bildhauer in meinem Zimmer die Tochter ihrer Bekannten einquartierte – eine angehende Malerin, ein liebes Mädchen, das sich den Gewohnheiten des Drachens sofort fügte – und sagte, sie werde ab jetzt von jeder von uns so viel verlangen, wie sie bis dahin von mir allein verlangt hatte, und wenn mir das nicht passe, könne ich ja überlegen, sie zwinge mich nicht, die Eltern der angehenden Malerin seien wohlhabende Leute, die würden auch die ganze Miete bezahlen und noch einige Monate im Voraus, na und ich … Und ich musste begreifen, dass ich nicht das Kind wohlhabender Eltern war (darauf wurde ich oft gestoßen), doch wenn ich wolle, könne ich mir etwas Billigeres suchen. Um die Wahrheit zu sagen, hatte ich den Drachen gründlich satt, und den abgescheuerten kleinen Teppich vor dem Bett konnte ich nicht mehr anschauen, doch dass Madame zugelassen hätte, ihn wegzuwerfen, davon konnte keine Rede sein, ruhig stand auch der Eimer unter dem Ausguss, und mir kam gar der schreckliche Gedanke, Madame Bild-

hauer werde von einer schöpferischen Menopause heimgesucht, und hier stünde vielleicht der reglose Stoff ihres Künstlertums.
Ich habe es nicht erfahren, denn nach ein paar Tagen zog ich aus; meine Arbeitskollegin Birutė fand für mich ein Zimmer in Žirmūnai[38], in einem fünfstöckigen Bau aus der Chruschtschow-Zeit, unweit vom Kalvarienmarkt, und als ich hinging, um die Bedingungen zu besprechen, da verblüffte mich die Wohnungseigentümerin, eine ruhige alte Frau mit Krücken. Sie brauche kein Geld; es genüge, wenn ich die Zimmer ein wenig aufräume und für sie einkaufe. »Aber wenigstens die Betriebskosten …«, wollte ich einwerfen, doch die Frau schüttelte den Kopf. Nein, sie habe doch gesagt, überhaupt kein Geld.
Ich dachte an den Drachen und sah die neue Hausherrin argwöhnisch an. Sie begegnete meinem Blick ruhig. Ihre Augen wirkten weise, klar wie die eines Vogels und ein wenig schelmisch. Mir war geradezu, als lache sie über mich. Ich hatte kein gutes Gefühl – ich war es nicht gewohnt, dass jemand kein Geld verlangte. Am wenigsten in diesen rauen Zeiten des sich erst formierenden Kapitalismus, als ein Chef den Lohn nur deswegen einbehalten konnte, weil er schlechter Laune war, das war auch schon vorgekommen, als ich während der Arbeitszeit in einem Winkel des Büros erbittert auf die Tastatur der Elektroschreibmaschine »Jatran« einschlug – ich tippte das Manuskript meines ersten Buches ab, und der Chef roch das und war entsetzlich beleidigt, er war ja der ein-

[38] Stadtteil von Vilnius.

zige Schriftsteller im Verlag, alle mussten das wissen, und von seinen Grillen und Stimmungen hing unsere kleine minderwertige Welt ab.

Frau Benvenuta, die neue Hausherrin, war wie ein Mensch von einem anderen Planeten – sie war behindert, aber sie beklagte sich nicht, sie konnte nicht ins Freie gehen, dennoch erfreute sie sich an dem, was sie durch das Fenster sah, und Geld brauchte sie deswegen nicht, weil es für sie einfach reichte; und immer, wenn sich ein geringer Überschuss angesammelt hatte, spendete sie ihn für die Restaurierung der Bernhardinerkirche. Um, wie sie selbst gerne sagte, den erhabenen Geist des Heiligtums zu beleben, nicht weil sie Wohltätigkeit nötig hätte, nein, Frau Benvenuta glaubte nicht an die Auferstehung des Leibes von den Toten, das sei völliger Unsinn, nicht einmal der Priester, der sie gelegentlich besuchte, konnte sie überzeugen und ging mit saurer Miene weg.

Man muss nicht einmal erwähnen, dass Frau Benvenuta keine unnötigen Dinge anhäufte wie die bekannte Madame Bildhauer. Sie trennte sich mit der größten Leichtigkeit von ihnen. Und sie hatte eine schreckliche Abneigung gegen Rosen. Besonders wenn sie in farbiges Zellophanpapier eingewickelt waren. Wann immer jemand, der das nicht wusste, ihr eine schenkte, musste er sie hinaustragen und dem Erstbesten schenken, dem er begegnete. Ich erinnere mich, wie entsetzt ein Weiblein war, als ich aus dem Stiegenhaus stürzte, ihr die Zellophan-Rose zusteckte und zurücklief – sogar die Marktkörbe fielen ihr aus der Hand.

Obwohl auch Frau Benvenuta Witwe war – nur nicht die eines Bildhauers, sondern eines aus politischen Gründen Verbannten, eines Offiziers der Litauischen Armee der Zwischenkriegszeit –, so schien sie sich dessen überhaupt nicht zu rühmen und forderte nicht, dass ich am Spätnachmittag heimkäme, um Topfen zu essen – Topfen mochte sie außerdem gar nicht –, und ihr alles darlege, was ich in der vergangenen Nacht gemacht hatte.
Ich hatte auch nicht vor, das zu tun – ich wollte auf keinen Fall, dass ihre Vogelaugen vertierten.
Damals traf ich mich gelegentlich mit einem Herrn, der sich mir als Direktor vorgestellt hatte (ich habe vergessen, von welcher Einrichtung, vielleicht von irgendeiner Blockhaus-Fabrik). So einen geilen Bock im Lammfell habe ich mein ganzes Leben nicht gesehen. Respektabel, mit ordentlich geschnittenem Schnurrbart, verdunkelten Gläsern und fast immer in einem gestreiften Anzug – er hätte an Harold Lloyd aus den alten amerikanischen Komödien erinnert, nur hatte er überhaupt keinen Sinn für Humor und nicht die Absicht hinzustürzen, um jemanden – mich zum Beispiel – aufzuheitern, im Gegenteil, er stand sehr fest am Boden, ganz wie die von ihm erzeugten Blockhäuser.
Wenn jemand gesehen hätte, in was er sich in seiner abgelegenen Datsche verwandelte! Einfach eine Schande, das zu sagen. Kein Direktor, sondern ein richtiger Pornostar. Es fehlte nur eines: dass er angefangen hätte, auf dem Tisch zu tanzen und sich dabei den Slip über den Kopf zu ziehen. Seine Slips waren wie ein Segel – wenn nicht wie ein Liebes-

schiff. Doch der Direktor lachte nicht und ließ es auch nicht zu, dass man über ihn lachte, das Lachen schwächte wohl seine menschliche Würde.
Und wenn ich mich erinnere, wie der würdevolle Direktor mit seinem Audi in der grauen Farbe der Blockhäuser an irgendeinem konspirativen Ort wartete – zu allen anderen gar nicht lächerlichen Eigenschaften kam noch, dass er verheiratet war –, überkommt mich das Gefühl von Trauer und Enttäuschung; es ist das Gefühl einer versäumten Möglichkeit.
Ich musste mich erkundigen, warum er so war – er stürzte sich auf junge Mädchen, als wäre er von einer chronischen Andropause heimgesucht. Aus dem unergiebigen Worterbe, das er mir hinterließ, kann man schließen, dass die überzeugendste Variante folgende ist: Schuld ist die Frau (woran, ist nicht wichtig, vielleicht ist sie wie Gorgo, vielleicht ist sie frigid wie ein Kühlschrank, vielleicht zu gescheit, und gegen gescheite Frauen ist er allergisch), doch das ist kaum ernst zu nehmen, aber er muss mich ja auch nicht überzeugen, es genügt, dass er selbst daran glaubt, ich bin nur ein Dummchen zum Zeitvertreib, soll er so denken, ich werde ihm nichts sagen.
Wenn die Frauen schweigen, haben die Männer jede Gelegenheit, sich als Persönlichkeiten zu erweisen. Mein Direktor hat sich als solche erwiesen, sodass ich auch jetzt, wenn ich einen soliden Herrn in einem gestreiften Anzug sehe, unmerklich zusammenzucke und darüber nachdenke, was aus diesem Kokon ausschlüpfen würde in einer abgelegenen Datsche am Stadtrand, wo die von der Begierde des Frühlings geplagten Elche furchtbar röhren.

Alles endete mit einer Szene, die einen litauischen Film wert wäre: Als er den Gediminasprospekt entlangfuhr, sah er mich mit einem Jungen – wir hatten uns im Park kennengelernt, er suchte sich, geplagt von Verlangen wie ein Elch im Frühling, eine zweite Hälfte, und unglücklicher Weise war sein Blick auf mich gefallen, doch daraus wurde nichts, er war fünf Jahre jünger als ich (als er das erfuhr, wurde er blass vor Entsetzen), außerdem habe ich ihn mit meinen Gedanken über Sex als eine der raffinierten Formen des Todes erschreckt, und er war wahrscheinlich an solche Formulierungen nicht gewöhnt –, und da folgte mir der Direktor, dieses Ungeheuer, ganz bis Žirmūnai, holte mich im Stiegenhaus ein, packte mich an den Armen, zog mich zu sich ins Auto, überreichte mir einen Strauß, der aussah wie ein Reisigbesen (die ersten Blumen für mich! Da sieht man, was die Eifersucht bewirkt), und bekannte, er wolle unbedingt ficken.
Da schau her! Ganz unromantisch. Aber wenigstens ehrlich. Der kleine Elch würde das ums Verrecken nicht sagen – obwohl es ihm auf der Stirn geschrieben stand, was er am meisten begehrte. Er hatte noch weit bis zum Direktor, sehr weit! Doch der, dieses Ekel, führte mich in den Wald wie irgendein Wahnsinniger, sprach dabei blödes Zeug und weinte fast, ich dachte schon, er würde die Strumpfhosen seiner Frau herausziehen und mich aus Liebe erwürgen, doch das verhinderte ein aus dem Dickicht heraustrottender Elch. Er stand da, den Hals vorgestreckt, und sah uns an, mir schossen direkt die Tränen in die Augen, so bedeutungsvoll wirkte der Blick des Elchs;

hernach, als ich mit dem Kopf vom Sitz herunterhing und durch die geöffnete Tür eine rote Zigarettenpackung in einem Heidelbeerschlag sah, kam ich mir vor wie ein namenloser Protagonist der Kriminalchronik, doch ein solcher machte sich im Normalfall keine Gedanken über den Sinn, und der Blick eines Elchs bedeutete ihm nichts mehr.

Nachdem der Direktor die Hose ausgezogen hatte, meinte er, dass es ihm, sollte ich schwanger werden, sehr gefiele, wenn das Baby so blaue Augen hätte wie ich – er würde die Verantwortung nicht scheuen. Oder die Notwendigkeit, es war nicht zu verstehen, was er vor sich hin murmelte, während der Reißverschluss klemmte. Als er mich beim Haus entließ, verdutzt und nass vom Tau des Waldes, steckte ich den Strauß in einen Fliederbusch vor dem Stiegenhaus und hastete hinauf, um mich zu waschen. Frau Benvenuta schlief, ich sah die an die Wand ihres Zimmers gelehnten Krücken. Ich machte mir Kaffee, setzte mich ans Fenster und schaute vor mich hin auf den Parkplatz – er war voller Autos, und die Kastanienbäume waren übersät mit weißen »Ständern«, die in den Himmel ragten – und mir nichts dir nichts begann ich zu heulen.

Herrn Ständer habe ich nie mehr gesehen. Er hatte seine Rolle zu Ende gespielt, und zwar eindrucksvoll, und man weiß doch, dass viele Protagonisten, vor allem in der Oper, im letzten Akt sterben, also konnte auch sein Verschwinden – er hat sich nie dafür interessiert, ob ich ein blauäugiges Baby hatte oder nicht – nichts anderes bedeuten, als dass er gestorben war. Vielleicht hatten ihn die Blockhäuser unter sich begraben,

vielleicht hatte ihn Gorgo vergiftet, oder vielleicht hatte er einen Infarkt bekommen – er aß gerne fett und beschwerte sich immer, dass sein Cholesterinspiegel ständig stieg – ach, man weiß ja nicht, auf der Welt geschehen so eigenartige Dinge, ein Infarkt wäre da geradezu eine Banalität.
Schwer zu begreifen, warum ich damals überhaupt keine Angst hatte.
Vielleicht gibt es wirklich eine Form von Freiheit, wo die Gleichgültigkeit stärker ist als die Angst.
Nicht einmal vor der Hölle fürchtete ich mich. Warum sollte ich mich fürchten, wenn ich doch schon darin war?
Die roten und schwarzen Wände der Karaoke-Bar, ganz wie in den Filmen von David Lynch, und das blasse Gesicht im Spiegel der Toilette, wem sollte es gehören, wenn nicht mir, doch das Bewusstsein leistete Widerstand und weigerte sich, es anzuerkennen, mit offenem Mund und verweint von Presleys »I can't help falling in love with you«, das ich eben gesungen hatte, jemand schrie und klatschte, und ein Mädchen mit bösen schwarzen Augenhöhlen nahm mir das Mikrofon weg und brüllte Sinatras »My way«. Pfui, ich kann diese pathetischen Lieder von alten Onkeln nicht ertragen. Ich hätte den Kopf auf den Tisch gelegt und wäre eingeschlafen – in dem schwarzen Saal leuchtete nur der Karaoke-Bildschirm –, doch plötzlich überkam mich die Angst, unerwartet und unverständlich, wie ein Blitzschlag. Anfangs dachte ich, man hätte mir die Handtasche gestohlen. Danach fiel mir ein, dass das ein verzweifeltes Signal des Gehirns war: Trink nicht mehr! Es wird wie zu Mariae Himmel-

fahrt am Land sein, nur noch schrecklicher! Nicht unter einem Strauch wirst du schlafen, sondern auf dem Gehsteig, und die morgendlichen Passanten werden dich in die Pflastersteine treten.
Ich suchte mit den Augen nach einem Strauch, doch ich fand keinen. Im Saal war es ganz leer, nur der Bildschirm leuchtete, darauf huschten stumme Bilder herum und schimmerten Buchstaben – diejenigen, die man aussprechen sollte, waren rot unterstrichen. Ich schnappte nach Luft – kein Laut entkam meinen Lippen. Es stellte sich heraus, dass der lautlose Raum meine Stimme erfasst und ins Nirgendwo geführt hatte, er versenkte sie in eine klaustrophobe Einzelzelle zwischen scheußlichen Wattewänden, und so viel ich auch heulte, über den Bildschirm würden nur Buchstaben laufen, rot unterstrichen – zitternd verkroch ich mich aus der Bar und stellte mich auf den Gehsteig gegenüber dem ehemaligen Tschernjachowskiplatz und heulte zaghaft – aus dem Gebüsch des Platzes antwortete jemand, mir gefiel diese Stimme nicht, dafür freute ich mich sehr über meine eigene. Ich stelzte hinüber zur Obus-Haltestelle und verbarg mich hinter den Wänden; es war kurz nach Mitternacht, ich würde es noch nach Hause schaffen.
Es war Anfang Juni; die Nacht war schwül, doch mich schüttelte die Kälte, ein eigenartiges Zittern, als hätte der Körper, ohne auf das Bewusstsein zu hören, es sich einfallen lassen, zu überprüfen, ob seine Reflexe auch alle funktionierten – sogar eine streunende Katze erschreckte sich vor mir und floh aus dem Stiegenhaus, doch nicht ins Gebüsch, sondern auf

den Parkplatz. Aus dem Fliederbusch neben der Mauer tauchte ein schwarzes Wesen auf, in der Dunkelheit blitzte ein dünner, schmaler Metallstreifen auf, eine Klinge, nichts anderes, und ohne ein Wort zu sagen, durchschnitt dieses Wesen den Träger der Tasche, verletzte dabei meine Hand und verschwand mit der Beute, ich versuchte, einen Schrei auszustoßen, hatte aber nicht die Kraft dazu, die Stimme tröpfelte zu Boden, und langsam hörte das Zittern auf, mich durchzurütteln.

Ich verkroch mich ins Stiegenhaus, stieg in den vierten Stock hinauf und setzte mich bis zum Morgen auf die Stiege; der Dieb hatte mir auch den Wohnungsschlüssel entwendet, soll er verrecken, das Scheusal. Als direkt an meinem Ohr eine Tür knallte und mich donnernd ein Hund anbellte – ein Dackel, der einem Kanalrohr glich – und seine ältliche Herrin mich ansah wie den an falscher Stelle entleerten Inhalt eines Müllsackes, sprang ich im Halbschlaf auf, und beide zogen sich auf der Stelle zurück – der Dackel knurrend, seine Herrin keuchend vor Entsetzen, wahrscheinlich hielt sie mich für eine Drogensüchtige oder eine Zigeunerin. Weil ich nicht warten wollte, bis mich der Dackel biss und die alte Dame die Polizei rief, polterte ich die Stiege hinunter, in den ersten Stock, und hielt die Wohnungsklingel so lange gedrückt, bis Frau Benvenuta mich einließ.

Der Dackel und seine Herrin tauchten unterdessen nicht auf – offenbar hatten sie beschlossen, später spazieren zu gehen.

Ich sagte Frau Benvenuta, was vorgefallen war – und ohne ein Wort zu sagen holte sie Wasserstoffperoxid,

um die Wunde zu desinfizieren, und eine Rolle Binden; danach ging ich zu Bett und versuchte einzuschlafen, erwachte jedoch mitten in einem Traum, niedergeschlagen und missmutig.
Heute war Samstag.
Der Tag, an dem ich immer zu Hause aufwachte, am Land, und auf der Zimmerwand wie ein sich nur wenig veränderndes Kaleidoskop die Sonnenstrahlen und die Schatten der Blätter der Bäume flimmerten.
An dessen Stelle trat eine lautlose Leere – als wäre ich plötzlich taub geworden.

2

Vater und ich lebten wie die zwei Ufer eines Flusses – wir hatten keine Verbindung, und die Zeit, die zwischen uns floss, verkörperte keine Beziehung, sondern schied uns eher. Das Zuhause, auf das Großmutter, die ihr halbes Leben lang auf dem gestampften Lehmboden gelebt hatte, so stolz gewesen war, erinnerte mit der Zeit an einen gleichgültigen Menschen, der sich mit allem abgefunden hatte – die Wände rollten sich immer mehr auf, der Fleck im Winkel der Decke vergrößerte sich, die äußeren Farben blätterten ab (wie durch einen Nebel erinnere ich mich, wie die Schwester und ich die Wände ausgemalt hatten, sie war fast auf die höchste Sprosse der Leiter hinaufgeklettert, ich stand mit dem Pinsel unten, weil ich Höhenangst hatte), und in der Nacht murmelte eine unverständliche Sprache, ganz klar hörte ich immer wieder die eigenartig artikulierten, nicht menschlichen Laute, in tödlichem Schweigen verstummt – einem vom Borkenkäfer zerfressenen Baum fällt es schwer, die Worte deutlich auszusprechen, in denen seit Anbeginn der Welt das Leid sprach.
Im Dorf fanden sich barmherzige Frauen, die immer wieder zu uns kamen; besonders oft besuchte uns diese Steputė, eine Witwe mit einem großen Schopf, einmal brachte sie selbst gemachten Käse mit Rosinen, doch als der verkaterte Vater aus ihrer Küche eine Flasche Apfelwein mitgehen ließ, wurde sie zornig und hörte damit auf, und Gott sei Dank, denn mir war es unangenehm, ihre schrille Stimme zu hören, sofort stieg mein Blutdruck. Außerdem regte mich ihr Schopf

auf, der so unnatürlich aufgebläht war, dass er wie ein zweiter Kopf wirkte, der künstlich am ersten festgeklebt war, und mehr als einmal bildete ich mir ein, der Schopf werde gleich zu sprechen anfangen, und zwei sprechende Köpfe würde ich nicht ertragen.
Vater ging es nicht gut, er lag mit den Stiefeln im Bett und jammerte, doch ich war nicht böse auf ihn, ich empfand sogar Dankbarkeit – wenn er sich das ganze Leben lang gegen die Pflichten eines anständigen Mannes und sorgsamen Familienoberhauptes gesträubt hatte, warum sollte er sich dann jetzt Gedanken machen und sich dem schopfigen Kiebitz ergeben, man wusste doch nicht, ob er ihn nicht zu Käse verarbeitete.
Eine legale Arbeit hatte Vater schon lange nicht mehr – in Sowjetzeiten hatte er als Hilfskraft des Kranführers gearbeitet, jetzt war er Taglöhner am Bau, zimmerte den ehemaligen Kolchosmitgliedern Holzhütten, Lagerräume und Saunen und renovierte die Bauernhäuser; nicht selten nahm er auch mich mit, damit ich irgendetwas halte, einen Hobel oder eine Breitaxt – mir die Geheimnisse des Bauens beizubringen hielt er für eine unnötige Sache, er dachte, ich könne alles selbst lernen –, doch mich langweilte diese Arbeit, ich litt richtig daran, wie ich an der Fron in der Werkstatt und im Sägewerk gelitten hatte, an jeden Arbeitsplatz ging ich wie mit zusammengebissenen Zähnen – ich begriff nicht, wozu und warum ich arbeitete, man musste einfach irgendetwas machen, um am Abend vor Müdigkeit einschlafen zu können.
Mit dem Schreiben hörte ich auf, die Schwester hatte meinen Brief nicht beantwortet, dem ich einige Er-

zählungen beigelegt hatte – eine über den Alten aus Jūžintai, eine andere über Maud. Dafür schrieb sie selbst. Als Steputė uns mit ihrem Käse überraschte, sagte sie, sie habe sie im Fernsehen gesehen, sie sei als Schriftstellerin bezeichnet worden, »da schau sich einer an, sie war so ein Windbeutel, und sogar die Erdbeeren hat sie mir ständig gestohlen!« Als sie das sagte, fühlte ich mich, als hätte ich diese Erdbeeren gestohlen, ich schlich seitwärts zur Tür hinaus und ging, um mich vor Steputė zu verstecken, in die Sauna – im Raum vor der Sauna stand ein Bett mit fleckigem Bettzeug, ich legte mich darunter und vergaß für kurze Zeit alles.
Schreiben? Doch wozu? Das ist doch eine Stimme in der Wüste. Und nicht einmal die eines Menschen, sondern eines Käfers, eines Lebewesens, das einen schrecklichen Schmerz hat, doch wer vom Schmerz überfallen wird, hört für gewöhnlich nur seine eigene Stimme.
Irgendjemand schlurfte auf dem kleinen Weg herbei, ich hörte ein schweres Keuchen, das gelegentlich verstummte und einem Murmeln Raum gab, danach öffnete sich die Tür, ich schaute durch ein Loch in der Decke und sah, wie an der Schwelle der Sauna der gebückte Vater stand und brummte: »Gleich … gleich …«, als würde der Teufel ihn hetzen, danach band er einen Strick an den Nagel, doch da seine Hast furchtbar unnatürlich und unüberlegt war, als würde jemand hastig ein Stück zur Aufführung bringen, klirrte der Nagel und fiel aus dem Balken, Vater plumpste röchelnd auf den Boden und begann, sich die Schlinge vom Hals zu reißen, er zog daran und

war eher dabei, sich zu erwürgen als den Kopf herausziehen.
Ich warf das Bettzeug weg und setzte mich auf, aber Vater sah mich nicht, er zerrte an der Schlinge herum, als hätte er vergessen, wie man sie abnehmen müsse, und schließlich zog er sie so zu, dass er blau wurde wie eine Zwetschke und mich an den Händen fasste, als ich versuchte die Schnur zu lösen und abzunehmen – ich erschrak direkt, als ich spürte, mit welcher ungeheuren Kraft er sich widersetzte.
Schließlich bekam er keine Luft, wurde schlaff, und ich konnte die Schlinge abnehmen, ich wickelte die Schnur auf und steckte sie unter das Bett im Vorraum der Sauna zwischen die alten Gefäße.
Ich legte Vater an seinen Platz – er schloss die Augen und murmelte noch irgendetwas durch die Nase, ganz so, als würde er sich entschuldigen, danach stöhnte er schwer und hörte auf. Er war eingeschlafen.
Um die letzten Litas kaufte ich ihm Schnaps und stellte ihn im Vorraum der Sauna ans Fenster – wenn er aufwachte, würde er die Flasche gleich erblicken, sie würde wie ein ewiger Prophet des Winters auf dem Hintergrund des mit Fliegendreck überzogenen Glases leuchten.
Am Abend saß Vater erholt und lustig (nach dem Aufwachen hatte er beinahe die halbe Flasche ausgetrunken) auf der Stiege und rauchte – wenn er wenigstens ein einziges Wort gesagt hätte über die eigenartige Hast, sich zu erhängen. Er erinnerte sich wohl nicht mehr daran. Er fragte mich, ob ich den Kater in die Sauna gelassen hätte – »Der Hals tut mir auf einer Seite weh, als hätte mich jemand gekratzt.« Er warf

die Zigarette zur Seite und sagte, der Kater habe Tollwut, man müsse ihn in einen Sack stecken und ertränken.
Leider war der Kater schon längst abgemurkst; der Nachbar hatte ihn mit dem Schürhaken erschlagen, das ständig hungrige und miauende Tier hatte sich darangemacht, fremde Hühnerställe zu besuchen, es trank die Eier aus und erwürgte die kleinen Küken. Weil sich Vater um Tiere immer nur kurze Zeit kümmerte – solange er gut drauf und, wie sich von selbst versteht, nüchtern war – und ich mich überhaupt nicht, denn sie rissen mich aus der Apathie, in die ich ständig versank –, schauten uns sowohl der Hund, der an die Hütte angekettet war wie ein tobender Häftling, und der haarende magere Kater mit Augen von richtigen Waisenkindern an, in denen mehr Verwunderung als Enttäuschung lag. Der Kater kam manchmal auf den Dachboden, doch nur in das braune Zimmer, in das grüne steckte er nicht einmal seine Nase – still hockte er am Kopfende des Bettes, die gestreiften Haare seines Felles standen zu Berge, er ähnelte einem schnurrenden elektrisierten Kissen, es prasselte im Dunkeln, und ich hatte ein ruhiges Gefühl.
Wer weiß, wohin die Energie des Katers verschwunden war, nachdem ihm der Nachbar den Hieb mit dem Schürhaken versetzt hatte. War sie in den Schürhaken oder in den Nachbar übergegangen? Mir scheint in den Schürhaken, denn der Nachbar gehörte zu den Menschen, die gegen Energie immun waren. Er könnte auch hundert Kater erschlagen, er würde nicht die leiseste Zuckung der Seele verspüren.
Es wurde Herbst – nach Mariae Himmelfahrt trübten sich die Tage ein wie grau werdendes Silber, das Grün

der Bäume bekam eine schwere, kalte Intensität, das Dorf weitete sich vom himmlischen Licht wie eine Muschel des Dunkels – dieses Mal war die Schwester nicht zum Kirchweihfest hergefahren, sie hatte nur einen Brief geschrieben, Briefe sind für mich schon lange zu Zeichen der Enttäuschung geworden, so war es auch jetzt, ich freute mich nicht, dass die Schwester endlich nicht einen Kavalier für einen Tag, sondern einen »richtigen Mann« gefunden hatte – sie würde ihn herbringen und vorzeigen. Vater wurde wegen dieses Vorschlages zornig, warf die Türen zu und ging in die Bierstube, ich blickte ihm nach, wie er durch den mit Beifuß überwachsenen Garten watete, und versuchte zu verstehen, warum er so wütend war, aber ich verstand es einfach nicht; vielleicht versuchte er sich so vor der Enttäuschung zu retten, die jeder Vater empfindet, wenn er begreift, dass sein Kind erwachsen und selbstständig geworden und nicht mehr von seinem Willen abhängig ist.

Als wäre die Schwester jemals von seinem Willen abhängig gewesen! Sie hatte sich nicht nur mit aller Kraft diesem Willen widersetzt – sie war stärker.

Ich hätte die Schwester beneiden sollen, denn ich war der Schwächere, aber ich beneidete sie nicht. Ich hatte kaum die Kraft, meine kleine, in eine Nussschale passende Welt zu ertragen – wie würde ich die große wirkliche, dröhnende und eilige Welt ertragen, die die Schwachen nicht anerkannte und keinen Augenblick bei ihnen innehielt? Ich bemühte mich, mich von ihr so weit wie möglich zurückzuziehen, aber das wurde immer schwerer; Vater war zornig, weil ich nicht mit ihm in die Bierstube ging und trank, die Menschen hielten mich für einen Wilden, die Schwester für einen Sonderling und ihr richtiger Mann für einen Faulpelz und einen Trottel, der nicht im Stande war, sein Leben in Ordnung zu bringen. Das hat er mir nicht in Gesicht gesagt, obwohl er kurz davor war; er kam einige Wochen nach Mariae Himmelfahrt auf ein paar Stunden, um sich vorzustellen, die Schwester war schrecklich nervös, sie zupfte am Tischtuch, und ich sah, wie peinlich es ihr war, dass genau in der Mitte ein Fettfleck leuchtete – Vater hatte am Vortag die Blynai fallen lassen, während er in die Glotze schaute, ich verlor die Geduld und stellte den Teekessel auf diesen Fleck, er war sauber gescheuert – und der Schwester war offensichtlich leichter.

Der Boden blitzte auch vor Sauberkeit, ich hatte es nur nicht geschafft, die Vorhänge zu waschen, ich hatte Kekse und Löskaffee gekauft, die Schwester lachte auf, als sie die Dose sah, ich verstand nicht warum, vor einigen Jahren hatte sie doch mit Elė diesen Sumpf eimerweise getrunken. Vater hatte zu diesem Anlass ein sauberes Hemd angezogen, er saß beim Tisch und fühlte sich wie beleidigt, er lebte erst dann auf, als der Freund der Schwester eine Flasche »Dainava« herauszog; nach einigen Gläschen, schon völlig erholt, plapperte er lustig über das Wetter, die Bienen und die Heumahd, obwohl wir kein einziges Tier hielten, das Heu gebraucht hätte. Auch der Hund warf zornig alle Büschel aus seiner Hütte, wer weiß, vielleicht wurde ihm von getrockneter Hundskamille und Katzenminze jedes Mal schlecht.

Als beide abgefahren waren – die Schwester setzte sich mit aufgehelltem Gesicht ins Auto, ich sah, dass

ihr ein Stein vom Herzen gefallen war – und im Hof nur zwei breite Spuren blieben, kehrte ich zum Tisch zurück, hatte aber nicht die Kraft, das Geschirr abzuräumen. Vater saß noch vor dem mit dem Teekessel bedeckten Fleck, den Kopf in das volle Gläschen gesteckt – er sah aus, als hätte er einen geistigen Schock oder vielleicht eine Erleuchtung erfahren –, doch da ich diesen Gesichtsausdruck bei ihm auch oft in der Bierstube gesehen hatte, wenn er noch nicht tödlich besoffen war, sah ich, dass er wirklich in der alten Zeit lebte, die nur mehr zu ihm allein gehörte und den sonnigen Schatten meines Morgens ähnelte – dort schrie ihn niemand an, wenn er sich betrunken nach Hause schleppte, sondern streichelte ihm nur liebevoll den Kopf, zog ihm die Schuhe aus, machte einen Tee, stopfte ihn mit Heu aus und stellte den Fernseher leiser, damit der monoton vor sich hin brabbelnde Generalsekretär an den Großvater aus den Märchen erinnerte.
Wer weiß, ob er begriff, dass auch ich dort in seiner Zeit im Schatten stand und ihn anschaute, und die Schwester ebenso, die Stirn in Falten gezogen und unglücklich – eben hatte sie sich in Fernsehen den russischen Film »Menschen – Amphibium« angesehen, und der auf das Sofa hingestürzte Vater, der wie ein verfaulender Wal stank, hatte wohl die romantische Stimmung zerstört. Dunkle Schatten, helle Schatten, Schatten blickten ihn an, Schatten streichelten ihn, Schatten führten ihn mit sich durch das Leben.
Als ich die Farben des trüb werdenden August und sein kaltes klares Licht nicht mehr ertrug, zog ich mich eines Abends der Nase nach in die Felder zu-

rück, getrieben von rauschendem Wind, und kam erst bei dem verwahrlosten Gehöft von Juozas wieder zu mir (die Verwandten wollten es verkaufen, doch niemand kaufte es, man fürchtete die Gespenster); das nicht gemähte Heu im Hof reichte bis zur Hüfte, ich stand am Fenster des Hauses und blickte hinein, wie damals, als ich den im Winkel der Küche jagenden Juozas erblickt hatte. In der Luft lag das Licht des Vorabends, gelb wie gefrorene Butter, ich hatte nicht den Wunsch, es anzusehen, es tat mir in den Augen weh; ich schmiegte mich an das dunkle Glas und blickte hinein, in die Dämmerung. Die Dämmerung bewegte sich leise, warf Wellen wie bewegtes Wasser, und danach begann sie mich zu umfließen – ich hielt das für einen Traum und lächelte, doch als ich die grauen Augen des Halbdunkels erblickte, die mir aufmerksam ins Gesicht sahen, zuckte ich zurück. Erst da bemerkte ich, dass vom herausgefallenen Tor bis zur Schwelle ein Weg im Gras ausgetreten war; und bei der Tür lagen, aneinandergeschmiegt wie zwei Schiffchen, Gummistiefel mit abgeschnittenen Schäften, Vater nannte sie Halbgaloschen, mit ihnen konnte man bequem durch aufgeweichte Gemüsegärten trampeln. Nicht einmal in den ersten Saal der Bierstube, Sommerlager genannt (vielleicht deswegen, weil er ungeheizt und nur zur Benutzung im Sommer tauglich war), wurde man mit Halbgaloschen eingelassen – wenn man zur Bar gehen wollte, in den zweiten Saal, musste man sie vor der Tür stehen lassen und in Socken trippeln. Am öftesten trippelten die ehemaligen Plebejer der Kolchose so – die Jauchenfahrer, Stallarbeiter und Tagelöhner, mit den geänderten Zeiten hatten sich wohl weder die Schuhe noch die Gewohnheiten geändert. Doch die »Oberschicht« rannte sofort zur Bar hin, sie lief in Lackschuhen herum. Die Bürokraten der Schreibstube der Kolchose, jetzt Mitarbeiter der Dorfverwaltung, ein ehemaliger Agronom, jetzt Ladenbesitzer, na, und noch der Küheinseminator, der sich wahrscheinlich als Einziger nicht umqualifiziert hatte und noch immer seine Arbeit machte, nur wie und mit wem, das wusste man nicht, dafür war die Barfrau so berauscht von seinem eigenartigen Geruch, dass sie ihm anstelle von Schnaps immer »Stierblut« brachte.

Ich blickte auf die Halbgaloschen – sie waren sauber, wenn auch ziemlich abgetragen – und hörte nicht, wie die Tür geöffnet wurde. Wie aus dem Hinterhalt griff jemand nach den Schuhen, zog sie nach innen und schlug die Tür krachend zu; sie leuchtete im Halbdunkel wie ein Blitz, nackt bis zur Schulter und weiß wie ein Schwanenhals.

Etwas wie Entsetzen verschlug mir den Atem. Ich ging von der Tür weg, doch ich wagte es nicht mehr, durch das Fenster zu blicken. Die Augen der Dunkelheit kamen mir sehr groß vor, ihr Blick ziemlich rau. Ich wandte mich zum Weg um – in der Dunkelheit war es, als gäbe es ihn nicht, als wäre er nur eine Halluzination; überall säuselte wildes Gras, leise vom Wind gewiegt und schwarze reife Samen verstreuend, die dabei waren, meine Erinnerung und meine Stimme fortzutragen.

Als ich auf den Feldern schon ziemlich weit gegangen war und die Grenzen des Dorfes erreicht hatte, drehte ich mich um und blickte auf das Gehöft – nichts, kein winziges Licht, nur das gedämpfte Geflüster der elementaren Wiese wogte zusammen mit der anschwellenden Dunkelheit.

Mich überkam ein Schauer und eine Begierde – ich hatte Sehnsucht, zurückzukehren, kehrte aber nicht zurück. Ich sah nichts mehr, nicht einmal meine Hände, so unbarmherzig war das Dunkel des August, es bewies noch einmal, dass ich schwach war, dass es mir an Initiative und Entschlusskraft fehlte und ich keinerlei gesunde Urteilskraft besaß.

Aber ob eine gesunde Urteilskraft half, wenn man es mit Gespenstern zu tun hatte? Ich war doch ein Idiot, blöd, nicht normal. »Bringt den da ins Krankenhaus!«, hatte Steputė zum Vater mehr als einmal gesagt, »und er soll gleich länger dort bleiben!« Länger! Warum nicht das ganze Leben lang? Hinter einem Gitterfenster, wie eine Fliege, die zur Mumie geworden war ... und den Schrei aus der dritten Abteilung hören – da brüllte nicht die Seele eines Menschen, nein, das war nur ein fortgeschrittenes Wirbeltier, beeinflusst von einer chemischen Reaktion. Ohne solche wie mich könnte die Gesellschaft das helle Morgen um einiges schneller erreichen – es war doch unangenehm, einen stämmigen, fast zwei Meter großen Burschen zu sehen, der sich mit sich selbst unterhielt und nachts herumtrieb, und wenn Steputė, was Gott verhüten möge, am Morgen ihre Hühner geköpft fände, würde sie sofort mich verdächtigen und nicht den Iltis, denn der Iltis war doch immer richtig im Kopf, und den Raubtierinstinkt hatte er nur nebenbei, er hatte keinen Einfluss. Für einen Menschen hatte er keine Bedeutung.

Warum hast du mich nicht als Löwenzahnflaum erschaffen, Schöpfer?
Die weißen Hände würden mich nehmen und dorthin bringen, wo eine poröse violette Kugel leuchtete, der mächtige Kopf eines Wesens, und ich wäre sein schwaches Herrchen.
Denn wenn ich ein *richtiger* Mensch wäre, müsste ich unbedingt erklären, was sich hinter der ungastlichen Tür des Gehöftes verbarg, und dürfte keinerlei Unklarheiten hinterlassen (wozu hat denn der Mensch ein Gehirn bekommen!) und keinerlei Geheimnisse. Wenn ich anklopfte und man nicht freiwillig öffnete, müsste ich die Tür eintreten oder aufbrechen, beide Arten wären gut, wahrscheinlich würde ich auch den weißen Schwanenhals brechen, denn er war nichts, ohne stilles Geheimnis, er könnte mir nichts eröffnen!
Nicht vor der Welt hatte ich Angst.
Vor den Menschen hatte ich Angst. Und dass ich einer von ihnen war, schien mir die größte Unwahrheit, die es auf dieser Welt nur geben konnte.

3

Ich versprach Frau Benvenuta, sie gelegentlich zu besuchen – und nicht allein, sondern mit dem Freund, zu dem ich zog, in seine Einzimmerwohnung am Savanorų-Prospekt, Krasnucha[39] genannt, der für seine Banden minderjähriger Taschendiebe bekannt war. Ich packte meine sieben Sachen in Schachteln und band die Bücher mit Spagat zusammen – obwohl jede Übersiedlung vom freudigen Anfang eines neuen Lebens zeugen sollte, ließ mich das Gefühl nicht los, dass ich mich nur wie ein Hamster im Rad drehte. Das Zuhause in Tschornomaisk hatte ich schon ganz vergessen – ich erinnerte mich nur an den Spiegeltisch, auf dem das Buch »Womit das Salz gegessen wird« von Juozas Baltušis[40] lag –, oft träumte ich vom Haus im Dorf, und die Erinnerung an den kleinen Tisch verschmolz mit den Träumen von heute, der Tisch stand im Eck des Gartens, Großmutter stellte den schwarz gewordenen Teekessel darauf, und Spinnweben zogen sich von seinem Schnabel zum Tischbein hin wie die Fäden zweier Träume.

Und aus irgendeinem Grund war es schrecklich, im Haus zu schlafen – der grüne Tote kam nicht mehr, doch die Fenster waren in der Nacht nicht verdeckt, jemand hatte die Vorhänge abgenommen, und ich lag da, drückte das Gesicht an den Polster, denn aus einem

[39] Die bis heute übliche Bezeichnung erinnert an den alten Namen »Prospekt der Roten Armee«.

[40] Juozas Baltušis (1909–91) war ein litauischer Schriftsteller, der mit seinen einfachen systemkonformen Romanen und Erzählungen in Sowjetzeiten hoch im Kurs stand.

Geräusch, das dem Knistern des Stromes und den Windstößen ähnlich war, erriet ich, dass vor dem Fenster die Geister und Gespenster tobten, die es nicht mehr nötig hatten, mich zu berühren, um mich zu erschrecken – es genügte, dass ich den Kopf hob und auf das nackte Auge des Fensters blickte, das nicht vom weichen Kattun geschützt war.
Das, was ich sah, konnte ich nicht ertragen.
Warum?
Eine Vorahnung sagte mir, dass nicht das Gesicht, das ich sehen würde, schuld wäre, sondern das Gefühl, das ich empfinden würde – und dieses Gefühl war eine unerklärliche Angst.
Doch wovor musste ich Angst haben?
Das Leben lief gut.
Die Rezensionen des ersten Buches waren gar nicht schlecht, auch wenn ein Kritiker alle sich zu oft wiederholenden Konjunktionen gezählt und mit Bedauern hinzugefügt hatte, dass meine Erfahrung für »richtige Texte« zu schwach und zu glatt sei (ich habe mich nicht bis zur Bewusstlosigkeit besoffen und bin nicht in der Psycho gelegen, um der Sowjetarmee zu entkommen, das war auch nicht zu erwarten, ich war doch nur eine Frau). Teilweise konnte man ihm zustimmen. Ahnungen und Träume bezeichnet niemand als Literatur – das ist nur eine chaotische Tiefe, über der Schatten flattern. Und der Kritiker weiß mit dem Traum nichts anzufangen, er ist ja kein Psychoanalytiker; ein Traum ist eine allzu persönliche Angelegenheit, unheimlich und dunkel, abgeschieden wie eine felsige Insel, die keinen Zugang hat. Und wenn sich die Insel im Werk unerwartet in eine Bucht verwandelt

und man in sie einfährt wie ein auseinanderbrechendes Schiff, so ist dieser Augenblick selbst wie ein Traum. Der Junge in Andrei Tarkovskis Film »Der Spiegel« versucht, die Tür eines Hauses zu öffnen – vergeblich, denn sie wird von innen von Geistern gehalten, denen dieses Haus schon lange gehört.

Den ruhigen, durch die Hitze ohnmächtig machenden Frühlingsmorgen zog ich zu mir wie eine abgegriffene Türschnalle – die alte Tür gab nicht nach, zu Hause wohnten auch schon die Geister.

Das Traumereignis versetzte mir einen Stromschlag und verging, denn das Erwachen ist die beste Erdung, die es gibt.

Mir schien mein früheres Leben wie ein Traum – jemand rüttelte mich brutal und befahl aufzustehen, und jetzt musste ich mit Verwunderung und manchmal mit Entsetzen die niemals schlafende Realität anschauen.

Der erste Schreck stellte sich ein, als mein Freund verlangte, ich solle ein Mittagessen kochen; durch ein mehrjähriges Boheme-Lebens hatte ich nicht nur vergessen, was ordentliche Ernährung bedeutet, sondern auch, wie ein Topf aussieht. Ich kaufte ein Kochbuch und bereitete das zu, was dort als »Jägerhorn« bezeichnet wurde. Der Freund, ein aufbrausender Choleriker (wie verschieden war er doch von den trägen und ruhigen Männern meiner Verwandtschaft!), schlug den Löffel auf den Tisch und schrie, diesen Saufraß könne ich selber essen. Ich versteckte mich hinter dem Schrank und weinte leise vor mich hin.

Natürlich hätte ich vielleicht nicht weinen, sondern den Teller mit diesem blöden »Jägerhorn« zerschlagen und laut widersprechen sollen, dass die Männer Tyrannen seien, die dem Essen viel zu viel Bedeutung beimessen, doch damals schien es der beste Ausweg, sich hinter dem Schrank zu verstecken, und auch jetzt scheint es so, was auch immer die kämpferischen Feministinnen sagen mögen – jetzt, wo mir nichts, dir nichts die Hände zu zittern begannen, auch wenn mich niemand anschrie (denn schließlich hatte ich kochen gelernt), ich ließ den Teller aus der Hand fallen, und er zerbrach lautstark in Stücke – was konnte man verlangen, ein chinesischer aus dem Supermarkt, sollte ihn doch der Teufel holen. Außerdem schlug ich die Henkel aller Tassen ab. Auch unabsichtlich – niemand hatte mich beschimpft, doch ich konnte mich nicht beherrschen; mich schüttelte der Impuls eines verspäteten Entsetzens. Gott sei Dank hatten wir damals selten Gäste – wie sollte man in solchen Tassen Kaffee anbieten, hernach hätten sie uns ausgerichtet, dass wir schäbig und krankhaft sparsam seien und keine normale Tassen kauften.

Der Krasnucha war schrecklich.

Nicht genug damit, dass auf der Bank vor dem fünfstöckigen Haus aus der Chruschtschow-Zeit die Witwen und Frauen von Soldaten der Roten Armee saßen, und ihre Männer (die lebenden natürlich) auf dem kleinen Platz hinter dem Restaurant »Banga«, der Ort war auch bekannt für die Scharmützel der Banditen von Vilnius, sie legten Dominosteine, und rundherum schwirrten munter wie Saatkrähen die Taschendiebe – drei liebe kleine Buben, einer, Gott weiß, nicht älter als acht Jahre, sie spielten eine Etüde, die eine Theaterszene wert wäre (zwei schlugen auf der Stiege auf-

einander ein, und als ich versuchte, sie zu trennen, klaute mir der dritte die Geldbörse flink aus der Hosentasche). Wie sollte man sich da nicht an die Straßenjungen von Makarenko[41] erinnern?
Der Freund tobte natürlich – diesen Parasiten hätte man eine auflegen müssen, dass sie sich daran erinnerten (er war auch ein Anwender der Erziehungsmethoden von Makarenko). Ich sah ihn mit Tränen in den Augen an, »das sind doch Kinder, kleine Kinder …« und ich sagte schon nicht mehr, dass mir bereits die dritte Geldtasche abhanden gekommen war (die erste hatte ich im Obus Nr. 4 verloren, die zweite im Einkaufszentrum), denn er hätte noch geschrien, ich sei auch ein Parasit, vielleicht ein noch schrecklicherer als dieses Trio, denn ich verschwende das Geld nach allen Seiten, anstatt mich an einen so dunklen Ort zu begeben, an den kein einziger Straßenjunge gelangen würde.
Nein, kein Grund zum Weinen.
Ein blödes Schlappsein – nichts anderes als eine postnatale Depression. (Diesen Ausdruck umgab damals noch ein Geheimnis, Depressionen gehörten zur Gruppe der psychischen Krankheiten, und die Wöchnerinnen waren doch alle glücklich, wenn man nur kein Eiweiß im Harn und im Blut nicht zu viel Zucker gefunden hatte.) Es hatte auch nie jemand gesagt, was nach der Geburt auf einen wartet – und es warteten Panik und Tränen, und eine Entfremdung

[41] Anton Semjonowitsch Makarenko (1888–1939) war der bekannteste Pädagoge der Sowjetunion, der mit straffällig gewordenen Jugendlichen arbeitete.

(von sich selbst), und die beim »Banga« herumlungernden Makarenko-Zöglinge verursachten eine schreckliche Verzweiflung – woher sollte ich wissen, was aus meinem Kind werden würde, daher gab es auch keinen Grund, freudig zu stöhnen, wenn man den lautstark schreienden kleinen Kokon ansah.

Der Mann hatte anscheinend von postnataler Depression auch noch nichts gehört (doch er gestand es nicht ein, er war stolz), dafür wurde er immer zornig, wenn er mich vor der Glotze mit einem doppelten Sandwich in den Händen fand (ich hätte mir auch ein Bier aufgemacht, doch was würde die Ärztin sagen, wenn sie die Reflexe des Säuglings untersuchte?), wie ich »Pueblo chico, infierno grande«, eine anspruchsvolle mexikanische Serie schaute, es spielte Verónica Castro, ein kleinwüchsiger Star mit einem Haufen gefärbter Haare und den Augen eines gefrorenen Dorsches. Wenn ich eine richtige Mutter gewesen wäre, hätte ich über die Krippe gebeugt dasitzen müssen, mit einem hellen Lächeln im Gesicht, doch mich erinnerte das an eine Holzfigur aus der Volkskunst; warum sollte ich dasitzen, wenn das Kind ruhig war und schlief wie ein Dachs im Winter, außerdem konnte ich nicht lang in das faltige rote Gesichtchen schauen, Angst überfiel mich, und es kam mir vor wie ein Marsbewohner, es würde noch anfangen, die Augen aufzumachen und zu fragen, warum ich so glotze wie eine Blöde.

Im Frühling wurde Lūgnė ein halbes Jahr alt, und wenn ich sie mit dem Kinderwagen auf den Platz hinausführte, der weiß war von Apfelblüten, so sah sie sich neugierig nach den Pensionisten um, die mit

ihren Dominosteinen auf den Tisch einschlugen, und der Lärm, den sie machten, schien sie überhaupt nicht zu stören, dafür störte er mich, denn ich wollte in Ruhe Teilhard de Chardin über einen etwas anderen Verlauf der Evolution lesen, als ihn Darwin beschrieben hatte, stattdessen schob ich den Kinderwagen ins Stadion, das offenbar zu einer Mittelschule gehörte, denn gelegentlich tauchten darin eine Gruppe trainierender Halbwüchsiger und ein strenger Lehrer mit Pfeife auf, doch auch hier im Gebüsch lag so ein Darwinist mit halb ausgetrunkener Flasche herum und versuchte sogar, mich anzusprechen, verärgert zog ich dann jedes Mal auf die andere Seite des Stadions, und solange Lūgnė schlief, blätterte ich grimmig die Blätter von »Das menschliche Phänomen« um und ertrug weder den Menschen noch das Phänomen. Warum hängten sie sich alle an mich? Wirkte ich vielleicht schwach?
Oder etwa gutherzig?
An den Gutherzigen kleben Missgeburten aller Art wie Fliegen, die eine leichte Beute riechen; sie stürzen los, mehr vom Instinkt geführt als vom Verstand, doch Missgeburten nur dem Instinkt zuzuordnen wäre ein Fehler. Als fügsamer Teil der Natur ist er nur ein Diener des Verstandes. Doch wer weiß, ob diese Schwäche nicht geheuchelt war – ich war doch weder gut noch sanft. Immer ertappte ich mich bei dem Gedanken: Wenn jetzt der widerliche Alte vom Bahnhof anfinge, mir mit seinen dicken Wurstfingern die Knie zu streicheln, würde ich ihm wahrscheinlich die Kehle durchbeißen, ruhig und erbarmungslos, mit dem kalten Wutanfall eines wilden Tiers und ohne

irgendwelche moralische Skrupel zu empfinden, weil er ein Mensch war.
Ich war fast sicher, dass Gott nur einen Teil der Menschen erschaffen hatte (obwohl die Gemeinschaft »Wort des Glaubens«, die ich an der Universität besuchte, glaubte, es wären alle); es war völlig klar, dass es Arten gab, die man den unklaren Gruppen der Hominiden zuzählen konnte, die keine höhere Ebene der Entfaltung erreicht hatten (dass sie die Technik benutzten und sogar lesen konnten, sagte noch gar nichts), und es war wenigstens interessant zu beobachten, wie diese atavistischen Hominiden sich in Politiker und Spitzen des Showbusiness verwandelten und einen Idealismus deklarierten, von dem sie keinen blassen Schimmer hatten. (Im Normalfall waren sie überzeugt, es handle sich dabei um eine Auswahl bürokratischer Regeln oder Formen modifizierter Gesetze, die einem die Möglichkeit verschafften, sich nicht an das Gesetz zu halten, und Platon kannten sie normalerweise als die Person, die über Atlantis geschrieben hatte, und das im besten Fall, für viele hing Plato mit Platin zusammen, und damit hatte es sich.)
An der Uni war ich natürlich nur ein eigensinniger Tölpel, und ich hatte keine Argumente, die die Theorie stützten, dass Gott alle Menschen erschaffen habe (ebenso wenig wie die Hoffnung, eines der von ihm geschaffenen Wunder sei ich selbst). Dafür schwieg ich während der Versammlungen der Gruppe nur mürrisch, und als alle anderen – nachdem sie absalutiert und alle freudigen Losungen, die den Glauben wie einen Haschischrausch aufrecht hielten, hinaus-

geschrien hatten (»Alleluja!«, »Hosanna!«, »Amen!« ...) – auseinandergingen, ging ich gebückt zur Obushaltestelle und dachte über Mamas Überzeugung nach, die Sowjetordnung sei Volksherrschaft plus Elektrifizierung. Auch nach der Unabhängigkeit hatte sich nicht sehr viel geändert, im Wohnheim hatte uns der Freund der Zimmerkollegin einen illegalen Heizkörper installiert, der Strom fraß wie der Teufel die Seelen der Sünder – es gab sie also noch, die wunderbare Elektrifizierung und das frierende Volk, kein Grund, sich zu wundern.

Da ich in einer Familie aufwuchs, in der niemand allzu viel jubelte (Großmutter beklagte sich immer über das schwere Leben und die verwöhnten Kinder, die die Rüben nicht jäten wollten, und Vater weinte öfter als er lachte, und auch deswegen, weil das Leben schwer war), langweilte mich das pathetische Glück der Gläubigen bald, es war so einförmig, sogar schreckliche Vorkommnisse erzählten sie immer exaltiert (zum Beispiel trafen sie auf dem Platz einen Drogensüchtigen, der Entzugserscheinungen hatte, und führten ihn auf den Weg der Wahrheit, und danach gaben sie ihm zehn Litas für eine letzte Dosis). Und dass irgendeiner geweint und bekannt hätte, er habe sich, unter Missachtung des Einflusses des religiösen Haschisch, versündigt, und sehr schmählich, dass er verführt sei und verachtet und nicht mehr jubeln könne, denn die Freude sei ihm wie eine Fischgräte im Hals stecken geblieben – ich fürchte, das hätte alles verdorben, die Landschaft des intimen Paradieses besudelt, vielleicht sogar den Samen des Unglaubens an die Vorsehung in die Herzen der Gruppenmitglieder gesät.

Einige aktive Mitglieder, die mich in den Labyrinthen der Uni bedrängten, erkundigten sich, wo ich verloren gegangen sei, man habe mir ja bereits den ständigen Mitgliedsausweis ausgestellt! Warum käme ich weder in die Gruppe noch in die gemeinsamen Versammlungen – die Armen, sie fühlten sich verpflichtet, die Welt zu retten und die Herde der Geretteten zu vergrößern, daher bereitete ihnen jedes verirrte Schaf Unruhe, wie einem Hirten, der für die kleiner gewordene Herde verprügelt wurde. Zum Glück gab es auch tolerantere Gläubige – sie geboten den Mädchen, mich nicht mehr anzugreifen, offenbar begriffen sie, dass einige Schafe allein in den Steinen herumklettern mussten. Und wenn sie dazu nicht mehr die Kraft hatten (zum Beispiel, weil sie zu hoch hinaufgestiegen waren und sich das Bein brachen), so würden sie sich mit ihrem Schicksal abfinden und vielleicht sogar den Hirten zu sehen kriegen, der käme, um diese Ungläubigen zu holen. Doch das war natürlich schon eine rosige Fantasie; denkt an die anderen Schafe, die fügsameren – sie werden doch schrecklich wütend sein!
Die Blätter der Apfelblüten fielen und fielen, es war unmöglich, mit dem Kinderwagen zu fahren, richtiger Mittwinter, und rundherum wimmelte es von Schneemännern, sie prügelten sich mit Knöchelchen, es war, als spielten sie mit ihren ausgefallenen Augen.
Ich fand es schön, dass ich diesen unseligen Krasnucha so zurückließ: zugeschneit mit warmem Sommerschnee, eine rote Armee, die von der weißen besiegt wurde; als nämlich Lūgnė zur Welt kam, beschloss der Mann, seine Junggesellenwohnung werde für uns

drei zu klein sein und kaufte den Anteil eines Holzhauses am Rand von Antakalnis[42]. Als er berichtete, das Haus habe einen Hof, dachte ich zuerst, die Blütenblätter würden jetzt nur auf mich und Teilhard de Chardin fallen, und sollte irgendein Darwinist einen Groschen hinstrecken, so würde ich ihn mit den Augen eines Wesens ansehen, das nicht weit vom Punkt Omega entfernt stand, voll Ruhe und Freude.

Als ich nach Antakalnis gezogen war, gingen die Darwinisten nicht auf uns los; nur am Zaunpfahl blieb gleich die neugierige Nachbarin hängen – ein älteres, stämmiges Weibsbild mit einem nach russischer Art gebundenen Kopftuch. Da ich nicht verstand, in welcher Sprache sie redete, musste ich ihr unhöflich scheinen, vielleicht sogar arrogant, und als ich einen Stein nach den Hühnern warf, die sich durch einen Zwischenraum des Tores in den Hof gedrängt hatten und das kaum hervorgesprossene Gras aufscharrten, da warf sie den Oberkörper zurück, wahrscheinlich waren es ihre Hühner, ich sah einen kleinen prähistorischen Stall, unten, beim Weg. Danach fiel mir ein, dass ich dieses ungestüme *h* in Tschornomaisk bei den dort lebenden Weißrussen gehört hatte, doch die Nachbarin – sie hieß Olesia – versicherte stolz, eine Polin aus Lida[43] zu sein, und ich würde grundlos ihre Hühner schlagen, diese unschuldigen Geschöpfe, die nur eine Lebensfreude seien, was denn sonst.

42 Vornehmer Stadtteil von Vilnius.

43 Stadt im Westen Weißrusslands, 40 Kilometer von der litauischen Grenze entfernt.

Der Mann wurde wütend, als er die Hühner sah, und begann sofort, das Tor zu reparieren, damit diese Bestien nicht mehr eindringen könnten, doch die Hühner liefen trotzdem herum und hinterließen ihre erfreulichen Spuren überall, wo es ihnen beliebte, doch besonders beim Tor; ich begann sogar, mich umzusehen, meist abends, wenn es dunkel wurde, ob nicht irgendwo ein Ungeheuer zu sehen wäre, das die Hühner erwürgte, vielleicht huschte ja eines vorbei, ich hätte es gebeten, für den Anfang drei zu erwürgen; doch es kam nur ein trauriger Penner vorbei, der am Rücken einen Sack voll leerer Flaschen schleppte, und er schlotterte so vor Schwäche, dass der Sack zusammen mit ihm wie eine gläserne Pagode klingelte –, es hatte nicht den Anschein, dass er imstande gewesen wäre, sich an ein so heimtückisches Wesen wie ein Huhn heranzuschleichen und es ohne Lärm und einen Ohnmachtsanfall auszurotten.
Und danach kam auf dem kleinen Weg vom Wäldchen, das sich hinter dem unförmigen Gebäude des ehemaligen Technikums und jetzigen Kollegiums verbarg, eine so majestätische Prozession herunter, dass es mir die Sprache verschlug; auf dem Asphalt schritt würdevoll ein Ziegenbock mit Hörnern, die aussahen wie ein schrecklicher Kleiderständer, hinter ihm trippelten drei Ziegen her und kamen zwei Zicklein angetanzt, und ganz am Ende, wie ein armseliges Anhängsel, zeigte sich ein kleines, dürres, altes Männlein mit einem nicht sehr sauberen Regenmantel, der ihm bis zu den Fersen reichte, und trieb die Ziegen mit einer langen Gerte an, die an den Stab des Moses erinnerte. Als er mitten am Weg stehen blieb, zeigte

er auf mich, ob freundlich oder böse, war nicht zu verstehen, er zog ein Fläschchen aus der Hosentasche, trank aus, was dort noch geblieben war, und warf die Flasche auf den Gehsteig – naja, als Gehsteig konnte man diesen Ort nicht gut bezeichnen, es gab keine Platten darauf, dafür wuchsen Schöllkraut und Disteln, lag Abfall herum – meist Flaschen und Zigarettenpackungen – und gedieh sogar ein schäbiger Fliederstrauch. Ich lief hin, um zu sehen, wohin sie gingen; die Ahnung hatte mich nicht getrogen, sie zogen zu dem prähistorischen Stall hinunter. Gewöhnt an den geschäftigen Krasnucha, bekam ich von dieser Konfrontation mit der Tierhaltung, noch dazu direkt im Stadtzentrum, ein panikähnliches Gefühl. Was hielten sie denn dort noch, außer Hühnern und Ziegen? Irgendeinen Esel oder einen Zwergelefanten? Was wäre, wenn sie einen Spaziergang machten und vor unserem Tor stehen blieben?

Ich ging durch die leeren Zimmer.

Wenn ich den Raum wechselte, träumte ich oft von den Häusern, in denen ich gewohnt hatte. Im Traum wurden die ehemaligen Häuser kleiner und zogen sich zusammen, und die künftigen erträumte ich mir jedes Mal geräumiger und größer. Und das löste keine Freude aus, sondern Verwunderung und sogar Angst – jedes Zimmer musste doch ein Leben sein, wie sollte ich diesen Zimmern das zugestehen? Sie waren alle leer, ohne Gegenstände und Möbel, nur die Sonne funkelte an der Wand und der Wind zerzauste die Schatten wie Vorhänge, durch das Fester sah ich auch noch den Hof, unten, so groß, dass sich Platz fände, alle ersehnten Blumen zu pflanzen, später sah ich einen Wiesenstreifen wie ein Grenze …

… und noch einen windschiefen Abort, schreckliche Beete mit irgendeinem Futtergemüse, bunte und helle Wäsche auf einer Schnur und, hol's der Teufel, einen kleinen Weg mit weißlichem Hühnerdreck, doch die Hühner waren nicht zu sehen; Unruhe überkam mich, und ich erwachte.

Ich lag auf dem nicht abgeräumten Sofa, daneben schlief Lūgnė in einem geflochtenen Korb, die Sonne schien auf den Kaminsims, aus der Küche begann der Kaffee zu duften, und langsam beruhigte ich mich.

2

Die Schwester hatte vermutlich gar nie bemerkt, dass jedes Mal, nachdem sie weggefahren war, eine von den Blumen einging, die gepflanzt worden waren, als sie noch darauf aus war, unserem Zuhause eine neue Ordnung zu verpassen und es zu modernisieren.

Als Erste gingen die weißen Lilien ein; der gierige Giersch, der den Garten überwucherte, schien sie richtiggehend aufzufressen. Als die Schwester ihr Studium beendet hatte und in den Sommern nicht mehr nach Hause kam, degenerierten die Tulpen und verkamen die Pfingstrosen, und gerade jetzt, als sie die schnatternde Lūgnė ins Auto setzten – den ganzen Tag musste ich sie auf den Schrank hinauf und wieder herunterheben, das gefiel ihr unheimlich, sie kreischte geradezu vor Freude –, wollte ich die Schwester am Ärmel zupfen und ihr den vertrockneten »Aschenschuh« zeigen – so nannten wir eine unbekannte Blume mit dem langen Stiel einer Hellebarde, der eine blaue Blütentraube schaukelte, die aussah wie mit einem Goldfaden zusammengebundene Schühchen.

Doch ich hielt mich zurück, und Gott sei Dank, denn die Schwester wäre noch böse geworden. »Faulpelze, Hohlköpfe! Könnt ihr die Blumen nicht mehr ausjäten!«, hätte sie gesagt und losgeprustet bei der Rechtfertigung, dass wir es wirklich nicht schafften; für Vater waren nur solche Blumen gut, die von selbst wuchsen und für sich selbst sorgten, und mich erschreckten die Blumen, ihre Fragilität und Traurigkeit, ihr samtener Blick, der zum Ausdruck brachte, wie kurz die Freude war.

Ich sah, wie die Schwester flüchtig auf die Zementplatten des kleinen Weges blickte, durch deren Fugen schon der Vogelknöterich spross, auf die eingehenden Sträucher schwarzer Johannisbeeren, auf die kleinen, mit grünen Flechten überzogenen Zweige und auf den gefräßigen Giersch, der den Garten überwuchs, doch der Zorn blitzte nur einmal in ihren Augen auf – als sie durch den lebenden Zaun die direkt am Haus zusammengezimmerte neue Hütte erblickte, nicht weiter als zehn, fünfzehn Schritte vom Brunnen entfernt. Ich wagte es nicht, ihr zu sagen, dass das Vaters Einfall gewesen war – hinter den Garten zu gehen, schien ihm zu weit, so hatte er sich die Annehmlichkeit fast zu Hause eingerichtet, wie ein träger Städter – man ging nur die Stiege hinunter, und bitte schön.

Ich wusste es, alles hatte sich sehr verändert und war verkommen.

Ein Scheißhaus gegenüber der Haustür – ein richtiger Hohn.

Doch mich kränkte das nicht. Gestank konnte ich ertragen. Blumen ertrug ich nicht. Und als die Knospen der Pfingstrosen, kaum hatten sie angesetzt, zu vertrocknen begannen, schnitt ich die Stängel ganz an den Wurzeln ab und stapelte sie beim Abort; den ganzen Tag, bis zum späten Abend, hielt sich in der Luft der bittere und traurige Geruch der vertrocknenden Blumen. Ein solcher könnte auch schweben, wenn die Seele entweicht. Wie ein wehmütiger Abschied vom Körper, der zerfiel, den Mund öffnete, sich weitete und versuchte, Wurzeln zu schlagen und sich in den Boden einzugraben, doch er würde nicht

anwachsen – ihn erwartete das Schicksal der weißen Lilien.
Ich verabschiedete mich von der Schwester, und mir schien, sie empfand sogleich eine Erleichterung. Als sie von hier wegfuhr – einige Male winkte auch Vater, fast nüchtern, und ich spürte, auch das trug zur guten Stimmung der Schwester bei –, kehrte ich ruhig ins Hausinnere zurück und zuckte direkt zusammen, als ich das auf dem Tisch zurückgebliebene Spielzeug von Lūgnė – einen Plüschfrosch – sah, und die Tassen, aus denen wir eben Kaffee getrunken hatten, den Teller mit den kalt gewordenen Würstchen und den verschütteten Zucker.
Als Vater hereinkam, begann er über die Wiesen zu sprechen – er habe diese drei Hektar irgendeiner Lionė für einen geringen Betrag überlassen, er hatte wohl im Sinn, Holz zu kaufen und im Garten eine Laube zu zimmern (die Schwester prustete wieder los – hat er etwas zum Zimmern gefunden, besser sollte er das undichte Hausdach ausbessern!), ich sagte nichts und duckte mich nur ganz zusammen, und Vater war beleidigt, weil ich seinen Traum nicht unterstützte: Er werde mit der ganzen Familie in der Laube sitzen, zu Mariae Himmelfahrt trinken und singen, das wäre doch schön! Ich begriff – das hatte er sich ausgedacht, als er zu den Nachbarn hinüberblickte, deren große Verwandtschaft am Kirchweihfest, wenn nur das Wetter gut war, immer draußen beim Tisch zusammensaß und bis in die Dunkelheit Lärm machte.
Mir kam das so blöd vor, dass ich kein einziges Wort sagte. Ich wandte mich vom Tisch ab und ging weg, um mich ins Bett zu legen; um die Unordnung küm-

merte ich mich nicht. Nur Lūgnės Frosch steckte ich in den Schrank. Damit er mich nicht mehr an den Abschied erinnerte.
Vater war enttäuscht – ich sah es ihm an den Augen an. O Gott, manchmal war er wirklich wie ein Kind – vielleicht sagte er deswegen nichts, als ich nach einigen Tagen erklärte, ich werde ins Krankenhaus fahren. Er hatte sich an diese Fahrereien gewöhnt, obwohl er anfangs jedes Mal dachte, dass sie mich ganz gesund machen müssten und ihm die neuen Besuche eine Enttäuschung verursachten. Niemals hatte er mit mir über die Krankheit gesprochen; wahrscheinlich deswegen, weil er sie nicht für eine Krankheit hielt. Eher für eine Laune. Deswegen war es für ihn immer eigenartig, dass sie auch noch behandelt wurde wie ein Magengeschwür, Grippe, Ruhr und andere normale Krankheiten.
Ich kam erst nach Mariae Himmelfahrt zurück, und das Erste, was ich erblickte, war eine große gelb gestrichene Laube im Garten, aus Brettern zusammengenagelt, mit einem kleinen Tor auf der Seite und einem groben runden Tisch, unter dem eine Katze herumscharrte, um im Sand ihre Schätze zu verstecken. In der Laube saß Vater, er hatte eine Flasche lettischen Brandy vor sich stehen. Als ich erfuhr, dass die Schwester nicht gekommen war – Lūgnė war krank geworden –, nickte ich nur mit dem Kopf. So viel also von der ganzen Verwandtschaft, und so viel vom Kirchweihfest! »Da sitze ich allein wie ein Esel«, sagte Vater mit Tränen in den Augen, und in seiner Stimme klang ein unbeschreiblicher Schmerz, er warf mir einen scheelen Blick zu und grämte sich noch mehr,

denn ich pflichtete ihm bei, ich jammerte nicht, sondern stand nur da wie ein Klotz, anstatt mich neben ihn zu setzen und zu trinken wie ein Mensch.
Ich ging durch das ganze Haus; aus dem Kasten fielen die Klumpen schmutziger Wäsche fast heraus, ich dachte, an einem der kommenden Tage müsste ich die Sauna heizen und waschen. Danach stellte ich Tee auf. In dem alten Kühlschrank, den uns eine der wohltätigen Frauen überlassen hatte, gluckste eine Pfütze kalten Wassers, darin war eine Packung Würstchen eingeweicht, und unten, auf dem trockeneren Regal, erblickte ich eine Dose billiger Margarine, ein Stück gelben Käses und ein offenes Glas Sauerrahm – seine Oberfläche war gelb geworden. Es stand also gar nicht so schlecht. Im Vorhaus sah ich einen Bastkorb frisch geernteter Kartoffeln und einen riesigen Zucchini auf der Bank. Ich beruhigte mich – es drohte keine Hungersnot.
Doch nicht vor der Hungersnot hatte ich Angst.
Die Hungersnot lachte nur über eine solche Beruhigung, ich hörte richtiggehend das Kichern, das heimtückische Kichern eines schwachsinnigen Alten.
In der Nacht, als der kalte Augustregen mit einem Windstoß ans Fensterglas schlug, wachte ich in der Dunkelheit mit Herzklopfen auf, als hätte mir jemand einen Schlag versetzt. Ich kauerte mich zusammen und sehnte mich danach, dass mich die Wärme des Bettzeugs wie eine angenehme Schale umgäbe und schütze, doch der Wind draußen heulte, trist plätscherte der Regen, die Schale bog sich und platzte vom Schlag der Nacht, und ich musste aufstehen und eine Tablette schlucken, um wieder einschlafen zu

können, und der Schlaf schien mir wie ein weiterer Schlag direkt auf den Kopf, ein präziser, der die Nerven verband, die den erstarrten Körper aus dem Halbschlaf rissen.
Der Morgen begann kalt und nass, der Kamin der Sauna zog nicht, und bis ich eingeheizt hatte, war es Mittag geworden; da ich kein Waschpulver fand, rieb ich mit der schwarz gewordenen Rübenraspel ein halbes Stück Waschseife und weichte die Schmutzwäsche in der Badewanne ein. Es geriet auch ein alter Hausschuh mit abgenutzter Sohle hinein, ich schleuderte ihn unter die Saunabank – er polterte an ein verrostetes Gefäß, ich zuckte direkt zusammen.
Am Nachmittag hellte es auf, die Sonne schien, dunkelgelb und unheimlich.
Als Vater mit dem Rad nach Hause kam, flatterte im Garten zwischen den Apfelbäumen die Wäsche – als er versuchte, die Sense auf einen Zweig zu hängen, hätte er sich beinahe in einem Bettüberzug verwickelt, der im Sonnenlicht hoffnungslos schmutzig aussah, und sagte zornig: »Verdammter Lumpen!« Und er blickte mich noch scheel an – vielleicht gefiel es ihm nicht, dass ich Wäsche wusch. Ich habe Vater niemals waschen gesehen. Nicht einmal Socken. Früher hatten das immer Großmutter und die Schwester erledigt, und danach hing alles von meiner Gnade ab. Nachdem auf dem Land Läden für Gebrauchtkleidung eröffnet worden war, hatte Vater überhaupt aufgehört, sich für das Schicksal der Wäsche zu interessieren – wenn sie schmutzig war, warf er sie einfach weg, er schleuderte sie hin, wo es ihm gerade einfiel, und kaufte für einen Litas neue.

Die Kleidungsstücke, die ganz abgetragen und schrecklich aussahen, legte ich, anstatt sie zu waschen, auf einen Haufen hinter den Schrank; als sich bei uns eine halbwilde Katze einnistete, warf sie in diesem Haufen ihre Jungen, und mir verschlug es die Sprache, denn ich glaubte, die Fetzen wären lebendig geworden und hätten angefangen herumzukriechen und mit schaurigen Stimmen zu miauen.
Ich trug den wimmelnden Haufen hinauf in den Dachboden in das grüne Zimmer, denn im braunen lebte ich selbst, doch die Katze wickelte die Kätzchen aus den Fetzen und schleppte sie die Stiegen hinunter – in die Scheune, sagte Vater – und ließ mich von da an nicht mehr an sich heran, sie fauchte, sie scharrte eine Grube aus, doch vergeblich, denn ein Kater, der sich herverirrt hatte, biss die Kätzchen tot, und die Katze verließ das Haus genau so, wie sie gekommen war, und niemand vermisste sie. Und wenn ich an Großmutter dachte, die gehofft hatte, ein Haus voller Freude und Kinderstimmen zu errichten, schnürte es mir das Herz zusammen – in diesem Haus war nicht einmal Platz für Kätzchen.
Ende November ging ich zur Ärztin – ich bat sie, mir stärkere Medikamente zu verschreiben, denn nachts konnte ich wieder nicht einschlafen; irgendetwas schüttelte mich ständig und hob mich auf, befahl mir, zu gehen, ich weiß nicht wohin, draußen herrschte eine solche Dunkelheit, dass ich ständig an sie anstieß, und dann überkam mich eine noch größere Unruhe, manchmal ging ich die Schwester abholen, auf der Landstraße nach Osten, obwohl ich wusste, dass sie auf diesem Weg nie mehr kommen würde.

Die Ärztin maß meinen Blutdruck, wiegte ihren Kopf und fragte, wann ich zum letzten Mal im Krankenhaus war. Ich sagte ihr, vor drei Monaten. Über ihre Augen huschte Entsetzen oder vielleicht Verwunderung, sie erinnerte mich an Vater, der nie begriff, wieso ich, nachdem ich einen Monat lang im Bett herumgelegen und täglich mit Medikamenten gefüttert worden war, noch zu sagen wagte, irgendetwas sei nicht gut.
Auch zu ihr sagte ich das nicht – ich nahm das Rezept und ging nach Hause.
Seit vorigem Jahr bekam Vater eine Rente, jetzt hatte er also eine ständige Geldquelle, eine lächerlich schwache natürlich im Vergleich mit dem Durchschnittsgehalt – aus Freude darüber, dass die heilige »Alma Mater«-Quelle wieder lebendig war, soff er schon den ganzen Monat auf das Konto der nächsten Pension. Um die Wahrheit zu sagen, es war vielleicht auch besser so, denn solange er nüchtern war, schaute er ständig mexikanische Serien, und weil er schon schlecht zu hören begann, drehte er den Fernseher fast voll auf, um nicht irgendeine unglaublich wichtige Phrase von José Alberto zu versäumen, und ich wusste nicht, wohin mit mir; jetzt schlief er, gelegentlich ächzend, stinkend und zottig, und es war nicht klar, in welcher Lade seines Gedächtnisses sich all diese Phrasen verfestigt hatten und ob sie nicht zum blödesten Zeitpunkt herausfielen, wenn er das gar nicht erwartete.
Und wenn ich morgens, geweckt von Gejammer, aufwachte und ein Bruchstück der Phrase hörte, die mit dem Namen Maria endete, dann fiel mir ein, dass Vater schon begonnen hatte, mexikanische Zitate zu

verstreuen, ich versuchte einzunicken, vermochte es aber nicht mehr, ich ging zur Nachbarin, und die kam, schrie »Jesusmaria!« und holte die Rettung. Bis ich Vater einigermaßen in Ordnung gebracht hatte und bis wir die Rettungsärztin überredet hatten, ihn mitzunehmen – sie wand sich wie ein Wurm: Vater habe keine Krankenversicherung –, hellte sich der Tag auf, und ich begriff, dass ich noch im leeren Haus war, ich öffnete den Schrank, daraus fiel ein Klumpen Schmutzwäsche, und der erste Gedanke, der mir in den Sinn kam, war: Ich muss waschen. Vater wird im Krankenhaus saubere Kleidung brauchen.
Die Nachbarin sagte, zuerst sei es nötig, zur Krankenkasse zu fahren und die Dokumente in Ordnung zu bringen. Irgendwie schien mir das weniger wichtig als zu waschen. Doch ich fügte mich. Ich setzte mich in den alten Passat, und der Mann der Nachbarin brachte mich zur Kreisverwaltung und half mir, alles zu erledigen.
Als ich zurückkam, fühlte ich mich so müde, dass ich mich hinlegte und bis Mitternacht schlief. Danach ging ich drei oder vier Mal durch den Garten und versank dabei in der lehmigen Erde – der beginnende Dezember war kalt wie selten und feucht, einige Löwenzahnblätter grünten noch, und sogar etliche Unkrautpflanzen im Brachland waren noch scharf und bitter, ich spürte ihren Geruch – danach heizte ich in der Küche den Herd ein und schaute lange ins Feuer, bis es erlosch, ich aß überhaupt nichts – schon eine Woche lang blieb mir das Essen im Hals stecken –, ich trank nur den wer weiß wie oft aufgegossenen Dosttee. Ohne Zucker. Die Süße bedeutete nichts

mehr. Der Geschmack auch nicht. Nur das Gefühl der Kälte löste noch einen unangenehmen Schauer aus – die Wärme war mir noch lieber als eine tödliche Berührung.

Als es tagte, begann ich zu waschen und vergaß das alles. Ich hängte die Wäsche an den Zweigen auf, und als die Nachbarin gelaufen kam und mir zurief, »Warum läufst du im Winter barfuß herum?«, blickte ich sie nur verwundert an. »Kind, wenn du doch etwas Warmes essen würdest!«, sagte sie, doch ich schüttelte den Kopf, denn ich hatte noch viel Arbeit, und die musste zu Ende geführt werden. Als die frühe Dämmerung angeschlichen kam, ging ich ins Haus zurück und setzte mich aufs Bett, ich spürte, wie meine Füße langsam auftauten, und das gefiel mir nicht. Ich wollte sie spüren. Ich zog kalte Socken an – vielleicht würde das helfen. Es half nicht. Ich zog einen aus und warf ihn zur Seite. Ich begann, durch die Zimmer zu gehen; hier hatte anstelle der Tür früher der Schrank gestanden, Großmutter pflegte darin ihre Medikamente, die Pension und die Kopftücher zum Fortgehen aufzubewahren, und hier hatte sie geschlafen – ich berührte den Berg Bettwäsche, der nach Erde roch. Und dort, am Fenster, hatte das Bett der Schwester gestanden, jetzt ragte dort ein Schrank auf, der das Sonnenlicht verstellte, nur ein Verrückter konnte den Kasten so aufstellen. Die Küche kannte ich nur, wie sie sich abschälte – ich hatte doch diesen ekelhaften Kleber von der Wand abgekratzt und kleine Bretter angenagelt, sie wurden bald schwarz von Dunst und Qualm – und hinter der Küche war mein Zimmerchen, in dem in der Kindheit die sonnigen

Schatten funkelten, und schlussendlich die Stube mit den gebogenen Kartonwänden und der schrecklichen Kredenz aus der Sowjetzeit, und danach wieder Bettzeug, das nach Erde riecht … mir schien, ich sollte das Licht einschalten, vielleicht würde ich dann jemanden antreffen, er käme nicht dazu, rechtzeitig vor mir ins Dunkel zu fliehen – zum Beispiel die Schwester, die sich vor dem Spiegel reckt und streckt: Sie hatte sich von einer Klassenkollegin Jeans ausgeliehen für den Tanzabend, und wenn die auch ein wenig spannten, war sie doch so glücklich, dass sie richtig strahlte. Ich selbst fing vor Glück beinahe zu strahlen an, doch ich war wie vor den Kopf gestoßen, dass ich weder in dem einen noch indem anderen Zimmer jemanden antraf. Ich stieg sogar in den Keller hinunter und schaltete dort das Licht ein, doch auf meinen Fuß sprang nur eine erschrockene Maus, auf den Fuß, der mit dem Socken bedeckt war, so spürte ich nicht einmal die Maus.

Nachdem ich einige Male hintereinander durch das Haus gegangen war – durch das ganze, hinkend vor Hoffnungslosigkeit –, fiel mir ein, dass ich auch auf den Dachboden hinaufsteigen sollte, ich war sicher, dass sich dort alles klären würde.

Ein Problem – im Dachboden war das Licht ausgeschaltet; ich dachte, es wäre wohl besser, den Morgen abzuwarten – Herrgott, doch was würde ich denn bis zum Morgen tun, wohin mit so viel schrecklicher Zeit! Auf den knarrenden Stufen kletterte ich hoch, tastete blind herum, danach erinnerte ich mich, dass am Rauchfang auf der Wand die kleine Laterne hing, Vaters »Batterie«; der Strahl kroch die Wände des braunen Zimmers herunter, ich zuckte zusammen, als ich mein Lager sah, so verwahrlost und öde, dass ich niemanden mehr suchen wollte. Ich hängte die Taschenlampe zurück und öffnete die Tür des grünen Zimmers ein wenig.

Im völligen Dunkel sah ich über dem Fenster einen starken Nagel hervorstehen und von ihm die Wäscheschnur herunterhängen. Da schau her, das hatte ich ganz vergessen – hier kann man die Wäsche trocknen, so hat es die Schwester früher immer gemacht!

Die Schwester … einst … wann?

Was für ein Tag war heute?

Nein, es würde nichts geschehen. Heute war Sonntag.

Ich knüpfte die Schnur zu einer Schlinge und erstarrte für einen Augenblick: Kommt wirklich niemand?

Niemand?

Niemand.

Ich band mir die Schlinge um den Hals, schaute zum Fenster hinaus – keine einzige Wuhne, nur schwarzes Dunkel – und ich setzte mich hin, denn ich war müde und wollte schlafen.

Nur mein Körper erreichte das Lager nicht mehr.

Er blieb irgendwo auf halbem Weg hängen – ich hatte noch Zeit, daran zu denken, dass ich das umsonst gemacht hatte, dass ich zurückkehren sollte, hinuntersteigen, auf der Stiege, hinunter, und so schnell als möglich – doch diesmal war jemand anderer schneller als ich.

Im letzten Augenblick, als ein schreckliches Gefühl den Körper zusammenpresste, begriff ich, dass ich niemals mehr in die Zeit zurückkehren würde, die mir gegeben war; wie ein einsamer Schoner in völliger

Windstille entfernte sie sich auf unbegreifliche Weise von mir – nein, nicht sie, sondern ich entfernte mich vom Ufer, löste mich auf in den Weiten des Ozeans, im endlosen Raum, vor dem ich so große Angst gehabt hatte.

3

Dort ist nichts mehr geblieben, gar nichts, in fünfzehn Jahren ist alles verrottet, ihr könnt ihn ruhig begraben – der Bürgermeister wies würdevoll auf Großmutters Grab, als wäre er eine allmächtige Instanz, von der das Schicksal der Verstorbenen abhänge, und mir kam der schreckliche Gedanke, dass Großmutters eiserne Zahnprothese nicht verrotten konnte, sich jetzt irgendwo versteckt hielt und darauf wartete, zuzubeißen.

Die ganze Nacht konnte ich nicht einschlafen – in dem alten Haus war es tödlich still, und ich wartete umsonst, dass mir der Geist des verstorbenen Bruders ins Gesicht atmete; doch der konnte wohl den Körper noch nicht verlassen, der im Kühlschrank der Kreisverwaltung lag – erst am nächsten Tag, in der Früh, sollte die Friedhofsverwaltung ihn in die Aufbahrungshalle des Dorfes fahren. Ach, war es nicht dumm, zu denken, die Verstorbenen sollten noch am Tag ihres Begräbnisses mit den Lebenden kokettieren – ihnen ins Gesicht atmen, geheimnisvolle Zeichen geben, zum Teufel noch mal, und sie am Rockschoß zupfen und zeigen, dass sie sie nicht so einfach verlassen, spuken und im Traum erscheinen, makaber und mystisch. Nein, die Verstorbenen kümmern solche Dinge nicht, man soll sich keine Illusionen machen.

Beißende Nässe und tödliches Schweigen – sogar der Wind versteckte sich, ein trauerndes Sausen, das eine passende Begräbnisstimmung hervorrief, das Dorf schien wie ausgestorben, vielleicht deswegen, weil es erst neun Uhr morgens war, da sperrte die

Verkäuferin die Tür des Ladens auf, dieselbe über die ich mich so gefreut hatte, als ich aus Tschornomaisk zurückgekommen war (keine Kette an der Tür!), »weißt du was, Lūgnė, gehen wir Kerzen kaufen, wir werden sie brauchen, und wenn welche übrig bleiben, schenken wir sie der Kirche.«
Die Verkäuferin schaute uns an mit dem Blick des Schwarzen Mai und gibt uns eine Schachtel mit weißen Paraffin-Eiszapfen.
Der Mann und der Sohn saßen im kleinen Zimmer der Aufbahrungshalle, der Kleine hielt ein Keks, der Mann eine Tasse Kaffee; auch ich nahm mir eine Tasse, eine leere, und als das Auto der Friedhofsverwaltung lärmend stehen blieb, warf ich die Tasse auf den Boden und glotze erstarrt, wie sie am Boden dahinkollerte – würde der Henkel abbrechen oder nicht.
Was für ein Glück, dass mich niemand anschrie, denn ich wäre zur Tür hinausgegangen und hätte mich davongemacht, wer weiß wohin, obwohl ich wusste, dass das Unsinn war.
Ich ging in den Saal hinein, der Sarg war schon aufgestellt, und der Bruder lag da mit einem weißen Taschentuch in der Brusttasche des Sakkos, die Hände auf der Brust gefaltet mit gebrochenen Fingerknöcheln. Und ich fing an, mich selbst furchtbar zu verabscheuen – für das Warten auf die Geister. Und sie vergaßen uns wahrscheinlich, sobald sie den Körper verlassen hatten, sofort als Zeugen der Unfreiheit.
Ich hatte ein Foto vom Begräbnis, wo der Sarg des Bruders in der Kirche von allen Seiten von weißen Rauchschwaden umgeben war. Das einzige dieser

Art. Offenbar ein Fehler der Fotografin, denn die anderen waren normal. Ordentlich und klar – es war nicht schwer, das Eck des geschnitzten Beichtstuhls und die nackten Füße des heiligen Antonius zu erkennen. Nur dass man sich mit diesen normalen nicht zufrieden gab. Zum Trost griff ich immer zu dem mit dem Rauch, dem Fehlerhaften. Und wenn ich es den Kindern zeigte, sage ich, dass die verstorbene Verwandtschaft gekommen war, um ihr verlassenes Mitglied abzuholen.

Nicht in die Tiefen der Erde, wo sich die raubgierigen Zähne und die zerfallenden Knochen verstreuen, sondern in die Wolken, die die Erde vor dem Blick der Unendlichkeit schützten. Wahrscheinlich bedeutete auch der Wunsch »Das ewige Licht leuchte ihnen« die unsichtbare Seite der Wolken, die ständig von einem grellen Strahl erleuchtet war. Und »Lass sie ruhen in Frieden«, dass es aus diesen Wolken erst am Tag des Jüngsten Gerichts zu regnen anfangen würde, wenn Rauch und Wasser wieder einen Körper annehmen müssten, und wahrscheinlich nicht deswegen, dass der Schöpfer sie zu sehen bekäme – der Schöpfer hat das nicht nötig –, sondern dass wir einander wieder sehen und erkennen könnten.

Nur sagte ich das niemandem, denn ich bekam zu hören »Nichts ist mehr geblieben, gar nichts, alles ist verrottet«, Steputė stellte ein Körbchen neben den Sarg und wischte sich die Augen, ich sah den ergrauten Direktor des Kulturhauses (ich konnte es nicht glauben, dass er damals den Pėckas befohlen hatte, auf mich zu schießen, wenn auch nur mit der Attrappe eines Gewehrs), und eine zu spät gekommene Frau mit schrecklichem Gesicht, die ihre Nase zur Tür hereinsteckte und sofort verschwand, denn bei der Tür sprang Steputė herum, zerzaust wie eine Katze, und es hätte nicht viel gefehlt, und sie hätte auf diesen Eindringling mit ihrer viereckigen Handtasche eingeschlagen. Ich schlug den Vorhang des Saales zur Seite und blickte hinaus, auf den krummen Nacken einer Frau, und aus der Bewegung – sie warf ihr dünnes, zu einem Schnurende geflochtenes Haar stolz zurück – erkannte ich Elė.

»Verdammte Säuferin«, sagte Steputė. »Gerade vor dem Tod deines Bruders hat sie dem Armen zweihundert Litas abgenommen! Und der hat sie ihr gegeben! Er sagte: Nimm sie! Ich brauche sie nicht mehr!«

Ich blickte auf Elės Rücken – sie trottete am Rand des Asphalts dahin und trug einen fettigen Sommermantel – ich hoffte, dass sie sich umdrehen würde, dann hätte ich im Vorübergehen ihr Gesicht sehen können, doch sie blickte sich erst am Eck des Ladens um, und ich kam nicht dazu, mir ihre veränderten Züge einzuprägen.

Steputė zog mich am Ärmel und flüsterte, sie werde diese Säuferin beschimpfen, wenn sie sie treffe, und sie an den Haaren ziehen, diese Schlampe, doch als ich sagte, das sei nicht nötig, seufzte sie vorwurfsvoll auf. Irgendetwas begriff ich wohl nicht.

Auch beim Trauermahl, als am Tisch direkt neben dem Pfarrer zwei Frauen mit roter Nase auf die Stühle plumpsten und sofort zu den Gläsern griffen, hatte ich das Gefühl, nichts zu begreifen. Steputė blieb der Hering beinahe im Hals stecken – sie zeigte mit dem Finger auf sie, und als ich sagte, die Weiblein hätten sehr diensteifrig alle Essens- und Schnapsreste im kleinen Zimmer der Aufbahrungshalle weggebracht und wirkten überhaupt angenehm, völlig harmlos, da räusperte sich Steputė fürchterlich, weil sie eine Gräte verschluckt hatte, sie wurde ganz rot, zeigte nicht mehr mit den Fingern auf sie und sagte auch nichts mehr.

Man musste ja auch gar nichts sagen.

Es war still.

Ich sah den Bruder, wie er im Dunkeln saß mit der Schlinge um den Hals, ein Fuß barfuß, der andere im Socken, vielleicht war dem Fuß so wärmer, und seine großen abgeschürften Hände baumelten von der Seite herunter, nachdem sie sich endlich von der sinnlosen Arbeit gelöst hatten. Seine Medikamentenpackungen – einige fast voll – und Tonkassetten waren am Tisch zu einem Haufen gestapelt: »Sgt. Pepper's Lonely Hearts Club Band«, »Strawberry Fields«, »Octopus's Garden«, »Eleanor Rigby«, »Michelle« und alle anderen, die er so gerne gehört hatte. Ein Häufchen Briefe und Notizen – ich nahm sie mit, denn Vater wurde vom Krankenhaus nach Hause gebracht und saß am Tisch, die Augen auf den Salat geheftet, irgendwann hätte er sie in den Ofen geworfen, ohne darauf zu achten, dass das die letzten Worte des Sohnes waren, er hätte auch die »Ilias« verbrannt, denn die Bücher hatten für ihn von da an, als die mexikanischen Serien und andere Seifenopern aufkamen, plötzlich zu existieren aufgehört und waren nur mehr als Papier wichtig; die armselige Hausbibliothek leerte sich langsam, aber nach Plan, und als ich einmal die Schriften von Edgar Allan Poe mit barbarisch herausgerissenen Schlussseiten fand, hielt ich es nicht mehr aus und packte die Bücher in den Kofferraum des Autos, die einzuheizen unverzeihlich gewesen wäre: Oscar Wildes »Bildnis des Dorian Grey«, Gilbert Keith Chestertons »Pater Brown«, Boris Pasternaks »Doktor Schiwago« und die Schriften von Arthur Conan Doyle.

Wer weiß, ob Vater bemerkt hatte, dass ich die Bücher wegbrachte – die letzten lebenden Stimmen aus dem toten Haus. Am Sarg heulte er wie ein Kind, jetzt saß er ruhig da, und es schien geradezu, als würde er nachdenken. Ich hätte nicht verstanden, was er dachte und fühlte, ich würde seine stille Gleichgültigkeit gegenüber dem Schicksal seiner Kinder nicht vergessen, doch es gab nichts, was man ihm verzeihen konnte, er hatte in seinem Leben wirklich nichts Böses getan, vielleicht sollte man ihm nur danken, dass er uns nicht vor der Welt beschützt hatte, und all das, was geschah, war der natürliche Gang der Dinge, anders gesagt, die natürliche Auslese. Wie konnte ich ihn beschuldigen, wenn er selbst das Opfer dieser Auslese war. Sich als Opfer zu fühlen war gut, dann tat man sich selbst leid. Denn der Gedanke, dass man sein Leben selbst kaputt machte, war schrecklich und passte nicht zum Selbstmitleid.

Das Krankenhaus verschrieb Vater als Rentner eine Rehabilitation in einem abgelegenen südlitauischen Sanatorium für einen ganzen Monat mit Massagen und Medikamenten, und so wirkte er zufrieden, dass er ein solches Privileg erlangt hatte. Sein ehemaliger Arbeitgeber, bei dem Vater ohne Vertrag gearbeitet hatte – er baute, glaube ich, einen Stall –, hatte so viel Anstand, dass er versprach, ihn ins Sanatorium und wieder zurück zu bringen. Ein heimtückischer Typ mit Hitlerscheitel. Wäre nicht dieses Unglück passiert, so hätte Vater wohl kaum diese Gnade des Arbeitgebers erfahren; die Arbeiter, die nach einem mündlichen Vertrag arbeiteten, interessierten ihre Herren so viel wie die KZ-Kommandanten ihre Gefangenen. Wäre Vater, Gott behüte, vom Gerüst gestürzt, es hätte mich nicht gewundert, wenn der Kommandant der Arbeitsinspektion erklärt hätte, dass das romantische Männlein aufs Dach geklettert sei, weil es den Sonnenuntergang betrachten wollte, der Bau entstehe durch freiwillige Arbeit, und er selbst sei weder an irgendetwas schuld noch etwas schuldig.

Das Eigenartigste war, dass Vater selbst diese Gleichgültigkeit gegenüber seiner Gesundheit und seinem Leben als eine völlig verständliche Angelegenheit erschien, genauso wie die ständige Betreuung, nach der er sich sehnte. Als wären in der Umgebung, in der er aufgewachsen war, alle Begriffe durcheinandergekommen. Wenn ich daran denke, dass auch die Leidenschaft von verkommener Gleichgültigkeit nicht zu unterscheiden sein könnte, dann verurteile ich meine Mutter nicht, nicht jede Frau kann damit zurechtkommen, dass ihr der Mann nicht als ein Freund oder Führer gegeben ist, sondern als Kind, und noch dazu ein schreckliches, geistig und emotional zurückgeblieben, man muss darauf aufpassen und es in die richtige Richtung stoßen, ohne allzu große Hoffnung zu hegen, dass das gelingt, denn seine Neigungen sind von klein auf deformiert. Vor allem eine – die Neigung, nicht die Wahrheit zu sagen und die Wirk-

lichkeit nicht anzuerkennen. Und sich ständig selbst leidzutun, doch andere nicht die Bohne zu bemitleiden.
Nur wer weiß, ob das jetzt wichtig ist.
Die Lüge ist geschmeidig, vielleicht hilft sie sogar, dass das Leben nicht zusammenbricht, sie hebt es wie irgendein Unkraut aus dem Boden – was würde es bringen, wenn man sagte, die Barmherzigkeit vieler von uns beruhe auf der Meinung der Gesellschaft, dass wir geneigt sind, die Zurückgestoßenen und Unangepassten schön zu begraben und in Einzelzellen zu sperren, dass ein Großteil der Krankheiten auch für uns jetzt »Schrullen« sind, sei das nun der Schwachsinn oder die Trunksucht, Letztere ist doch nur eine Willensschwäche, und damit hat es sich. Reiß dich zusammen und trink nicht mehr! Geh vorwärts und schwenk die rote Fahne! Hörst du, Elė? Und du, Romas?!
»Nur ein Dummkopf kann über die Felder gehen«, hatte ich vor einem guten Jahrzehnt gesagt, als sich der Bruder beklagte, an welche Enden der Welt ihn die Unruhe trieb. Ich riet ihm, von zu Hause wegzufahren und sich eine Arbeit in der Stadt zu suchen. Der Bruder sagte, die Stadt gefiele ihm nicht, und außerdem tue ihm Vater leid, wenn er ihn verließe. »Und tust du Vater leid?«, fragte ich, und der Bruder gab keine Antwort, nur sein Gesicht verdüsterte sich völlig; jetzt begriff ich, dass das eine unschuldige Lüge war, die er sich erlaubte – die Stadt unterschied sich für ihn wohl nur schwerlich von den Feldern, auf denen er ging, wenn ihn die Melancholie heimsuchte, in der Stadt waren wirklich zu viele Menschen, und

ihm, der gewohnt war, mit großen Schritten auszuschreiten und mit den Händen zu winken als würde er die Sense schwingen, hätte das Schwierigkeiten gemacht; das Dunkel, an das er gestoßen wäre, hätte angefangen, mit den Stimmen verärgerter Passanten zu schreien, die Grenzpfähle der Weiden und die einsamen Kühe hingegen verhielten sich nie so.
In den letzten Jahren hatte er mich überhaupt nicht mehr gestört. Weder mit Briefen noch mit Anrufen. Er hatte wohl mitbekommen, dass er isoliert war.
Und erst Ende November, direkt vor seinem Tod (die Nachbarin fand ihn am Morgen des zwölften Dezember, als das ganze Haus grell erleuchtet war) war im Hörer eine gespenstische Stimme zu vernehmen – die eines Menschen, der vor Schmerz nicht mehr sprechen konnte, sondern sang –, ich hörte meinen Namen eigenartig ausgesprochen, und danach entstand eine Pause – vor dem Fernseher stritten die Kinder um ein Bonbon, das sie nicht teilen wollten, und als ich sie anschrie und danach den Hörer, war ein Stöhnen zu hören – das eines sehr erschrockenen Menschen –, es entstand eine Stille, und danach piepste das Signal.
Es hätte mich nicht verwundert, hätte er jetzt angerufen, wo die verschneiten traurigen Weihnachten schon vorbei waren, um das zu sagen, was er damals hatte sagen wollen. Nur hätte ich schwerlich die eigenartige Melodie seiner Stimme verstanden und er mich wohl kaum hören können, wenn ich in ähnlicher Weise antwortete. Wahrscheinlich hätte er den Hörer aufgelegt. Denn meine Stimme war eine Stimme von dieser Welt, und dort war sie unhörbar.

3

Er stand bei der Tür des grünen Zimmers, als wäre er eben hineingegangen, und sah mich traurig an. Als ich begriff, dass er schon kein Bewohner dieser Welt mehr war und ich die Gelegenheit hatte, mir klarzumachen, wohin die Seelen reisen, wurde ich furchtbar ungeduldig und spürte auch einen melodramatischen Schauer, und so fragte ich: »Wo bist du denn jetzt?« Und als er sagte »in Brasilien«, empfand ich eine Enttäuschung, die nicht einmal das Erwachen verscheuchen konnte.

Sieh mal einer an! In Brasilien!

Normalerweise glauben wir doch, die Verstorbenen würden den Aufenthaltsort ihrer Seelen etwas geheimnisvoller andeuten. Na, eine berühmte (und lebende!) Schriftstellerin erklärte, sie stamme vom Kentauren Alpha ab? Warum sollte ich ihr nicht glauben? Und warum sollte ich enttäuscht sein, wenn ich das Wort Brasilien höre? Was ist Brasilien? Ein Land? Eine Nationalität? Ein Karneval? Der Kreis des Fegefeuers? Die Regenwälder des Amazonas? Oder vielleicht ein Code-Wort? Wahrscheinlich ein Code-Wort, eine Chiffre, denn es fällt schwer, sich die traurige Seele des Bruders am Karneval von Rio oder im feuchten Dschungel des Amazonas vorzustellen; das sind zwei einander ausschließende Gegensätze, das die Augen blendende Getümmel der Zivilisation und die uranfängliche Grausamkeit der Natur, und er hat keines davon nötig, erst recht nicht nach dem Tod.

Nachdem ich die Kinder zur Schule gebracht hatte, kehrte ich zurück und setzte mich zum Manuskript;

vor dem Fenster schneite es ruhig, beim Transformator standen zwei Studenten des Technikums (dass ich dieses Gebäude als Kollegium bezeichne, dafür müsste es sich grundlegend ändern) und tranken Bier – am frühen Morgen, diese Nichtsnutze –, und den Zaun entlang trottete die Nachbarin vom oberen Stockwerk, Giorgetta, sie trug ihren grünen Nachttopf, wahrscheinlich würde sie ihn unter das Fenster von Olesa leeren, sie konnte sie wohl nicht ausstehen, die Gründe für den Hass waren alt und unvergesslich, und keine war gewillt, nachzugeben.
Giorgetta kehrte mit dem leeren Topf zurück und stieg auf den knarrenden Stiegen nach oben; danach sah ich Samanta mit geschwollenen Augen herbeieilen – sie erinnerte mich so an Elė, dass ich sie einmal, als sie herkam, um sich fünf Litas auszuborgen (»für die Milch, für ein bisschen Milch«), beinahe gefragt hätte, ob der schlecht verheilte und falsch zusammengenähte Bauch nicht mehr schmerze. Groß, hellhaarig, devot, mit einem fast sklavenhaften Gesichtsausdruck und der etwas schrillen, doch wohlklingenden Stimme eines Opfers.
Sie erinnerte mich an das amerikanische Mädchen, das in den Perestroika-Zeiten Gorbatschow einen Brief schrieb, daher konnte ich den Eindruck überhaupt nicht loswerden, dass in ihr bis jetzt eine kindliche Naivität lebte.
Oben heulte jemand auf.
Ich legte den Kugelschreiber weg und horchte. Sicher nicht Giorgettas Lebensgefährte – er schleppte sich um sieben brav in die Arbeit – und auch kein Hund – alle Hunde von Giorgetta waren krepiert oder toll-

wütig geworden, der letzte war ein Terrier, dem die Haare ausgefallen waren, schon eine Woche lang nagte er am Zaun, Schaum triefte ihm aus dem Maul, und danach verschwand er, vielleicht hatten ihn die Hundejäger mitgenommen, so blieb mir nichts anderes als zu denken, dass Giorgetta selbst jaulte. Warum, darüber wollte ich keine Vermutungen anstellen. Vielleicht aus Sehnsucht, vielleicht aus Zorn, oder vielleicht hatte der Terrier sie gebissen und Giorgetta war tollwütig geworden.

Mir wurde jämmerlich zumute.

Warum organisierten die Fernsehsender nie Wohltätigkeitsveranstaltungen zur Rettung von verrückten Menschen? Davon gab es doch viel mehr als von den Krebskranken. Offenbar fürchteten sich die Fernsehchefs vor den Tollwütigen – die könnten doch beißen, anstatt sich höflich zu bedanken und zu verbeugen – ein von der Chemotherapie geschwächter Patient hingegen würde das nie tun, er war gut.

An den Frühlingsabenden, als die jungen Lindenblätter austrieben und es bitter nach Katzenpisse roch, begannen im Hof der Psychiatrischen Klinik, hinter einem hohen Drahtzaun, die Patienten voll Sehnsucht zu heulen, dass man sie in die frische Luft ließ. Der erste Gedanke, der mir kam, als ich das Heulen hörte, war: Ich muss zurückrufen. Und kein biederes Schamgefühl hielt mich davon ab und auch nicht die Vorahnung, man würde mich nicht verstehen, sondern die Angst, ich geriete, wenn ich das täte, unter diese Kranken, die niemand zu retten gedachte. Diese Angst kam aus der schaurigen Dunkelheit, als ich bei Großmutter im Einzelgehöft übernachtete und

durch das Fenster des Speichers einen schwarzen Vogel sah, der auf dem vom Mondschein erleuchteten Hof am Weg hockte – die Flügel ausgebreitet wie einen Fächer, schaute er zum sternenklaren Himmel, sein ausgestreckter Hals war wie die Sehne eines Bogens, er hatte offenbar schreckliche Sehnsucht, und diese Sehnsucht war so kalt und gefühllos, dass mich Schauer durchzuckten; ich war ein Nichts, ein kleines Staubkörnchen in seinen Augen, und jeden Augenblick konnte ich in das Dunkel des Kosmos hinausgeblasen werden. Der Schrecken vor dem Verschwinden schnürte mir das Herz so zusammen, dass ich aus dem Bett kletterte und in den Hof hinauslief – den Vogel fand ich nicht, und die mürrische Großmutter ließ mich nicht zu sich, aus ihrem Zimmer war im Haus kein Laut zu hören.
Wie erleichtert wäre ich gewesen, wenn sie mich ausgeschimpft hätte, warum ich mich um Mitternacht wie eine Blöde auf dem Feld herumtreibe.
Sie sagte nie etwas zu mir.
Ich fraß ein ganzes Glas Honig auf, das ich heimlich aus dem Schrank gezogen hatte, ich lief aus dem Wald weg, in dem wir Heidelbeeren pflückten, denn mich langweilte es, mich zu den Beerenstängeln hinzuknien, und Großmutter kehrte erst am Abend aus dem Wald zurück, sie hatte mich offensichtlich überall gesucht, bis sie die Hoffnung aufgegeben hatte, doch sie schimpfte nicht, zog mich nicht an den Ohren, von einer Rute gar nicht zu sprechen! Anscheinend war ich für sie eine Art Zahnrad, ohne das der Mechanismus zum Stillstand gekommen wäre, und sie wusste das, doch sich mit diesem Zahnrad einzulassen, das

ständig Unsinn trieb, dafür sah sie keine Notwendigkeit – sie hielt das für eine sinnlose Angelegenheit, dadurch würde sich wohl nichts ändern.
Sie war jenseits – in einer anderen Zeit. Oder zumindest an der Schwelle einer sehr gefährlichen Grenze, von ihr aus sah man die Welt, nach der sich die Seele sehnte, es zog einen auch diese Erde noch an, doch man schaffte es nicht mehr, sie zu lieben.
Doch wie wäre es möglich gewesen, diese Welt zu lieben, wenn man aus dem »Discovery«-Kanal wusste, dass sie aus kosmischem Abfall erschaffen worden war. Mich hatte diese Nachricht so erschlagen, dass ich mir angewöhnte, abends eine Valeron-Tablette zu schlucken, doch als ich bemerkte, dass ich sie auch der Katze gab und nahe daran war, sie den Kindern wie ein Bonbon zu geben, da gab ich mir einen Ruck und warf die Tabletten in den Mülleimer, die Katze scharrte die ganze Nacht, weil sie sie ausgraben wollte; ach, besser trank ich am Abend ein Bier, das rote dänische, das ich so gern mochte, oder das pasteurisierte Budweiser – aus Snobismus.
Einmal träumte ich vom Bruder; ich war es gewohnt, ihn traurig und korrekt zu sehen, wie er in Rätseln sprach, ungefähr wie aus zweitklassigen mystischen Filmen, doch dieses Mal zitterte ich direkt, weil ich es nicht glauben konnte, dass er lächelte, breit grinsend, und schaurig blitzen seine Metallzähne, er sagte nichts, und nicht grundlos, muss man denn etwas sagen, wenn das Lächeln so beredt ist. Er sagte, die Unruhe und tödliche Traurigkeit werde solange nicht aufhören, als wenigstens ein Gefäß existiert, das aus Lehm gemacht ist.

Bei abendlichen Festen sitze ich wie auf Nadeln und warte, wann sie denn endlich zu Ende sind, und sind sie dann zu Ende, überkommt mich die Verzweiflung, ich laufe in die Bar um einen Brandy, und dann ist es ganz beschissen: Anstatt mich aufzuregen beginne ich viel zu sprechen, um mit dem Wortabfall das kosmische Vakuum zu übergießen, und wenn ich nüchtern werde, lässt mich die klare und kalte Überzeugung zusammenzucken, dass alle meine anthropozentrischen Systeme leer und feindselig sind und darin nicht einmal die Baobabs wachsen können, von Rosen gar nicht zu sprechen.
Jeder Tag hängt an einem unsichtbaren Haar.
Und dazu noch diese Metallzähne … Brasilien …
Sogar im Traum musste ich sagen: »Verschwinde mir aus den Augen, Tod, schwimm vorbei, Höllenschwefel, denn nichts anderes ist hier, sondern du, sonst würdest du nicht die entstellte Gestalt des liebsten Menschen wählen.«

3

Als ich im April die Schreibtischladen durchwühlte (ich hatte vor, alle meine Artikel zu sortieren, die zwischen Heften und Bögen hineingesteckt waren), entdeckte ich mit Spagat zusammengebundene Papiere: Briefe, Kuverts, vergilbte Zeitungsausschnitte. Ich erinnerte mich, wie ich sie auf den Ladenboden gelegt hatte, nachdem ich vom Begräbnis nach Hause gekommen war und nicht einmal einen Blick auf das geworfen hatte, was dort war.
Der Spagat ließ sich nicht aufknüpfen, ich musste ihn durchschneiden. Ich sah die Papiere durch: alte russische Kuverts, Grüße zu Neujahr, dem schönsten Fest der Sowjetzeit. Die Kolchosverwaltung gratulierte Großmutter zum 8. März und Vater zum 1. Mai, und sogar eine Karte zum 23. Februar fand ich (eine Klassenkollegin gratulierte dem Bruder zum Tag der Sowjetarmee, die Schrift war kindlich, es war das Jahr 1982). Ausschnitte aus der Bezirkszeitung – ich war gerührt, als ich den Namen des Bruders unter naiven Gedichten sah. Und Briefe. Von mir geschriebene und einige russische. An den Bruder adressiert. Ich sah den Poststempel an: Plock.
Was? Plock?
In der Erinnerung tauchte ein Brett auf mit der Aufschrift Плоцк in runden schwarzen Buchstaben – der Autobus röchelte und holperte, Mama hielt mich an der Hand, damit ich nicht hinstürzte, denn der Autobus war zum Bersten voll, es gab keinen Platz; wir stiegen bei der öffentlichen Sauna aus, die dem Kolosseum in Rom ähnelte, sie erwies mir eine un-

heimliche Ehre und eine verlockende Freude, denn in diesem Kolosseum befand sich ein großes Schwimmbecken für Kinder, doch dieses Mal krümmte ich mich vor Scham und würde lieber nach Hause zurückkehren, denn ich sah aus wie ein Kiebitzei, grün gepunktet – vor kurzem hatte ich die Windpocken überstanden.

Ich schaute auf den Absender und erstarrte, als ich etwas Schreckliches sehe – Blaubarts Familiennamen; vor meinen Augen lief blitzartig ein kleiner Film aus der Kindheit ab, ich hatte nicht einmal Zeit, zu erschrecken, er begann und endete auch schon. Denn der Name ist nicht der von Blaubart, sondern der des Kleinen.

Ich zähle die Briefe.

Nicht viele, aber auch nicht wenige: fünf. Der erste war vor zwei Jahren abgeschickt worden.

Warum hatte mir der Bruder nichts gesagt?

Mich überkam wieder die Angst. Und ein unangenehmes Gefühl. Ich erinnerte mich gerne an den Kleinen; vor mir stiegen sein verzagtes Gesichtchen und seine großen blauen Augen auf, seine Händchen, die sich an die Stäbe des Bettchens klammerten. Der Bruder erzählte, dass er sich bei Mamas Begräbnis an den Bändern des Sarges festhielt, doch sich nicht halten konnte und hinstürzte; ich schüttelte sogar den Kopf, so unerträglich war dieses Bild, und es war völlig unwichtig, dass die Fantasie den Kleinen jetzt als Erwachsenen zeichnete (Wie alt war er? Mindestens fünfundzwanzig), er hielt sich trotzdem an diesen Bändern, und sein Gesicht war genauso verwundert und verzagt.

Ich nahm einen Brief aus dem Kuvert – das Blatt eines Schulheftes. Der Kleine freute sich, dass er seine Verwandten gefunden hatte (wie, das schrieb er nicht, er fügte nur hinzu, dass ihm gute Menschen geholfen hätten, offenbar gab es auch dort einen Unabhängigen Suchdienst), dass er in einem Wohnheim lebte und auf dem Bau arbeitete, als Verputzer – *»Ich verdiene 3000 Dollar im Monat«*, dass es ihm im Kinderheim nicht gut gegangen war, *»Ich musste Schläge ertragen«*, doch jetzt sei alles wunderbar, er sei ein glücklicher Mensch, weil er seine Angehörigen gefunden habe, außerdem habe er noch Gott gefunden, gehe oft in die Kirche und lebe ein geistliches Leben. Am Schluss des Briefes hatte er anstelle eines Abschiedsgrußes mit dem Kugelschreiber ein etwas verkrümmtes Kreuz gezeichnet, ich zuckte direkt zusammen vor Schreck. Der arme Kleine!

Als ich noch drei gelesen hatte, war ich ganz traurig. Der Kleine änderte weder seinen Stil noch das Thema – er schrieb dasselbe, mit der Schrift eines Volksschülers und vielen Fehlern; der Mann hätte vermutlich gesagt, das sei das Geschwafel eines Schwachsinnigen – konnte denn ein junger Mann mit fünfundzwanzig Jahren so primitiv denken? Und das Gehalt – 3000 Dollar? Welcher Verputzer im tiefsten Russland konnte so viel verdienen? Nachdem er am Ende des vierten Briefes schon unterschrieben hatte (*»Möge Gott Dich segnen, teurer Bruder«*), fügte er ein Post Skriptum hinzu (*»Ich habe auch der Schwester geschrieben, an die Adresse, die Du mir gegeben hast«*), und ich zuckte wieder zusammen: Welche Adresse hatte ihm der Bruder gegeben? Die vom Krasnucha? Wir hatten die dortige Wohnung an einen russischsprachigen Rentner verkauft, der sein Zweizimmerappartement gegen ein kleineres eintauschte; *»Baumeister von Vilnius«*, so hatte er sich vorgestellt und betont, der graue Bau aus der Chruschtschow-Ära mit den winzigen Küchen und Klaustrophobie verursachenden Gängen sowie die windschiefen Gehsteige der Stadt seien die Frucht seiner außerordentlichen rastlosen Arbeit, darauf war er sehr stolz und hörte nicht genau, oder vielleicht verstand er nicht genau, was wir ihm sagten, und als er eingezogen war, wurde er völlig irre: Wenn jemand von den alten Bekannten anrief, der unsere neue Adresse noch nicht kannte, warf er zornig den Hörer auf die Gabel, und als der Mann nach einem halben Jahr fragte, ob nicht gelegentlich Briefe für uns gekommen wären, schrie er, er hätte sie auf die Post zurückgebracht und die anderen zum Teufel geworfen. Ein paranoider Alter, was sollte man dazu noch sagen. Doch man brauchte sich darüber kaum zu wundern; alle Erbauer eines neuen Lebens sehen den gestrigen Tag nicht.

Zwischen dem vierten und dem fünften Brief lag fast ein halbes Jahr. Darin erkundigte sich der Kleine, ob ihm der Bruder eine Einladung nach Litauen verschaffen könne, er sagte, er habe in der Kirche eine gute Predigt über die Ungläubigen gehört, *»die Gottes Strafe ereilen wird«*, und er sei fast sicher, dass auch die überhebliche Schwester bestraft würde, die seine Briefe nicht beantworte; die Briefe eines Verachteten und Erniedrigten, eines Kindes von Schuld und Sühne, einer toten Seele. Und die Schwester täte ihm nicht leid, wenn sie von der Vergeltung heimgesucht werde – sie sei hartherzig, und solche strafe Gott.

Ich warf einen Blick auf den Poststempel – von diesem Datum war es noch einen Monat bis zum Tod des Bruders gewesen.
Was würde der Kleine machen, wenn er keine Briefe vom Bruder mehr bekäme? Würde auch ihm die Strafe Gottes drohen?
Ich musste ihm schreiben.
Was?
Höflich rechtfertigen, dass der Bruder an einer manischen Depression erkrankt sei, deshalb habe er nicht die richtige Adresse der Schwester gegeben, ihm schien das nicht wichtig, und man kann hinzufügen, dass das wirklich nicht wichtig sei, denn jetzt wäre der Bruder schon begraben, schön, wie das ganze Dorf befunden habe, und ich lebe gut, uns allen gehe es gut, wir seien korrekt und freuten uns, dass es auch Dir, lieber Kleiner, gut gehe.
Ich konnte doch nicht schreiben, dass ich erschrocken bin, dass du plötzlich aufgetaucht bist. Und dass die Show des unerwarteten Zusammentreffens log – die Zeit war wie eine Grenze, die die Menschen trennte, niemand konnte sie niederreißen, sie war zu stark. Niemand wollte sich eingestehen, dass wir einander fremd waren. Auch ich wollte es nicht. Denn die Korrektheit, und sei sie noch widerlich, war zur Norm geworden, und wenn ich sie verletzte, hätte mich wirklich eine Strafe getroffen.
Ich warf einen Blick auf das Kuvert mit dem Absender und dachte, dass wir Blaubarts Kinder seien. Wir waren einander fremd, sprachen uns nicht aus und hörten einander nicht zu. Überraschend getrennt und noch überraschender aufgetaucht, um zu bezeugen, dass wir uns niemals treffen werden.

3

Ich habe dem Kleinen einen Brief geschrieben.
Der Bruder und ich steckten immer unter seinem Bett, wenn der zornige Blaubart nach Hause kam – der Kleine hat uns gerettet, ich weiß nur nicht wie, ich hörte das Geräusch eines dumpfen Schlages, doch überhaupt kein Weinen, wahrscheinlich war Blaubart hingestürzt und nicht der Kleine, denn gleich danach war ein Schnarchen zu hören. Wir krochen bis zur Tür und stießen an Mamas Knie. Sie stellte uns leise auf die Füße, stieß uns zur Seite und sperrte sich im Zimmer mit dem Kleinen und Blaubart ein.
Einem Zimmer ohne jegliche Lebenszeichen.
Es wirkte gruselig. Was wäre gewesen, wenn wir am Morgen beim Öffnen der Tür drei Köpfe auf dem Bett gefunden hätten? Nein, zwei, denn Blaubarts Kopf abzuschlagen war unmöglich, seine Kehle war aus Eisen, das sagte die dicke Marfa immer, wenn sie Blaubart jeden Monat Maschinenspiritus gab, damit er nicht einroste.
Das war eine Lüge, auf jeden Fall, und hätten wir Blaubarts Kopf abgeschlagen, dann hätte vielleicht alles ein Ende gehabt.
Mama war für einige Tage weggefahren, wohin wussten wir nicht, sie erklärte uns das nie, als ob wir wilde Tiere wären, die auch ohne Erklärung zurechtkämen, es war nur wichtig, ihnen Essen und Wasser zu hinterlassen, damit sie nicht verendeten. So dachte offenbar auch Blaubart – er hielt mich an den Haaren fest, und wenn ich auch nur versuchte, mich zu befreien,

zog er daran, dass es wehtat, und ich fiel mit der Nase in die nasse gelbe Decke wie ein kleiner Kater in die Dotterblumen, es wäre vielleicht sogar schön gewesen, wenn es nicht so furchtbar gestunken hätte.
Brutalität war etwas Schreckliches, alle verurteilten sie, vor allem wegen ihrer barbarischen Schnelligkeit. Plötzlich wurde jemand vergewaltigt, plötzlich wurde jemand totgeschlagen, plötzlich eine Nase gebrochen oder ein Auge blau geschlagen. Doch was sollte ich sagen, wenn ich die ganze Nacht mit dem Gesicht nach unten auf der Decke herumliegen musste, und der Sadist, der sich mein Haar um das Handgelenk gewickelt hatte, tödlich betrunken war, doch dafür konnte er nichts Böses tun.
Macht nichts, liebes Kind – es tut doch nicht weh.
Es tut nicht weh, Mama. Es dauert nur furchtbar lang.
Ich fing an, die Zeit zu hassen.
Und die langen Haare. Ich konnte nicht einmal eine Schere erreichen – ich hätte mir die Fesseln abgeschnitten.
Bruder, wo bist du? Warum kommst du nicht? Du würdest mich befreien.
Oder bist auch du ein Gefangener?

Ich wollte nicht mehr nach Hause gehen.
Und wenn ich eine der wiedergeborenen Gruppen der späten Sowjetzeit hörte, wie sie süßlich »Jurgis, Antanas, Aloyzas und Martynas, vier Brüder aus der Stadt, kommen nach Hause …« trällerten, dann lächelte ich nur in sauer vor mich hin: Und was würden sie vorfinden, wenn sie nach Hause kamen? Die Klinge einer verrosteten Zeit, wie ein litauischer Schriftsteller

gesagt hatte? Deswegen mochte ich auch die litauische Unterhaltungsmusik nicht. Und wenn ich kostümierte Männer sah, die in den Roggen hineinwateten und pathetisch »Mama, du bist doch eine Frau« sangen, dann durchfuhr mich ein existenzieller Schreck. Was für Zombies waren diese Menschen! Man hätte ihnen erklären müssen, was eine Frau war. Sie hätten es aber doch nicht kapiert.

Die Frau war die Erde, der Roggen und die Konzentration des Todes in den Zimmern alter Häuser. Eine so große, dass sie unmöglich zu ertragen war, ich lief aus dem Zimmer mit den sich kräuselnden Wänden und der schrecklichen sowjetischen Kredenz, in der neben den Büchern die Tassen und Teller verstaut sind. Von Letzteren gibt es natürlich mehr.

Ich wollte all diese alten Sachen nicht mit den Verstorbenen teilen. Sie kamen hier auf Besuch, nicht oft, und ich wäre ihnen als graue Schicht auf dem Spiegel erschienen, die es unmöglich machte, das Gesicht zu sehen.

Ich wollte nicht als Gespenst umgehen, ich wollte entscheiden und unabhängig sein. Die Träume nach der Theorie von Jung analysieren und nicht danach, ob es sich hier um irgendeine uncodierte Nachricht aus der Welt der Geister handelte, worüber viele gerne plapperten, weil das modern war, doch niemand glaubte daran, denn sie war ziemlich schrecklich und unbarmherzig. Ganz und gar nicht so wie die Realität, an die man sich anpassen konnte.

In der Kindheit hatte ich oft von Mama geträumt, doch jetzt sah ich sie nicht mehr, ich war wohl schon herausgetreten aus der Zeit, die uns verband, wie aus einer großen Wiese, in der sich das Gras nicht im Wind, sondern gegen ihn neigte; der Bruder reiste als Schoner »Gespenst« um die Welt, und es hätte mich nicht gewundert, wenn er sich aus der Pampa Patagoniens oder aus den Wüsten Mexikos gemeldet hätte, aus Räumen und Flächen, die ganz von der Sonne durchflutet waren. Das grimmige Eismeer und seine rauen Inseln mied er, er fürchtete sich wohl vor der Erinnerung an das ehemalige Leben.

»Doch ich habe die Gegend der Armut geliebt …«[44]

Die Gegend der Armut …

Ein eigenartiges Liebesobjekt.

Ich dachte immer, sie sei eine Eiterbeule, die man so schnell wie möglich aufkratzen müsse. Darum war ich immer sehr nervös, wenn das »Team America« der Frauenzeitschrift angefahren kam und alle Ecken des Hauses streng visitierte, sogar in den Schrank steckten sie ihre Nase, und da stieg in mir die Versuchung auf, sie dort aufzuhängen anstatt der Kleider, getrocknet natürlich, sonst hätte alles zu stinken angefangen. Ich erwartete von diesem Team das Wunder der Verwandlung, doch dem Team war leider wenig an Wundern gelegen, es lechzte nach einem Resultat. Nach welchem, habe ich bis heute nicht begriffen. Ich wurde langsam nervös, doch danach fielen mir die Zombies im Roggenfeld und ihr Lied »Mama, du bist doch eine Frau« ein. Also umarmte ich zärtlich die Kinder und lächelte ins Objektiv. Das Team gebot mir, immer zu lächeln. Und ich habe den Verdacht,

[44] Zitat aus einem Gedicht des französisch-litauischen Schriftstellers Oscar V. de L. Milosz (1877–1939).

nicht nur wegen der konsumorientierten optimistischen Tendenz und Festlegung der Zeitschrift – die Zähne nahmen eine eigenartige Form der Entblößung an, die bezeugte, dass ich wirklich eine Frau war. Obwohl mir manchmal der Gedanke kam, ich sei ein Hund, der lächelnd sein Territorium verteidigte.
Man hätte lernen sollen, den Zeitschriften nichts von seinen Geheimnissen zu erzählen.
Die Geheimnisse verschwanden, es blieb nur der Klatsch, darum bedurfte es umso mehr des Lächelns, das nichts bedeutete. Na, außer Korrektheit vielleicht.
Doch am schlimmsten war es, als es einer Zeitschrift einfiel, die Top Ten junger und energischer Frauen auszuwählen, und darunter fiel zu allem Unglück auch ich, auch wenn ich nicht energisch war, es genügte, dass ich jung war. Natürlich hatte ich überhaupt keine Chancen zu gewinnen, ich hätte dem »Team America« die Tür vor der Nase zu schlagen sollen, so hatte sich Kubrick gegenüber Journalisten verhalten, und er hatte recht. Doch ich schämte mich für die Gegend der Armut, wie auch jeder andere anständige Litauer. Dafür ließ ich mich herumzerren und -schleppen (ich war nicht sehr groß, und die energischen Frauen durften nicht kleiner als 170 cm sein), ich hüpfte auf dem Bett herum wie auf einem Trampolin (um meine Energie zu beweisen), ich mampfte Schokolade (die ich nicht mochte), und anscheinend spielte ich noch den denkenden Rodin vor einem Rhododendron-Busch. Das alles nannte sich Familienfreizeit (auf dem Trampolin tanzte ich mit den quiekenden Kindern herum).

Ein Schreck. Wie gut, dass ich mich wenigstens nicht verlocken ließ, zum Abschlussabend im Hotel »Meridien Villon« zu fahren – ich ersparte mir nicht wenige Unannehmlichkeiten, denn ich wusste, dass ich unästhetisch aussah, wenn ich mampfte, und mich besser für amerikanische Familienszenen eignete als für Rankings energischer Frauen. Dazu noch Schminke und Kosmetik und all die Handarbeiten … ich fühlte mich wie ein soeben restauriertes Gebäude und hatte Angst mich zu bewegen, damit nicht ein Stück Verputz von der Fassade herunterfiel.
Die Weiblichkeit war für mich eine zu große Last.
Und mir taten die Transsexuellen wirklich leid, die Frauen werden wollten. Die Armen begriffen wahrscheinlich nicht, was sie taten.
Weiblichkeit war heute so etwas wie ein Fluch. Man konnte ihm nicht die Türe zuschlagen, auch wenn man noch so gerne wollte – er war amorph und aggressiv und fand Möglichkeiten, auch dort einzudringen, wo das physische Geschlecht nicht viel Bedeutung hatte – in die Träume.
So habe ich einmal geträumt, dass ich mich im Kosmos zusammen mit einer grün leuchtenden spiralförmigen Galaxis im Kreis drehte, und ein anderes Mal, dass ich ohne Kleidung auf dem Parkplatz eines Einkaufszentrums stand. Im Kosmos fühlte ich mich frei, doch auf dem Parkplatz erstickte ich, als wäre ich im luftleeren Raum gewesen.
Und wie sollte man das nicht als unterschiedliche Botschaften der Naturanlage verstehen?
Träume deckten nicht selten die Natur der Realität auf, die sich auf die Regel der Anpassung an die

Umwelt stützte. So war es nicht verwunderlich, wenn wir tatsächlich im luftleeren Raum lebten und uns nur nicht daran angepasst hatten, ohne Atmen zu leben. Jetzt wusste ich, warum ich die Tassen geworfen hatte – ich bekam keine Luft.
Und warum mich mitten im Sommer die Kälte erstarren ließ – das Vakuum berührte mich.
Was hätte ich dir, Kleiner, von den Berührungen der Kälte erzählen können?
Nichts, denn das war nur ein Gefühl. Mit Worten nicht zu charakterisieren, und nicht deswegen, weil es etwas Besonderes war – nein, es war allzu elementar, physiologisch. Es schüttelte mich, das war alles. Zum Aufwärmen trank ich einen Brandy.
Doch er half nicht, daher sagte ich den Kindern (Kristijonas hat kaum gehen und Lūgnė kaum sprechen gelernt), sie sollten, wenn sie mit den Plastikkegeln spielten, dem Vater auf den Kopf schlagen, denn er lag dort sprachlos herum, nachdem er eine Flasche »Napoleon« geleert hatte, kaum ein halbes Glas konnte ich ihm rechtzeitig abnehmen, und er erinnerte mich so stark an Vater, dass ich mich kaum zurückhalten konnte, zu schreien: »Fester! Schlagt fester zu!«
Nein, Kleiner, das war nicht erzählenswert. Für dich war das nichts Neues, für mich ebenso wenig. Das war alt und unveränderlich wie die Welt.
Damit musste man sich abfinden. Das hatte auch Elė gesagt.
Ein Gefühl, stärker als der Stolz, hinderte mich daran, die Tür zuzuschlagen und wegzugehen. Und das war keineswegs ein blödes Mitleid, es war Verzweiflung

und Angst. Ich sehnte mich nicht nach Mamas Leben – nach einsamer Emanzipation, die von den Hufen eines Sadisten zertrampelt wurde. Viele Begriffe, die den Stolz und die Unabhängigkeit einer Person suggerierten, waren im realen Leben nichts wert, es genügte ein schwacher Funken, und sie wurden zu Asche.

Ich nahm den freudig schreienden Kindern die Kegel weg – das Spiel gefiel ihnen, und die schweren Seufzer ihres Vaters lösten fröhliche Lachsalven aus – und steckte sie hinter das Sofa. Der Vater stand auf und torkelte, die Arme wie ein Somnambuler nach vorne gestreckt, mit steifen Beinen auf die Toilette und wäre beinahe auf den krabbelnden Kristijonas getreten, ein schreckliches Krachen war zu hören, ich lief ins Bad und fand das zersprungene Spülbecken und den auf die Fliesen gestürzten Somnambulen; aus dem eingerissenen Ohr floss Blut.

Rundherum wurde die Luft plötzlich kalt; der Tau der Nacht strahlte auf den Thujen im Hof wie Kugeln aus Kunsteis. In der Dunkelheit leuchtete das verbundene Ohr des Somnambulen auf; er zog dahin auf seinen Traumpfaden.

Die Kälte.

Und die Überheblichkeit. Für die Überheblichkeit wird mich Gott strafen.

Kristijonas konnte noch nicht gehen, er war erst ein halbes Jahr alt. Er lag im Kinderwagen mit einem Spreizhöschen zwischen den Beinen – damit die Hüftgelenke gut zusammenwuchsen – und schrie bis er blau wurde, und Lūgnė, die ihn beruhigen wollte, stellte Kristijonas die Spielsachen auf den Bauch, das Kind war fast nicht zu sehen, nur das Schreien echote. Die Stimme im Telefonhörer war klar und gereizt.

»Wie hoch ist dein Fieber?«

»Vierzig Grad.«

»Ich habe doch gesagt: Setz dich nicht draußen neben die Mauer hin! Jetzt hast du es, bist krank geworden. Dummkopf! Nimm ein Medikament, mach etwas! Ich arbeite doch. Ich bin beschäftigt.«

Nachdem ich den Hörer aufgelegt hatte, schaute ich in den Spiegel. Ein rotes Gesicht lächelte mir blöd und kraftlos entgegen.

Ein richtiger Dummkopf, er hatte recht.

Ich würde die Rettung rufen, schon seit drei Tagen ging es nicht besser, ich nahm Paracetamol, hatte Fieber und musste ständig erbrechen.

Nachdem die Ärztin gekommen war, eine müde Frau mittleren Alters mit kurzem hellem Haar, gab sie mir eine Injektion und wies mich an, den zuständigen Gebietsarzt zu rufen, es sei wahrscheinlich eine Nierenentzündung; »und warum quieken diese Kinder so«, sagte sie unzufrieden; Lūgnė erklärte stolz, der Bruder sei blöd, darum schreie er auch so, und ich hielt es nicht mehr aus und heulte los, und das erzürnte die Ärztin noch mehr. »Reißen Sie sich zusammen«, sagte sie barsch, »wozu das Melodrama.«

Nachdem ich mich beherrscht hatte, sagte ich, dass auch ich Melodramen eigentlich nicht mochte, »doch wissen Sie … die Leere. Die Kälte. Die Überheblichkeit …« Ich erzählte ihr wer weiß was, die Ärztin schwieg, und in ihrem Gesicht wandelte sich die Müdigkeit nach und nach in einen Ausdruck, den man als Reaktion des Erkennens bezeichnen könnte.

Unerwartet sagte sie: »Und ich, wissen Sie, ich nehme die Nörgeleien des Mannes nicht hin. Einmal, als er, kaum dass er bei der Tür hereingekommen war, seine Unzufriedenheit auszudrücken begann, habe ich die Pfanne gegen ihn geschleudert.«

Verblüfft schwieg ich, denn ich hätte niemals gewagt mich so zu benehmen, und die Tassen, auch die zerschlage ich nicht absichtlich. »Wissen Sie, ich kann überhaupt nicht verstehen, warum ein glücklich begonnenes Leben plötzlich … einen Geschmack von Bitterkeit bekommt«, sagte die Ärztin. Sie gab mir das Rezept, stand auf und umarmte mich zum Abschied. »Kopf hoch«, meinte sie und nahm Lūgnė das Köfferchen ab, das das Kind schon in einen sicheren Winkel gezogen hatte, um es zu untersuchen, und kaum war die Rettung abgefahren, läutete das Telefon, ich nahm den Hörer ab und war schon gerüstet, wenn nötig Lūgnės Giraffe mit dem abgerissenen Schwanz zu schleudern, doch nicht er rief an, sondern der *»Baumeister von Vilnius«*: Im strengen Ton eines Propagandisten sagte er geradeheraus, er ertrage die fremden Briefe und Anrufe nicht, die ihn attackierten (die Wörter klangen wie eine Phrase; *»Wir werden uns dem Einfluss des Weltimperialismus nicht ergeben!«*), ich versuchte, ihn zu unterbrechen und ihm zu raten, die Telefonnummer zu wechseln, doch er hörte nicht zu, sondern legte auf, was sollte man mit so einem machen. Es schien, wir müssten die Nummer wechseln.

Ich drückte die Stirn an das Glas des Küchenfensters – am Zaun lief ein Schatten vorbei, vielleicht eine Katze oder vielleicht ein Zwergelefant, was machte es

schon, dass Winter war, er hatte sich angepasst, das eiszeitliche Mammut – vereinzelte Schneeflocken fielen herab, und die bucklig gewordene Giorgetta ging vorbei, allein, ohne Lebensgefährten und ohne Topf.
Der bittere Geschmack des Lebens.
Einer von vielen anderen.

3

Verzeihen kann man fast alles.
Wenn man das begreift, überkommt einen die Apathie, die überhaupt nichts zu tun hat mit einem gelassenen Sich-Abfinden.
Ist doch das Stimulans des Lebens nichts anderes als Zorn und die Sehnsucht nach Satisfaktion, und manchmal ist es schon zu spät, um wieder zu sich zu kommen, wenn man gewahr wird, dass man doch niemandem beweisen muss, dass man es verdient hat, besser und gerechter zu leben[45].
Außer es bei jeder Wahl herauszuschreien.
Aber ob das etwas nützen wird, bezweifle ich sehr.
Da schau her – ich schaltete den Fernseher ein und sah die Frau des Kolchosvorsitzenden, die die Farben ihrer Haare und Lippen verändert hatte – sie brannte wie eine Feuernelke, es wunderte mich nicht, vertrat sie doch eine der gerechtesten Parteien, die auch Mama gerne vertreten hätte, wenn sie nur am Leben gewesen wäre, die schaurigen kommunistischen Kannibalismus-Theorien hätte sie allerdings vergessen müssen und zur neuen demokratischen Nomenklatur übertreten, die wohl nur vom Rühmen der Brüsseler Kohlköpfe lebte.
Die Frau Vorsitzende (ein Doppelname wurde eingeblendet, beide Teile waren fiktiv, doch er verlieh ihr die Solidität einer verheirateten Frau) machte genüsslich einen kostümierten rotblauen alten Fettsack mit

[45] Anspielung auf einen Wahlslogan des langjährigen litauischen Parlamentspräsidenten Arturas Paulauskas.

Hitlerbärtchen und Glatze nieder; als er sich den Schweiß abwischte, streifte er das ganze Puder ab, mit dem er im Schminkraum bestäubt worden war, und die Glatze leuchtete wie ein mit Butter bestrichener Blynas; der Arme versuchte irgendetwas über den Mangel am politischem Idealismus daherzufaseln, und ich erschrak, als mir klar wurde, dass es sich um niemanden anderen handelte als um den Vorsitzenden, und ich hatte kaum einen Zweifel, dass die Frau Vorsitzende, deren Lippen an den Rachen einer Kinder fressenden Hexe denken ließen, ihn, um ihn fertigzumachen, als impotent beschimpfen würde.
Die Tiefseemuschel! Was war aus ihr geworden! Wer weiß, ob sie sich noch mit Yoga beschäftigte? Ob sie noch ihren Kopfstand machte?
Und der Vorsitzende? Wie konnten in diesen unempfindlichen und unbeweglichen Körper, diese Winterfestung, die Ideen des Idealismus eindringen? Das war doch schrecklich! Warum blieben sie von ihrer Parteilinie nicht überzeugt bis zum Ende?
Ich schaltete auf einen anderen Sender um.
Man zeigte die Lokalnachrichten. In Kupiškis tobten wie immer im Sommer die Wölfe; wenn sie nicht gewesen wären, hätte Litauen überhaupt nichts über diesen Bezirk gewusst. Danach bekam ich einen kaputten, von einem Pferd zu ziehenden Mäher in einer Datsche unter einem Apfelbaum zu sehen und einen mit dem gelben Band der Polizei umgebenen Hof, eine Blutlache an der Schwelle und drei schwarze Katzen, eine von ihnen war weiß, sie hockte nur im Dunkeln, und der Inspektor, offensichtlich verkatert, scheuchte sie von sich weg, indem er mit dem Pro-

tokoll herumfuchtelte; der Moderator der Nachrichten berichtete voll Pathos, eine einsame Rentnerin sei ermordet und ihre Rente sowie drei Aluminiumtöpfe geraubt worden, man sei auf der Suche nach zwei Verdächtige, den Brüdern Pėcka, und man vermute, sie hätten noch weitere Verbrechen begangen. Ich prustete los.

»Sie hätten!« Wer zweifelte denn daran? Die Polizei. Doch da war nichts zu machen – die Zweifel waren ein essenzieller Bestandteil der Polizeiarbeit, der heuristische Prozess. Wenn wir uns schon auf die Heuristik stützten, dann hätte man sich an die Aufführung erinnern sollen, in der die Pėckas mich mit der hölzernen Kalaschnikow niederknallen wollten. Hätten die Polizisten künstlerische Ambitionen, so hätten sie verstanden, dass auch ein Laienspieler verrückt werden konnte. Der Mensch passte wirklich nicht in den engen Rahmen des Alltäglichen.

Die Nachrichten waren zu Ende und es begann eine Talkshow, deren Moderator sich durch eine selbstverliebte Courtoisie auszeichnete und mich mit seinen Bewegungen an Kastukas erinnerte – die Krawatte war grellgelb wie die Quintessenz der Hepatitis, und das modische Bärtchen erinnerte an den Hufabdruck eines Pferdes. So fragte er seine Gesprächspartner, wie sie in der Gesellschaft mit »für das Ohr ziemlich ungewohnten« Familiennamen leben könnten, solchen wie Frau Rindfleisch, Herr Ferkel und Herr …« ich schlug mir mit der Fernbedienung auf die Nase, ich wollte mir wohl die Augen reiben und mich überzeugen, dass sie mich nicht trogen – auf dem hohen Studiosessel saß Herr Ständer in einem Anzug von giftigen Farben, ähnlich einem grünen Fliegenpilz, und verbeugte sich gnädig, ja er lächelte sogar, als der Moderator seinen Namen aussprach: Herr Pimmel, man möge ihn lieben und ehren.

Vor Abscheu schloss ich sogar die Augen.

»Und wissen Sie, den Frauen gefällt mein Familienname«, sagte Herr Ständer lüstern, und als ich mich an den Quatsch vom blauäugigen Baby und der Übernahme der Verantwortung erinnerte, gelüstete es mich, ihm die Fernbedienung auf die Stirn zu knallen; doch ich hielt mich zurück und begann zuzuhören, denn es ergab sich die seltene Gelegenheit, zu hören, wie der grüne Fliegenpilz sein Herz ausschüttete; bei unseren Treffen hatte immer ich das getan.

Und was ich da zu hören bekam, du lieber Schwan! Dass der Mann mit dem schrecklichen Nachnamen eine wunderbare Familie habe. Drei Personen: er, seine Frau und ein grüner Leguan. Richtig, die Frau hatte ihren Mädchennamen behalten, weil sie eine Künstlerin war (Gott! Sag nur nicht, eine Schriftstellerin!), außerdem halte sie es für ein Relikt, dass Frauen bei der Hochzeit ihren Namen änderten … wie denn auch nicht, Frau Pimmel, schrecklich. Außerdem liebe er japanische Gärten und habe selbst einen angelegt … wahrscheinlich im selben Kollektivgarten mit dem verrosteten Drahtzaun, wo er früher Kartoffeln angepflanzt hatte, doch jetzt waren nicht die Zeiten von Königin Viktoria, Kartoffeln waren aus der Mode, ihm lag an Bonsai und Steinen sowie am Haus für die Teezeremonie, in das er kaum hineinpasste, er war jetzt wohl ein gewichtiger Staatsbeamter … ich bezweifelte, ob er dort Tee trank, eher

begrapschte er eine blöde Minderjährige. Ein Liebhaber der japanischen Kultur! Hätte er die japanische Kultur wirklich geliebt, dann hätte er ein Schwert genommen und sich ohne irgendein Geplapper den Bauch aufgeschlitzt – ich bezweifelte, dass dem verfetteten *Hara* von Herrn Ständer ein mickriges Seelchen entflattert wäre.
Am Schluss, als alle Gesprächsteilnehmer, der Moderator und das ganze Studio sich sehr korrekt – als wären es nicht konservative Litauer, sondern das Gerechtigkeitsgefühl sehr vervollkommnende Amerikaner – einigten, dass die ungewohnten Familiennamen (wie irgendeine nicht ins Auge fallende Missbildung, eigenartige Gewohnheiten oder leichter Schwachsinn) schön seien und dem Leben eine Würze verleihen (er sagte nicht, welche: von Ingwer, Vanille oder von faulen Eiern), hopste ein Grüppchen präparierter Blondinen in Miniröcken auf die Bühne, und das letzte Bild, das ich zu sehen bekam, war ein solariumgebräuntes Bein und der gierige Blick von Herrn Ständer.
Mit Bitterkeit blickte ich auf die halb leergetrunkene Flasche eines lettischen »Grand Cavalier« und dachte, dass die Japaner vermutlich Recht hatten; Sex wie Nahrung gehörten zum Bereich des *Hara*, und davon befreien konnte man sich nur, wenn man Harakiri beging. Aber die Litauer hätten das kaum je verstanden, auch wenn sie Verehrer östlicher Exotik waren, sie schlitzten sich nicht die verdammten Bäuche auf, sondern erhängten sich, und danach jammerten die Verwandten, dass die Seele des Toten grimmig aus dem Jenseits drohe; wie sollte sie denn nicht drohen,

wenn doch die Schlinge, die die Kehle zudrückte, sie so lange im Körper einsperrte, bis sich das weiche Gewebe auflöste und sie durch die klappernden Rippen herausschlüpfen konnte. Das war eine ziemlich lange Etappe, man durfte sich über die Unzufriedenheit der Seele nicht wundern. Musste sie doch, anstatt sich in Ruhe auf kühlen Lilien und kalten Rosen zu erholen, noch darauf warten, bis die Einzelzelle, in die sie gesperrt war, zerfiel.

Ich schaltete den Fernseher aus und schaute einige Zeit lang die Fernbedienung an wie einen Zauberstab, der Zombies wieder zum Leben erweckte. Ich hatte sogar die Vision, dass ich sie alle in einer Sendung sah: die Frau Vorsitzende, ihren Mädchennamen und ihren Ex-Mann, die Pėckas mit den weißen Katzen in der Nacht und den grünenden Ständer mit Fliegenpilz-Manschetten um den Bauch.

Und warum auch nicht?

Die technischen Möglichkeiten ließen das noch nicht zu. Und der Brandy natürlich.

Wenn ich wieder ein Gläschen tränke, würde sich der Fernseher auch ohne Fernbedienung einschalten. Ich wurde richtig neugierig. Ich suchte die Flasche und wunderte mich sehr, dass ich sie nicht fand. Hatte sie etwa der Sendungsmoderator heimlich ausgetrunken?

Hinter dem Fauteuil stand Lūgnė, hielt ihre Hände hinter dem Rücken und sah mich mit Augen, grün wie unreife Stachelbeeren, zornig an.

»Ah, du hast sie also genommen« – ich fasste mich wieder. »Na, gib her.«

Lūgnė schüttelte den Kopf.

»Gott, was für ein schreckliches Kind«, seufzte ich.

»Benutze den Namen Gottes nicht leichtfertig!«, sagte Lūgnė.
»Und warum gibst du mir die Flasche nicht«, schrie ich, »willst du etwa, dass ich kräftig fluche! Was?!«
Lūgnė schnäuzte sich.
»Alkoholikerin«, sagte sie. »Lügnerin. Du sagst, du kannst Saufbolde nicht ausstehen, und trinkst selbst.«
»Das ist nicht dasselbe«, ich hatte es satt, mit dem Kind zu streiten und versuchte ihr die Flasche zu entwinden.
»Dasselbe!«, entgegnete Lūgnė schroff und ließ die Flasche los. Fast wäre ich hingestürzt, nachdem ich sie zurückbekommen hatte.
»Geh spielen«, sagte ich barsch.
Lūgnė funkelte mit den Augen.
»Ich will nicht!«, erwiderte sie schroff.
Sie stieß den Bruder weg, der aus dem Eck hervorgekommen war, als er den Streit gehört hatte, warf ihm ein »Geh auf die Seite, Dummkopf!« hin und schloss sich in ihrem Zimmer ein.
Ich streichelte Kristijonas und sagte, er sei überhaupt kein Dummkopf und müsse deswegen keine Tränen vergießen. Danach steckte ich die Flasche in den Küchenschrank.
Ich schaltete den Fernseher ein. Es spielte eine Kapelle vom Land, dekoriert mit Maiblüten[46], und auf dem Tisch, der mit ethnografischen Bierkrügen überhäuft war, lag ein gebackenes Ferkel und blickte mich kummervoll an; es schien, gleich werde es grunzen: »Alkoholikerin! Lügnerin!«

[46] Mit »Maiblüten« wird an ein populäres Lied im Wunschkonzert angespielt.

Ich stöhnte und wechselte den Sender.
Es ist nicht wahr, dass die Zeit zurückkehrt – das kann sie nicht. Nur ich kehre zurück.
Immer tiefer und tiefer in die vergangene Zeit, um mich an das zu erinnern, was ich nicht verzeihen kann.

Ich warf den Brief in den Briefkasten und erinnerte mich erst dann, dass ich die alte Adresse, die vom Krasnucha, draufgeschrieben hatte.
Einige Zeit blickte ich auf den dottergelben Briefkasten und das schwarze Waldhorn mit den Säulen des Gediminas[47].
Danach drehte ich mich um und ging weg.
Ich war nicht bekümmert und hatte keine Gewissensbisse. Man könnte sagen, ich war sogar erleichtert.

[47] Die Säulen des Gediminas – eine stilisierte Burg – sind das Wappen der Gediminas-Dynastie, die ab 1316 die Großfürsten Litauens stellte; seit der Unabhängigkeit gehören sie wieder zur nationalen Ikonografie Litauens.

4

Heute war es so schrecklich heiß, dass einem der Schweiß von selbst kam und in Strömen über den Rücken floss. Doch in den Fluss watete ich nicht hinein, dieser Fluss war sogar im Sommer schwarz. So lautete auch sein Name: Schwarzer Fluss. Und das Dorf hatte von ihm seinen Namen bekommen. Tschornomaisk. Doch warum der Mai schwarz war, wusste ich nicht. Im Mai wurde hier das Gras verbrannt, und alles war voll von schwarzem und dunkelblauem Rauch. Letztes Mal, sagte ein Mann namens Pimmelov, prasselte es derart, dass die Ziegen beinahe verbrannt wären, sie konnten rechtzeitig auf den Friedhof rennen und haben sich gerettet.

»Hier an dieser Stelle«, sprach Pimmelov, dessen Frau, vom Aussehen her eine ganz ordentliche Frau in einem klassischen Kostüm, mir einen Eimer Abwaschwasser vor die Füße leerte und wegging, und dabei lachte sie schaurig aus vollem Hals, meine Mama sei ertrunken. War sie schön? Ich habe kein Foto von ihr. Pimmelov antwortete mir nicht, und seine Frau brach wieder in Gelächter aus und schlug sich dabei mit dem stinkenden Eimer an die Wade.

Ich ging zum Friedhof, man zeigte mir eine kleines Hügelchen und sagte, hier sei ihr Grab, und auf dem Hügelchen stand, die Vorderbeine gestreckt und weiß wie Gottes Bart, eine Ziege und sah mich mit blauen Augen an. Ich gab ihr ein Keks, das ich in der Hosentasche fand.

Danach lud mich Pimmelov auf ein Bier ein, wir tranken es beim Geschäft, ein dickes und schreckliches

Weib mit einem breitschultrigen Mann, der in ein Fell gewickelt war, versuchte sich zu uns zu setzen, Pimmelov befahl ihnen, wegzugehen, und nannte sie die unvollendeten Karamasows, und als ich fragte, was das bedeute, antwortete Pimmelov nicht, er winkte nur mit der Hand und sagte, ich sei meiner Mutter nicht ähnlich, und als das Weib wieder versuchte, sich an uns heranzumachen, schrie er: »Weg von hier, Sonia, ich werde dich einsperren wegen Landstreicherei.«
Ich fragte, ob ich vielleicht meinem Vater ähnlich sei. Pimmelov sah mich lange an, und danach sagte er, ich sei es. Nur warum ich helles Haar und blaue Augen habe, verstehe er nicht. Meine Eltern seien nicht so gewesen.
Mir fiel die Ziege auf dem Grab ein und ich sagte nichts zu ihm.
Pimmelov erkundigte sich, ob man mich im Kinderheim erzogen hätte, wie es sich gehöre, wie einen Sowjetbürger, und ich bejahte das, obwohl ich nicht verstand, was er mit »wie einen Sowjetbürger« meinte, wahrscheinlich dass man geschlagen wurde, und im Kinderheim bekamen wir oft zu hören, das sei notwendig und unvermeidlich, wir müssten abgehärtet und auf alles vorbereitet sein; schau Leonid an: er war am meisten abgehärtet und hat sich niemals über irgendetwas beschwert, nicht einmal wenn man ihn mit einem Rasiermesser verletzte; er war der Allerbeste von uns, ich habe gehört, wie die Erzieherin sagte: »Er ist völlig debil, hat keine Emotionen«, und sie fügte noch ein unverständliches Wort hinzu, ich fasste es als Anerkennung auf. Solche, die eine An-

erkennung verdient hätten, gab es bei uns viele, und ich konnte nicht verstehen, wie sich Eltern von so einem Kind lossagen konnten. Als ich die Erzieherin fragte, schüttelte sie den Kopf und brummte mürrisch, die verdammten Alkoholiker könnten nicht wunderbare Nachkommen haben. »Meine Mama war keine Alkoholikerin,« erklärte ich stolz, »nur der Vater.« Die Erzieherin sah mich eigenartig an und wollte etwas sagen, hat es aber dann doch nicht gesagt.
Sie hatte auch damals nichts gesagt, als man mich in den Karzer brachte, obwohl ich nichts Böses getan hatte, ich hatte nur Katjas die Hände gehalten, damit sie Rambo nicht zerkratze, unseren Hetmen, ich beruhigte sie, »Sei still, du Blöde, du siehst ja, dass er dir nichts Böses tut, er verletzt niemanden mit Messern, er schnaubt nur und schimpft, du solltest ich freuen«, doch Katja freute sich nicht, sie versuchte, sich auf der Toilette zu erhängen, ich verstand nicht, woher so eine Hoffart kam, man musste sich doch jeden Augenblick des Lebens über das freuen, was man bekam.
Darüber hatte ich viel nachgedacht, denn zu uns in den Karzer kam immer wieder Vater Sergej und sprach über Gott, dass er die Gerechten auferwecke und die Hoffärtigen und Nichtswürdigen hinabstürze, in den Staub, auf dass sie dort mit den Würmern, Lurchen und Feinden des Staates ersticken. Außerdem sagte er immer, der Tag des Gerichts sei nicht weit, und er würde einige von uns zu sich nehmen in seinen Bunker auf den Feldern, um ihn vor Gottes Zorn zu schützen, der Allmächtige war wohl manchmal blind und unterschied die sanftmütigen Schäfchen nicht von den verdammten Ziegenböcken, aber man konnte doch

den Allmächtigen deswegen nicht verurteilen. Ich erschrak nicht zum Spaß und tat alles, um mir nur Vater Sergejs Gunst zu verdienen, doch es kam so, dass er mich nicht mitnahm, und man ließ ihn bei uns nicht mehr ein, der Leiter sagte, Vater Sergej sei krank, ich grämte mich furchtbar bei der Vorstellung, wie er in der Zelle herumirrte, an Unterleibstyphus erkrankt, und vielleicht sogar starb, weil er nicht bis zu einem Bunker kriechen konnte, und ich konnte ihm nicht helfen.

Ich betete nur jeden Abend für ihn, und als ich entlassen wurde, versuchte ich, ihn zu finden, doch es gelang mir nicht, niemand hatte von ihm gehört, ich war so verzagt, dass ich Durchfall bekam, Typhus, was sonst.

Ich kehrte nach Plock zurück, lernte Mörtel mischen und verputzen, man gab mir ein Zimmer im Wohnheim und versprach, mir nach fünf Jahren eine Wohnung zu geben, und danach bekam ich den Brief aus Tschornomaisk; Sie haben mir geschrieben, Genosse Pimmelov. Dass ich eine Schwester und einen Bruder irgendwo im Ausland habe, hat mir eine so große Freude gemacht, als hätte ich Vater Sergej gefunden.

Sofort schrieb ich ihnen einen Brief; ich hatte große Befürchtung, er würde nicht ankommen, diese litauischen Bezeichnungen sind so eigenartig. Und die Familiennamen sind so eigenartig, ich war enttäuscht, dass sie nicht wie meiner waren, bedeutete das, wir seien einander fremd?

»Nein, nein, ihr habt eine gemeinsame Mutter, nur der Vater ist nicht derselbe. Der Vater ist fremd.«

»Wessen Vater«, fragte ich, »meiner oder ihrer?«

Pimmelov sah sich verwundert um und sagte nach einiger Zeit: »Beide sind fremd.«
Ich spürte, wie mir das Blut ins Ohr schoss. Nein, über meinen Vater ließ ich nichts kommen. Wie auch immer er gewesen sein mochte. Und die sollten ihren eigenen haben. Ich brauchte ihn nicht. Er hatte mich auch nie gebraucht. Sonst hätte er mich mitgenommen in das eigenartige Land in weiter Ferne.
»Doch auch der Genosse Kruglov hat dich nicht gebraucht«, sagte Pimmelov. »Kein einziges Mal hat er sich dafür interessiert, wie es dir geht. Er hat nichts versucht, dich nicht ausfindig gemacht.«
»Vielleicht ist er gestorben«, sagte ich wehmütig, »wie sollte er mich finden! Und Sie … Sie … Warum haben Sie mich gefunden, Sie sind doch ein Fremder für mich!«
Pimmelov zog die Augenbrauen zusammen.
»Sei still, mein Sohn«, sagte er grimmig. »Deinem Volk und Vaterland wirst du nie fremd sein.«
»Sie sind nicht das Volk«, sagte ich. »Und nicht das Vaterland. Nur der ehemalige …, der ehemalige …, na, dieser ehemalige Tschekist.«
Pimmelov lächelte geheimnisvoll.
»Ehemalige gibt es nicht«, sagte er. »Weißt du das denn nicht, Kind? Wir gehen nie in Rente.«
»Mir ist das egal«, brummte ich.
»Doch es sollte dir nicht egal sein«, sagte Pimmelov streng. »Deswegen habe ich dich hier zu mir eingeladen. An den Ursprung. Der Vater hat dich aufgegeben, aber das Vaterland wird dich nicht verlassen. Begreifst du das, du Dummkopf? Wenn du einer von uns sein wirst, werden wir dir helfen und dich schätzen. Du wirst ein Mensch werden.«

Ich schwieg – ich spürte, wie ich zustimmte, wie meine Gelassenheit verschwand und Wut und Stolz das Herz überfluteten.
Es sah danach aus, dass man mich brauchte! Dass ich berufen war … ich würde nicht in Rente gehen.
Und das Eigenartigste war, dass dieser Stolz nicht dem Willen Gottes widersprach. Ich dachte nicht, dass ich die Sünde der Hoffart beginge. Das war die Würde des Erniedrigten. Die Schäfchen, die der Herr von der Erde erhebt, um sie nach ihrem Aufstieg den anderen zu zeigen.
Er verurteilt meinen Vater, schau her. Ich werde es ihnen zeigen! Allen, allen werde ich es zeigen! Ich werde gelassen sein, aber stolz.
»Sehr gut«, sagte Pimmelov. »Gelassenheit wirst du auch nötig haben. Und Stolz. Damit du stärker bist als deine Mutter. Sie … hm … sie tut mir leid.«
Seine Worte klangen so, dass ich mich verletzt fühlte.
»Meine Mutter«, sagte ich, »ihre Gutherzigkeit brauche ich nicht.«
»Naja, sie war nicht gutherzig«, sagte Pimmelov. »Sie …«
»Vater auch nicht«, unterbrach ich ihn. »Aber er war der Stärkere. Und sie die Schwächere. Darum ist sie auch gestorben. Und das ist sehr gut so, denn ich wäre ein völliger Weichling geworden.«
Pimmelov schüttelte den Kopf
Du kannst ihn schütteln, so viel du willst, Genosse Pimmelov, ich weiß das.
Aus einem Brief des Bruders.
Wie viel er mir von seinen Träumen geschrieben hat … von den Gespenstern … von der Unruhe, die ihn

in den Feldern herumtrieb, bis der Bruder an den Pfosten angestoßen ist. Darüber, dass er die Liebe nicht gefunden hat. Ich fühlte mit dem Bruder mit und bat Gott, dass das ein Ende haben möge, dass der Bruder Ruhe finde. Denn vom Blut der Mutter kommt nichts Gutes. Nicht ihr Blut, sondern das meines Vaters muss die Verbindung sein, die uns alle drei vereint.

Ich weiß nicht, was die Schwester darüber denkt. Sie hält mich anscheinend für schwachsinnig – ich habe nur einige wenige Briefe von ihr bekommen. Überhebliche! Sie beantwortet meine Fragen nicht. Sie freut sich nicht, dass ich Gott gefunden habe. Dass ich gut lebe. Sie wendet sich von mir ab. Sie erniedrigt mich!

Pimmelov wiegte den Kopf.

»Stell dir also vor«, sagte er, »sie wendet sich ab! Was für ein verderblicher Individualismus. Aber schreib ihr! Schreib ihr so oft wie möglich. Dann wird sie dir auch schreiben … es ist wahnsinnig interessant, wie es den ideologischen Kadern in den abtrünnigen Republiken geht! Du hast erwähnt, dass die Schwester eine Dichterin ist.«

»Das habe ich nicht erwähnt«, entgegnete ich knapp, doch Pimmelov lächelte nur heiter, – »ach, wie mich das an die vielstimmige litauische Nachtigall der Vorkriegszeit[48] erinnert!«

[48] Anspielung auf die litauische Lyrikerin Salomeja Neris (1904–45), die während des Zweiten Weltkriegs in Russland war und von Kommunisten für ihre Gedichte auf Stalin verehrt wurde.

Er kaufte mir noch ein Bier, tätschelte mich auf die Schulter und flüsterte: »Wie viel verdienst du denn auf diesen Großbaustellen? Ach, so wenig«, meinte er traurig, als er es erfahren hatte, »du könntest mehr bekommen. Und ein Wohnheim ... ist das denn ein Leben? Du, mein Lieber, bist doch einer von uns. Du bist anders.«

Mit zitternden Händen öffnete ich die Flasche – der Schaum spritzte auf die Hose von Pimmelov. Doch er wurde nicht zornig, nicht einmal auf Sonia und Aljoscha, die mit schmutzigen Taschentüchern und Manschetten herbeistürzten, er jagte sie nicht weg.

Ich ging zum Bahnhof und fühlte zum ersten Mal die mächtige Stimme des Blutes in meinen Adern – sogar in den Ohren pochte es, und in den Schläfen hämmerte ein rasender Rhythmus. Nomaden, Steppen und Frauen, ihre kleinen Köpfe mit den langen Zöpfen, und der Geruch nach getrockneten Kräutern und Rauch von einem Holzstoß. Ein plötzlicher Schlag. Der Kopf kullert von den Schultern, er wird immer kleiner und schließlich zu einer nussgroßen Mumie. Ich kann ihn in die Hosentasche stecken. Wie ein Keks.

Ich bin anders.

Irgendwann werde ich ihnen in die Augen sehen und das ruhig, aber stolz demonstrieren.

Leb wohl, schwarzer Mai, jetzt haben wir uns also getroffen.

3

Eben hat die heftige Unruhe nachgelassen – das heißt, ich bin aufgewacht.
Oder vielleicht habe ich gar nicht geschlafen. Ich saß einfach am Fenster und blickte hinaus.
Das Fenster ist in kleine Quadratchen unterteilt, sie sind lieb und nett, irgendwann verändern sie sich wie die Flügel eines Schmetterlings an einem Mittsommertag, nur ihre Ränder sind schrecklich – immer dasselbe.
Grüne Schatten funkeln, vermischt mit goldenen, eine Ruhe überkommt mich, und ich habe alles vor Augen: die Freude und die Unbedarftheit. Als ich mein großes Auge an eines der kleinen Quadrate schmiege, das warm ist wie der Bauch eines kleinen Kätzchens, lache ich sogar vor Glück, als ich den Hof auf der anderen Seite des engen Gässchens ganz klar und nicht wie im Traum sehe, Kletterrosen hängen über den Zaun, im aufblasbaren Schwimmbecken planschen die Kinder und quieken so, dass man sie aus Sorge zur Ordnung rufen möchte: Still, ihr Lieben, still! Erschreckt nicht die blühenden Rosen und die hervorquellenden Knospen! Ihr Duft flattert in der Luft wie der gelüftete Baldachin über dem Bett der Königin, noch nie haben die Rosen so geblüht, und da ist auch der Liebste mit einer Schere, er schneidet die welken Blüten ab, sie fallen schwer auf das Gras und blättern sich auf wie ausgelesene Bücher, aus ihnen rieseln vertrocknete Zeilen, und mir schnürt es die Kehle zu. Doch als Lūgnė vor dem Mann herumhopst und sich an seinem Bein festhält, legt er die

Schere zur Seite, hockt sich neben das Kind und zieht einen Stachel heraus, offenbar hat sie eine Biene gestochen. Und in meinen Ohren klingt leise, und danach immer lauter ein Schluchzen, der Hof ist zu weit weg, als dass ich es hören könnte, doch das ist auch nicht nötig, ich weine doch, weil mich eine unsagbare Zärtlichkeit überkommt, ich liebe den Mann, die Kinder, die Bienen und den purpurnen Rosenbaldachin im Himmel.

Ich lechze danach, noch mehr von der schönen und glücklichen Welt zu Gesicht zu bekommen, drücke die Nase an die Ränder der kleinen Quadrate und sehe die vom abendlichen Gelb würdevoll vergoldete Englische Botschaft, ich bekomme Herzklopfen vor Stolz, vor allem als ich den an der Kreuzung patrouillierenden Polizisten sehe, er schwingt einen Stock und lässt die Passanten nicht über den Übergang gehen, ein Weib mit einem Bündel hält es schon nicht mehr aus, so reizt es sie, über die Straße zu stürzen, wie ein Huhn, schlagen sie sie mit dem Stock, Herr Wachtmeister, wer weiß, womöglich wird diese Anuschka präpariertes Öl auf den Fußgängerübergang schütten, und der Obus fährt die englische Königin nieder. Was für eine Schande für den Staat und seine Institutionen! Von der Polizei will ich gar nicht sprechen. Ein Schandfleck bis ans Lebensende. Doch wer kann einen Stein auf einen Uniformierten werfen – wo warst du, als die englische Königin niedergefahren wurde? Doch das Herz sagt, dass alles gut sein wird.

Und der Verstand pflichtet stumm bei.

Anders kann es auch gar nicht sein. Sehe ich doch auf der anderen Straßenseite die noch schönere Dänische

Botschaft, und auf der langen Brücke nach Žirmūnai schieben drei beleibte Frauen mit aller Kraft ihre vollen Einkäufswägelchen, und die Autos sind so elegant und neu, *ausländische Marken*, kein einziger Lada!

Wieder werfe ich einen Blick in den Hof: Die Kinder sind schon aus dem Wasser gestiegen und spielen Badminton, die dänische Königin überreicht ihnen einen Ball, die japanischen Touristinnen, die sich hinter dem Tor drängen, fotografieren die Königin, sie bemühen sich besonders, das Hütchen festzuhalten, und das ist gut, denn die Gesichtszüge der Königin erinnern auf unangenehme Weise an Giorgetta. Der Mann droht irgendeinem Onkel, der aussieht wie ein Kannibale, wohl ein Penner, der nicht von hier ist, wie unästhetisch er doch aussieht vor dem Hintergrund der Rosen, na, und die Flasche hat er auch noch auf den Gehsteig geworfen, ist er nicht ein Scheusal, nächstes Mal wird er sie in den Krankenhaushof werfen, und ich schneide mir beim Spazierengehen in die Beine.

Ich werfe einen kurzen Blick in Richtung Botschaft: Der Wachtmeister ist nicht mehr da, ich bin etwas enttäuscht, ist es doch Aufgabe der Polizei, so ein Gesindel einzusammeln und zu sterilisieren, damit es nicht Tuberkulose und Läuse verbreitet. Wenn die Gesellschaft so glücklich lebt und entwickelt ist, hat sie ein Recht, das zu verlangen.

Ich verlange es auch, ich habe die Widerlichkeit satt. Ich bin ein Teil der Informationsgesellschaft und lebe ein vollwertiges Leben. Ich liebe meine Familie und bin glücklich, dass ich jeden Tag meine lieben Men-

schen sehe, richtig, wenn es regnet, gehen sie seltener in den Hof, und dann überkommt mich die Traurigkeit.
Werden sie mich diesen Abend besuchen?
Die Unruhe versetzt mir im Herzen einen kurzen Stich.
Ich schaue so lange in den Hof, bis die trockenen Augen zu schmerzen beginnen.
Weiß ich wirklich, was Glück ist? Wenn ja, warum bin ich dann hier? Ist mein Leben so, dass ich es verdient habe, eingesperrt zu werden, ohne dass man mir eine Schuld nennt und mich verurteilt?
Lūgnė kommt aus dem Vorzimmer – in der Hand hält sie eine sich windende Katze, wenn sie nur nicht im Sinn hat, sie zu baden. Ein Geruch ergreift von mir Besitz. Die Freude sinkt, und die Angst sucht mich heim.
»Wirf die Katze nicht in das Becken! Sie kann nicht schwimmen!«
Ich rüttle nicht mit der Hand am Gitter – das erinnert mich zu sehr an die mexikanische Serie. Ich stütze den Kopf an die Wand und sitze da, während ich gespannt horche, ob ich am Gang nicht Schritte höre.
»Schwester, endlich sind Sie gekommen! Mir ist schlecht ... sehr schlecht ... ich konnte Sie nicht rufen – die Tür hat keine Schnalle. Geben Sie mir Tabletten? Dieselben? Danke.«
Schon wenn ich die Medikamente schlucke, fühle ich mich glücklich.
Und nach einiger Zeit kommt auch die Erleichterung. Über dem Hof liegt ein Dämmerlicht, ähnlich dem umgestürzten Baldachin aus schwarzroten Rosen, das

Becken ist wie das Auge eines Zyklopen, die warmen Küchenfenster leuchten, die Hand des Liebsten zieht die Vorhänge zu.
Es macht nichts, dass du diesen Abend nicht gekommen bist – ich liebe dich aus ganzem Herzen, aus dem die Unruhe gewichen ist. Ich küsse dich mit Lippen, die nach traumlosem Schlaf riechen. Wie gut, dass du mich hier eingesperrt hast. Schon lange habe ich mich nach Erholung gesehnt. Nach Zeit für mich selbst.
Ich stehe am Fenster und blicke auf die strahlenden Augen des Hauses, die Füße schlafen mir langsam ein, so setze ich mich aufs Bett und hefte den Blick auf die lieben Schatten der Quadrate an der Wand.
Und wenn ein tiefer Schlaf, ähnlich der Müdigkeit eines verschwitzten Menschen, den Kopf zu neigen beginnt – sogar der Speichel breitet sich im Mundwinkel aus –, dann lächle ich unmerklich, weil ich mich an den Kleinen erinnere, den blauäugigen, mit seinen verwunderten blauen Augen, wie er sich an die Stäbe des Bettchens klammert. Sei nicht traurig, liebes Kind, morgen werde ich dir einen Brief schreiben und auf jeden Fall den richtigen Absender anführen.
Warum soll man sein Glück verbergen und es vor den Augen eines anderen hüten, es etwa aufsparen? Das Glück muss man teilen. Man muss lieben. Vielleicht wird uns das einander näher bringen.
Schwarzer Mai, goldener September, Rosensommer, ach, das Leben ist ohne Winter und ohne November, ohne Felder, auf denen die Sehnsucht sät und die Unruhe erntet, ohne die faulenden Knochen von Kol-

chosbauern der Nachkriegszeit unter dem stummen Gras und ohne den Gestank nasser Schaffelle.
Ich werde dir über alles schreiben – und schreib du mir auch. Ich erwarte deinen Brief – mit den kindlichen Buchstaben und den lieben Fehlern.

Renata Šerelytė

Mėlynbarzdžio vaikai

1

Toks karštis, jis atsiranda iš niekur, žliaugia per nugarą kaip vanduo iš Juodosios upės, upė kviečia, murmėdama požemių kalba, joje daug lietuviškų žodžių, ypač su dvibalsiu *uo,* kurio Čiornomaisko gyventojai negali ištarti: ruduo, vanduo, gelmuo... akmuo... želmuo... žiomuo... Vidurio Rusijos upė, kalbanti lietuviškai, pasakyčiau kam nors, pamanytų, kad iš proto išsikrausčiau.

Visos upės šniokščia senąja kalba, reikėtų užsiminti draugams, bet vargu ar jie klausysis, juk tai nesuderinama su partijos suvažiavimo nutarimais, kuriuose pabrėžiama valstybinės kalbos reikšmė, bet toje reikšmingoje kalboje nėra vandens dvibalsių, ji atpūsta iš bevandenių tyrų, kiekvieną sykį, ją prarydama, jaučiu smėlio skonį burnoj.

Įbrisiu į Juodąją upę, nusiplausiu smėlį nuo lūpų, bet vargu ar šitas vanduo manęs neišduos.

Vaikai sėdi ant pakloto ir spokso į mane, sūnus atrodo sunerimęs, tik mažyliui tas pat – jis vartaliojasi ant žemės, piktai daužydamas čiulptuką, kvailas vaikas, esu tikra, tuoj susikiš jį į burną ir ims rėkti, paspringęs smėliu.

Reikėtų atimti...

Bet kam?..

Tegu pratinasi prie savo kalbos. Juk ne kartą teks spjauti ją iš burnos.

Žengiu dar žingsnį.

– Mama, neik, – sako sūnus. Balse slypi baimė. – Ten duobė... po vandeniu.

– Nėra po vandeniu jokios duobės.

– Bet Sonia sakė...

Nesiklausau, ką sako Sonia.

Taip kalba žemė sudūlėjusių lūpomis. Betgi dulkei vis vien, kas atsitiks.

Dar žingsnis, ir vanduo, lietuviškai murmėdamas, susilieja virš galvos, kažkas šaižiai pliaukšteli, gal mažylis čiulptuku sau per veidą, o gal aš gaunu pavėluotą antausį – už tai, kad kruopščiai lyginu susiraukšlėjusias palas, Tolis burba – debilui palų nereikia, ko švaistau pinigus be reikalo, o kai sakau, kad mažylis – jo vaikas, o vystyklams taigi iškandijusią paklodę sukarpiau ir atsiūlėjau, – Tolis tiesiog pasiunta: ar nori pasakyt, kad ir aš debilas!.. Išplėšia lygintuvą iš rankų ir trenkia per veidą, per galvą, vaikai rėkia lyg skerdžiami, o dar sakoma, esą vanduo nepraleidžia garsų; tai mokslinis faktas, toks pat neteisingas kaip kiti.

Išnirau sunkiai, kaip išneria mėnulis iš potvynio bangos, šviečia gražūs radioaktyvūs krateriai.

Nustokit staugę, po velniais, bjaurūs vaikigaliai!.. Ar galiu turėt nors minutę ramybės.

Mažylis nesiliovė, žviegė kaip žviegęs, o sūnus sutrūkčiojo – gal elektrinė žuvis jį nukrėtė, išlipusi į krantą, dabar pamėlynuos, vargšas, kaip aš.

Norėjau jį nuraminti, bet nepajėgiau išropoti iš vandens, pargriuvau prie pat kranto, subėgę žmonės išnešė, o aš net nesugebėjau jiems padėkoti, tik piktinausi, kam jie mane tempia,

išmirkusią kaip skulptūrinis ąžuolas, su prilipusia prie šlaunų suknele, panašia į supuvusią žievę, maigo krūtinę, supa, paėmę už kojų, vienas net prie veido lenkėsi, bet atšoko nusigandęs.
Sūnus bėga iš paskos, jo akys pilnos ašarų, lūpų kamputy – raukšlė, panaši į nusivylimo grimasą, turbūt suprato, kad gyvenimas – nelabai sąmojingas pokštas, tiksliau pasakius, visai nevykęs, bet žmonės juokiasi – gal iš įpratimo, o gal todėl, kad juokas – dirgiklis, toks kaip čiaudulys, jeigu nenusičiaudėsi, jausiesi bjauriai, kutens iš vidaus.
Sonia lenkiasi prie mažylio, kvailas vaikas į burną prisikimšo smėlio, gal apvers jį žemyn galva ir iškratys. Kur tau! Ji tik verkia ir glosto mažylio galvą.
Geroji Sonia. Nevalyva, stora, minkšta kaip senas, pažaliavęs sviestas.
Eik šalin nuo manęs, nes dar apsivemsiu.
Sonia negirdi – apsiašarojusi glosto mano plaukus, murma „cvetoček jasnyj“[1] ir pleistru bando užklijuoti burną. Pleistras vis atšoka, nes aš žalia ir šalta kaip lydeka ant kibiro dugno, vanduo tebepliupsi iš vidaus, kalbu nesustodama, sakydama viską, ką galvoju, juk nieko nebereikia slėpti, o Sonia bliauna, nes mano burna atrodo baisiai, lyg kas nerūpestingai būtų išlupęs kabliuką.
Sūnus sėdi, nusisukęs nuo karsto, o mažylio akys – šviesios ir tuščios, niekas dar neužrašė jose

---

[1] Skaistus žiedeli (*rus.*).

pirmųjų raidžių, taigi jis žvelgia į mane ir manęs nemato. Turbūt niekada neprisimins mano veido. Ačiū Dievui. Ne, ne Dievui. Partijai.

Sonia, metusi pleistrą, atsinešė adatą su siūlu, ilgai spoksojo į mane, paskui susikišo siūlus į kišenę ir vėl apsiverkė. Susiprotėjo, kvaiša – siūlai taigi juodi, kaip atrodyčiau, tikra žmogėdra. Paskui Soniai šovė kita geniali mintis – įbrazdėjo pro duris su nešvaria tūbele, tokią galėjai rasti tik buitiniame Čiornomaisko kombinate; neblogi klijai, batsiuvys Paška jais padus klijuodavo, atšokdavo tik po savaitės, jei neprapliupdavo lietus.

Nuvarvino lašą man ant apatinės lūpos ir sustingo išsižiojusi, baimingai stebeilydama: na ir kvaila toji Sonia, gal mano, kad įkąsiu. Klijuok greičiau, po galais, negi nematai – mano šypsena vaikus gąsdina. Tiek esu jiems pripasakojusi apie žmogėdras ir Mėlynbarzdžio žmonas.

Sonia metė tūbelę ir žliumbdama išlėkė iš salės – matyt, pirmąsyk klijavo ne puspadį, o numirėlio lūpas, užtat ir neištvėrė, pamanė, kad nelaikys. Vargšė Sonia, šitiek darbo, šitiek galvojimo!..

Guliu vidury kultūrnamio salės, o virš manęs kabo šūkis „Isskustvo prinadležit narodu“[2]. Tai guodžia, nes išeitų, kad menui priklausau ir aš. Kreiva žvakė bedegdama nulinko man prie veido ir nusvilino blakstienas, o karštas parafino lašas stingdamas užantspaudavo kairiąją akį.

---

[2] Menas priklauso liaudžiai (*rus.*).

Niekas to nepastebėjo – buvo vėlus vakaras, kultūrnamį uždarė.
Tik pilka žiurkė, gedulingu kaspinu užsikorusi ant karsto atbrailos, smalsiai į mane žvilgtelėjo. Pauostė orą, atsistojusi ant užpakalinių kojyčių, ir nepatenkinta nusičiaudėjo. Matyt, nepatiko Paškos klijų kvapas. Nubrazdėjo žemyn.
Kaip negerai. Visi rytoj pasipiktins, pamatę, kad mano nosis sveika ir ausys nepaliestos, tik viena akis kiek apsvilusi ir apvarvėjusi parafinu. Išliksiu svetima net po mirties. Nečionykštė. Neprisitaikiusi prie vietinių papročių. O pagal juos kultūrnamy šarvojamas numirėlis keliaudavo į kapus apkramtytas žiurkių, nes uždengti karsto nakčiai neleido vietiniai papročiai, atkeliavę iš žilos senovės. Nepaisant pažangių gyvenimo sąlygų ir marksistinės ideologijos, daugelis piliečių slapčia tebetikėjo, kad numirėlis nakčia gali užsimanyt parūkyt ar nueit savo reikalu. Kas čia keisto, juk materija – visagalė!..
Partinės organizacijos sekretorius Bibikovas sako, kad išorė komunistui nesvarbi (na, nebent plakate, kviečiančiame į Gegužės 1-osios paradą, čia be klasikinių bruožų neišsiversi), o mirusiam komunistui – tuo labiau, bet abejoju, ar jis norės kada gulėti čia pašarvotas ir iškeliauti į Didįjį Nieką be nosies.
Bibikovo žmona, narti boba, užvoš jį dangčiu kaip netikrą zuikį, ir Bibikovas jai niekada nedovanos, nes nebegalės paskutinį kartą atsikelti ir apžiūrėti direktoriaus kabinete eksponuojamų

Spalio revoliucijos minėjimo nuotraukų, o tai kur kas prasmingiau, nei numirusiam rūkyti.
Na, bet mirtis neįeina į Bibikovo darbotvarkės klausimus, ir, atrodo, apskritai bus išbraukta iš perspektyvinio veiksmų plano kaip akivaizdi nesąmonė.
Kol pamažu paliksiu šlapiu kartonu ir kamparo spiritu dvokiančią salę, dar prailgs. Turėsiu suvokti, kaip nenumaldomai pasisuko laikas, kuriame jau niekas nebepriklauso nuo mano valios.
Vargu ar beišvysiu Tolį.
Bibikovas, žinoma, ateis. Paskutinę minutę, nes anksčiau prisistatyti orumas neleidžia. Jeigu tik galėčiau, pasakyčiau jam, kad į orumą pirmiausia kirmėlės kimba, bet negi jis klausys. Et...
O dukra...
Pati kalta – leidau išvažiuoti su tais silpnapročiais. Anastazo marškinių apykaklė kaip visada atbrizgusi, o kai išvydau anytą išgąstingu arklišku veidu ir su amžinuoju nuo senumo apipelijusiu rankinuku, mane apėmė toks nusivylimas, kad neištariau nė žodžio. Ar jie kada supras, kad egzistuoja kaklaraiščiai ir tualetinis vanduo, o baudžiava pagaliau baigėsi, ir švarūs kasdieniai drabužiai nebėra vien ponų privilegija?..
Anyta žiūrėjo į mane, pakreipusi galvą kaip pelėda, o paskui baisiausiai užsikosėjo. Kur nekosės, juk vežiojasi pelėsių koloniją!.. Negana to, pačiam kosėjimo įkaršty dar gailiai purptelėjo – niekas nesuprato, kas atsitiko, net ir

ji pati, tik aš išgirdau, visada girdėdavau tuos purptelėjimus, nekaltus ir gyvuliškus.

Dar laimė, kad Tolio nebuvo – žiaurus estetas, baisiai užsirūstintų. Ne dėl vargingo purptelėjimo – dėl dukters. Kam leidau jai išvažiuoti. Trumpam, kaip jie sakė. Atostogų. Paskui vaikas grįš, jie pažada.

Niekada netikėjau Anastazu, meluodavo nesusimąstydamas, melas jam atrodė toks pat natūralus kaip anytai – nevalingas purpsėjimas. Turbūt ir save apgaudinėjo, tai irgi natūralu. Atsitrenkė į Rusijos glūdumas, tikėdamas besąs kilnus tėvas, o dėl visko kalta viešoji opinija, išūžusi jam ausis: paimk vaikus, kol žvėris patėvis jų neužmušė!.. Jeigu ne opinija, kažin ar jis būtų čia važiavęs – matyt, tai vienintelis būdas įkyrius geranorius nutildyti. Ko gero, dar ir anyta prisidėjo: virkavo, kad prapuls vaikai, laukiniais žvėriukais pavirs, kalbėti nebemokės, tik bliaus svetima kalba ir kanopėlėm trepsės!..

Kuo pavirsiu aš, jiems neįdomu, į gelbėjimo planus manęs neįtraukė. Juk aš – ne silpnas ir bejėgis vaikas, aš – pabaisa, beprotė, Mėlynbarzdžio žmona lygintuvo nudegintu veidu. Anastazas nepasidomėjo, kodėl aš mėlyna kaip neužmirštuolė, – arba jam viskas atrodė aišku, arba nerūpėjo. Argi dėl to pyksi?.. Ant žmogaus, kuriam nerūpi net jis pats?..

Atsimenu, kaip bandžiau kelti jį vienąsyk prie krautuvės. Pro šalį einančios moteriškės korektiškai nusuko akis, ir tada aš, apimta įtūžio, įspyriau Anastazui. Moteriškės kaipmat atsisuko, o viena riktelėjo, kam žmogų kankinu. Klebonas, eidamas pro šalį ir nešdamasis iš pašto užsieninį siuntinį, liepė mokytis švento nuolankumo. Senas veidmainis!.. Koks gali būti nuolankumas šiais laikais, kai vyrų ir moterų teisės lygios! Geriau tegu prisipažįsta, obskurantas, kaip vakarais su savo šeimininke kremta iš siuntinio išimtus amerikoniškus sausainius, iškeptus iš negrų kaulamilčių.

Užtat dar kartą spiriu Anastazui į užpakalį, spirčiau ir vėl, bet anyta atkiša supelijusį rankinuką kaip skydą, ir man pasidaro bloga, nebenoriu kovoti.

– Gerai, vežkitės. Bet tik iki vasaros pabaigos.

– Ajazau, kaip gerai. Nastazai... ar girdi?..

– Girdžiu.

– O gal ir berniokėlį duotumei?.. A?..

– Neduosiu.

– O kolgi?.. Dviem bus linksmiau!..

Mane vėl suima pyktis. Tarsi stovėčiau tamsioj miestelio krautuvėj prie prekystalio ir derėčiausi dėl dar vieno gabalėlio šlapdešrės; pardavėja nenori man jo parduoti, paliko savo senmergei tetai, o ši sušeria dešrą mylimai gaišenai katei, mat teta jau sena ir nesugeba gaudyti pelių.

Nuolatinis dešros trūkumas sukelia keistų minčių, pavyzdžiui, kad komunizmas – tokia santvarka, kurioje piliečiui turėtų būti visiškai nebesvarbu, ką valgyti, ir šviesus rytojus neišvengiamai susijęs arba su šio kenksmingo įpročio atsisakymu, arba su nauju požiūriu į maistą. Pavyzdžiui, su kanibalizmu – skamba šiurpiai, tačiau tai neišvengiama, nes tarybiniai kiaulių kompleksai panašūs į savotiškas rezervacijas, kur kiaulės uždarytos perauklėti ideologiškai, o ne keliauti į dešrų cechą. Taigi pagrindinis rezervas – žmogus. Kaip visada. O kai dešroj randi mazgotės gabalą, panašų į rankovę, arba danties protezą, tylomis susitaikai su ateities prognozėmis. Kas belieka?..

Tegu važiuoja vaikas į Lietuvą.

Anyta laiko keletą kiaulių – nereikės valgyti komunistinės dešros, ilgos kaip kanalizacijos vamzdis, su pelių griaučiais ir plastikiniais lėlių piršteliais.

Bet sūnaus neišleisiu – vos tik gaus juos abu, kaipmat parodys man špygą. Nebeatiduos. Gyvenk su savo iškrypėliu ir jo diegu!.. Jų akyse visa tai parašyta – net neužsimerkia, kad paslėptų. Kol dukra bus Lietuvoje, pabandysiu įkalbėti Tolį, kad liautųsi. Juk ji dar vaikas, dešimties neturi. Ir nesupranta, ką Tolis daro, – veržiasi iš jo rankų ir šaukia: „Mama, man skauda!“ O aš turiu nesikišti, nes Toliui tai nepatinka, vadina mane „dūra zamorskaja“[3] ir grasina išeisiąs pas Sonią.

Pas Sonią!.. Romioji Sonia, sviestinė kurva. Net tvoti jai negalėčiau. Ranka įklimptų.

Važiuokite, ko dar laukiate. Gal kad imčiau staugti ir draskytis kaip čigonė Aza. Ir nemanykit – nestaugsiu. Neturėsit ką įdomaus papasakot, išskyrus tai, kad mano veidas mėlynas,

---

[3] Kvaiša užjūrinė (*rus.*).

bet jūs gi nežinot, kodėl, gal aš nuo laiptų nukritau ar acetono išgėriau!.. Paklausti taigi gėdijatės!.. O gal – bijot!.. Nes to, ką atsakyčiau, nesugebėtumėt perpasakoti kaimynams ir giminėms – burbėtumėt, kad kliedėjau!.. Paisčiau niekus!.. Buvau girta!.. Išprotėjusi!.. Beprotybei perteikti reikia aukštojo stiliaus. Tad geriau patylėsiu.

Sukrausiu vaikui daiktus, paduosiu, piktai, taip vėliau sakys anyta, anei žodžio, anei šypt, jėzusmarija, baisi motina, gerai, kad paėmėm vaiką, ale ko antrojo nedavė, šmėkla!..

Pamojavau, kai užsuko už parduotuvės kampo ir jų nebebuvo matyti. Ir ūmai apėmė tokia panika, kad panūdau bėgti ir pasivyti, įsikibti į skvernus ir sulaikyti, bet kaip, jei rankos neklauso, kojos nebekelia, o lūpos suklijuotos klijais iš purvinos batsiuvio tūbelės?..

Plūsteliu kaip skersvėjis, toks lengvas, kad tik pelėsių koloniją ant anytos rankinuko pašiaušiu, – kai grįšiu atgal, vėjo kūnu, nebus taip baisu, radus įtūžusį Mėlynbarzdį, netekusį švelnios ir nekaltos galvos, smūgis eis kiaurai, kaip kirtis, tik nukirsti nebebus ko.

2

Kai imu GALVOTI, ką reiškia juokas, regiu mamos laidotuves. Mama niekada nebuvo linksmuolė – šypsena jos veide reta kaip sniegas vidurvasarį. Puodą maišydavo taip, tarsi nuo apsukų skaičiaus priklausytų, ar mes nuo tos sriubos nepasiusim, siuvamąja trinksėdavo kaip giljotina, o laisvalaikiu piešdama nuškicuodavo kumštį, susigniaužusį ir raukšlėtą kaip džiovinta galva. O ką sakyti apie degtinę, kurią ji gerdavo lyg Egipto karalienė nuodus. Galbūt juoktis jai neleido politinės pažiūros, nes tas šviesus rytojus, apie kurį nuolat kalbėdavo susirinkimuose, atrodė kraujo raudonumo, ir aš neabejojau, kad, jam prašvitus pro sunkius debesis šaltą sausio rytą govorilkai metaliniu balsu pranešant: „Moskovskoje vremia, vosem časov“[4], prasidės baisūs dalykai. Ne veltui mama vakarais pasakodavo klaikybes apie nukirstas rankas ir makaules.

Mama tam rytojui ruošėsi; kadangi šaldytuvo neturėjome, tai ji, pradariusi sandėliuko duris, ilgai žiūrėdavo į tuščias lentynas, matyt, svarstydama, kiek stiklainių su konservuotais nepartiniais čia tilps. O kai Tolis perskaitė laikrašty apie žmogėdrą maniaką, siautėjusį netoli Rostovo, mama tik tvirtai sučiaupė lūpas ir taip paleido siuvamąją, kad ši sutarškėjo kaip kulkosvaidis.

---

[4] Maskvos laiku – aštuonios valandos (*rus.*).

– Stebėtis, – pasakė ji, – nėra ko. Nauja visuomeninė formacija viso šito reikalauja. Mes tiesiog turime prisitaikyti.

Tolis riktelėjo – „Zatknis, baba!..“[5] – mat nieko nesuprato ir susinervino, kad mama su mumis, vaikais, kalba lietuviškai. Įtardavo, jog rezgame prieš jį sąmokslą, o gal šaipomės. O gal Toliui tiesiog nepatiko žodžių skambesys. Jis išdidžiai tvirtino, kad rusų kalba esanti tarpplanetinė, todėl mes, lietuviai, – vargani provincialai, turime kuo greičiau savo paukščių kalbą pamiršti, jei norime bendrauti su aukštesnėmis tautomis, pavyzdžiui, su ufonautais. Tolis su jais šnekasi jau kelios savaitės – ufonautai dažniausiai atskrenda ketvirtą valandą ryto ir mėgsta įsitaisyti alaviniuose puodukuose, mat alavas apsaugo juos nuo Žemės mikrobų ir neleidžia perdegti smegenų relėms.

Jeigu suprunkšdavau, Tolis paleisdavo man į galvą šaukštą – puodelių nelietė, mat juose sėdėjo ateiviai, – ir aš skubom dingdavau nuo stalo, nes kitą sykį būtų trenkęs taburete. Mama dar tvirčiau sučiaupdavo lūpas – jos pasidarydavo panašios į siūlą – ir palinkdavo prie siuvamosios.

O štai karste ji gulėjo ir šypsojosi – taip begėdiškai, kad visi pasijuto nejaukiai.

Sonia bandė užklijuoti burną pleistru, bet mama nepasidavė, ir Sonia apsiverkė. Tolio niekur nematyt, ar tik jo nebus pasiėmę ateiviai. Vyriškis su bjauria pavarde, kuris, žinoma, rusų kalbą irgi laiko tarpplanetine, užtat nežino, ką jo pavardė

---

[5] Užsičiaupk, boba!.. (*rus.*)

reiškia lietuviškai, sako, kad išsiųsta telegrama mano giminaičiams į Lietuvą, ir jie turi atvažiuoti išsivežti manęs, o mažylį atiduos į vaikų namus, mat niekas jo neima. Giminaičiai bijo svetimo kraujo, o pilietis Kruglovas, jo tėvas, dingo kaip į vandenį. Matyt, išnyko kosmose.

Mažylis netvirtai žengia pirmuosius žingsnelius ir įsitveria karsto juostų, Sonia apsiašarojusi stveria jį į savo glėbį, tvoskiantį rūgstančia tešla, ir aš sunerimstu, kad vaikas neprasmegtų ten kaip razina, bet Sonia mažylį paleidžia ir ima šluostytis pilvą, turbūt mažius apvėmė.

Grindys bjaurios, rudi dažai išsitrynę, tarp lentų, plyšiuose, stirkso senos nuorūkos. Mama plaukia virš jų sapnuodama. Ji čia svetima, šoka su vyriškiu bjauria pavarde, vyriškio ranka nuslysta mamos nugara žemyn, ir man, pasislėpusiam kampe už didelės koklinės krosnies, pasivaidena, kad gyvatė nuvinguriavo. Paskui mama pradingsta kambariuke už kulisų, į kurį manęs neįleidžia avikailiuose prapuolusi pabaisa, ji baubdama liepia man dingti ir netrukdyti idėjinio darbo. Bėgu namo per lapkričio gruodą, vis atsisukdamas pažiūrėti, ar virš kultūrnamio dega raudona žvaigždė. Virš salės, virš girtų kolūkiečių, nuorūkų grindų plyšiuose ir kambariuko, kuriame pabaisos kankina mano mamą. Ašaros bėga kartu su snargliais, negaliu sustabdyti nei vienų, nei kitų, pradedu balsu bliauti, ir kai atsisuku į žvaigždę, matau, kaip ji rūsčiai spindi, nežadėdama man nieko gero, nes esu silpnas, mažas, bijau kankinimų ir slaptų kambariukų, užtat vargu ar atsispirsiu žudantiems jos spinduliams.

Netgi ta ilga kelionė traukiniu, kai tėvas žiūrėjo į mane sumišęs, lyg gėdydamasis, o senelė nuolat atidarinėdavo žalią, į apsamanojusią antkapio plytą panašų rankinuką ir traukdavo tai nosinę ašaroms nusišluostyti, tai sausainį, dvelkiantį kapų žeme, atsargiai kišdavo man, bijodama, jog lyg žvėriūkštis nenukąsčiau jai piršto, – tai nereiškė, kad pabėgau nuo žvaigždės, ji švietė virš mūsų visą laiką. Senelė burbleno, kad Lietuvoje manęs laukia sesuo, kad „dviem bus linksmiau", ogi ir kaimynai girs ją ir Anastazį už gerą darbą, o aš galvojau apie mažylį, kuris, laikydamasis karsto juostos, nustebęs žiūri į mane. Kai jo paimti pasilenkė raudonveidė teta iš vaikų namų, sudrebėjau iš baimės lyg prieš atvirą žioruojančią krosnį, skirtą kūdikiams deginti. Daugiau mažylio nemačiau, prisimenu tik jo akis; vos tik raudona moteriškė suspaudė jį savo letenomis, baltymus užsklendė skaidrūs vokai, ir po jais kaip po spalio ledu baikščiai pranėrė pirmosios raidės.

Atstūmiau senelės ranką su sausainiu ir pasakiau: „Ne nado"[6], senelė palingavo galva, kumštelėjo snaudžiančiam Anastazui ir tarė: „Neduok Dieve, ruskelis tas vaikas". Gal tai reiškė, kad ir mano gyslomis teka svetimas kraujas, tik jie to dar nežino, o kai sužinos, turės ir mane raudonai

---

[6] Nereikia (*rus.*).

moteriškei atiduoti – su visomis baimėmis ir atmintimi, kur žuvys jau beldžia į skliautą.

Naktį, kai jie miegojo, žiūrėjau pro traukinio langą, jame plytėjo šaltas ir niūrus kosmosas, arbatos stiklinė, pastatyta ant staliuko, drebėjo geležiniame įdėkle kaip kilti besirengiantis kosminis laivas, ir man akimirką pasirodė, kad esu mažas nelaimingas ufonautas, kurį po visatą blaško raudonos žvaigždės valia.

Ji tokia stipri, kad turiu besąlygiškai nusilenkti, ir jei nors kiek suabejoju jos galia, prisimenu paskutinę mamos šypseną ir apmirštu, nutvilkytas šiurpo, nes žinau, kad žvaigždė leidžia juoktis mirties valandą, mat gyvenimas yra kankinimų virtinė, – dera išlikti griežtam, tai vienintelis būdas prie jo prisitaikyti.